中公文庫

バルザック（上）

シュテファン・ツヴァイク
水野　亮訳

中央公論新社

目次

下巻目次

バルザック（上）

第一篇　青春と初舞台

第一章　少年期の悲劇

あふれるほど豊かな想像力に恵まれて、現実世界のほかにいま一つ完全な世界を打ち立てることができたバルザックのような天才の場合、私生活の末の末に至るまで詰らぬ事実に拘泥するなどということは、まずあり得ない話だろう。そういう天才は、現実をなんの容赦もなく変えてしまうその意志の専横ぶりに、一切を従わせようとする。バルザックの生涯のさまざまな挿話にも見られるこの身勝手な専断的な改変は、——いかにも彼らしいことだが普通なら変えるわけにいかない市民生活の基本的事実、すなわちその名前にまず現われた。かれこれ三十歳ごろのある日のこと、彼は自分の名前がオノレ・バルザックでなしにオノレ・ド・バルザックというのだと披露し、それのみか自分は昔から立派に貴族を名乗る資格があったと主張した。なるほどそういえばかつて彼の父親も、わが家は古代ゴールの騎士の一族バルザック・ダントレーグ家と恐らく遠縁に当るかもしれないなどと自慢したこともあるが、しかしそれはごく内輪同士の冗談半分の話だったにすぎない。ところが想像力に富む息子のほうは世間に挑戦するかのように、その怪しげな推測を明白な事実の域にまで高めてしまった。手紙や著書に *de Balzac* と署名するのみか、ウィーンへの旅行には自家用の馬車にダントレーグ家の紋章さえ描かせている。この虚栄的なお手盛りの貴族ぶりは、彼に好意を持たない同業の文士たちの筆で新聞や雑誌にからかい半分書き立てられたが、それに対して彼は率直にしかも図々しくこう答えた。——貴族の家系であることは、自分が生れないずっと前に早くも父親が公文書に照らして確認している。したがって自分の出生証書にある貴族の表示語はモンテーニュとかモンテスキューなどの場合と同じくらい有効なのだと。

さてわれわれの無愛想な人間世界では、残念ながら詩人がつくり出す極めて華やかな伝説でも、ひからびた記録文書の意地悪い穿鑿好きな敵意というものにぶつかる。困ったことにバルザックが意気揚々と引合いに出した問題の出生証書は現にトゥールの市役所の文書課に保存されているが、彼の名前の欄には貴族の称号の「ド」など一向に見当らない。トゥールの戸籍係は一七九九年五月二十一日付でそっけなくはっきりとこう記録している。

> 本日、共和暦第七年草月二日、本市イタリア軍街シャルドンネ班二五番地居住、家屋所有者、市民ベルナール・フランソワ・バルザックより当該番地にて昨日午前十一時男子出生、オノレ・バルザックと命名したる旨届出ありたるにより、下名公吏ピエール・

ジャック・デュヴィヴィエは、云々。

父親の死亡届や長女の婚姻届のような他の文書も同じことで、貴族の称号にはふれていない。したがってそれは、あらゆる彼の系譜上の脱線と同様明らかにこの大小説家の希望の所産であることがわかる。

しかし記録文書が文面の上ではバルザックに終始不利であったにしろ、彼の意志、——創造的で熱烈な意志は冷たい書類に対して輝かしい勝利を収めた。あらゆる後世の訂正にもかかわらず文学は常に歴史に勝つものである。どのフランス国王もかつてバルザックなりバルザックの先祖なりに貴族の免許状を与えたことはなかったが、後世は彼の主張に従順で、フランス最大の叙事詩人の名前を訊かれるとオノレ・ド・バルザックと答え、オノレ・バルザックとは言わないし、オノレ・バルッサなどとはなおさら言わない。

*

なぜなら彼のプロレタリア的先祖の正しい姓名はバルッサであってバルザックではなく、ド・バルザックなどではさらさらなかったから。彼らは城館《シャトー》を持たず、その後裔たる小説家が自家用馬車に描くことのできるような紋章など全く持っていなかった。ピカピカ光る胸甲をつけて遠乗りに出かけたり、ロマンティックな擬戦でたたかったりしたこともなく、毎日牛を水飼場に追いやり、汗みどろになってラングドックの土地を開墾していただけだ。バルザックの父ベルナール・フランソワはカヌザック附近の集落ラ・ヌーゲーリエの貧弱な石造りの小屋に、その土地に定住する多くのバルッサ姓の一人として一七四六年七月二十二日に生れた。ところでこのバルッサ姓の一人が有名になったことが一度だけあるが、それも甚だいかがわしい事件からである。一八一九年というとオノレが大学を去った年であるが、彼の父の五十四歳になる弟が妊娠何ヵ月かの村の娘を殺害した嫌疑で前年捕縛され、センセイショナルな審理を受けてこの年断首の刑に処せられたのだ。恐らくこの悪い評判をとった叔父からできるだけ遠く離れたい欲求にかられたことが、貴族を僭称したり他の家系を捏造したりする最初のきっかけをバルザックに与えたのであろう。

　バルザックの父のベルナール・フランソワは、ごく普通の農業労働者だったその父の一一人の子供の総領で、やがては聖職者になることにきめられていた。だから村の神父から読み書きと、なおその上にラテン語をいくらか習った。しかし筋肉たくましく生活力が旺盛で功名心に燃える少年は、剃髪して純潔の誓を無理やり立てさせられるのをあまり好まなかった。しばらくは故郷の村をあちこちしてある時は公証人のもとで書記として手伝い、ある時は日傭とりとして葡萄園や畑で働いていたが、二十歳になると出奔して二度と故山に帰らなかった。そして息子が後年小説で種々形を変えて見事に描いた「田舎者」に特有のあの強靭頑固な推進力を発揮してパリに飛びこんだ。最初は人目に立たず、頭角を現わすこともなく、ちょうど自己の能力も知らず、どんな方法と職業をとるべきか確かな考えもなくパリで栄達を求めようとする無数の青年の一人として、パリにやってきたのだ。後年田舎名士に成り上ったとき、自分はルイ十六世の御代にConseil du Roi（枢密院）の書記官をつとめ、avocat du Roi（王室顧問弁護士）になったことさえあると主張したが、どのAlmanach du Roi（王室年鑑）もそれらしい官職に一名のバルザックもバルッサも記録していない事実から推して、これは話好きの老紳士の、とうの昔に馬脚を現わした大法螺と見なされている。革命の奔流によってこのプロレタリアの息子は多くの他の人たちと同じように初めて波間の表面に押し上げられ、パリの革命市参事会に官吏として勤務した、――この地位について後年の陸軍経理官は後難をはばかって多く語るのを避けたが。――しかしここで有利な関係ができたらしい。そして金銭に対する情熱的な本能で（これはやがてその息子に遺伝するが）、彼は戦時に軍隊で一番儲かる部局を徹底的に探した。それは糧秣と兵站の部局であった。黄金の糸は兵站の部局から必然的に金貨や銀行家にも通じている。三〇年にわたってあまりはっきりしない職業と仕事に従事してから、ある日のことベルナール・フランソワはもう一度職替えをしてパリのダニエル・ドゥーメール銀行の秘書課長となった。

　五十歳にしてバルザックの父親はついに大きな変貌に成功した、――このことに彼の息子の筆は幾度ふれたことであろう。落ち着かぬ功名心に燃えた一文なしの男がとうとう礼譲ある市民、よき「社会」の実直な、いや実直になったメンバーにかわったのだ。小金もたまり地位も確保できたので、今や初めて小市民《プチ・ブル》から大市民《ブルジョワ》になるための（そして大ブルジョワから最後の待望の段階たる年金生活者となるための）、必要かつ最も手近な手段をとることができるようになった。彼は結婚しようとした。金持でブルジョワの良家の令嬢と結婚しようとした。健康そのもので堂々たる男、おまけに如才がなくて饒舌家で老練な色男、五十一歳のベルナール・フランソワは銀行の上役の令嬢に白羽の矢を立てた。アンヌ・シャルロット・サランビエはなるほど彼より三十二も歳下でそして少々ロマンティックな好みがあるにしろ、躾けのよい敬虔な市民の淑女だった。両親が、バルザックは大変年をとってはいるが金銭の感覚に特別恵まれているから堅実な配偶者だと言うので、そのすすめに素直に従った。結婚するとすぐバルザックの父は、単なる使用人に終始するのは品位を傷つけるし収入も少なすぎるということに気がついた。ナポレオンのような皇帝の下では戦争は、何よりも急速に豊かな収入の増加をもたらす源泉のように思われた。そこで古い関係を再び利用し、妻の持参金を保証に第二二師団の兵站部長としてトゥールへ移った。

二人のあいだに長男オノレが生れたその頃は（一七九九年五月二十日）、バルザック家はすでに財産家となり、トゥールの上流ブルジョワ社会に対等で交際できる名望ある市民として仲間入りをした。ベルナール・フランソワの納入品はよい収入をもたらしたらしい。

というのは絶えず節約したり投機したりしながらもバルザック家は今や堂々と世間に登場しはじめた。オノレの生れた直後に、彼らは狭いイタリア軍街から自分の持家に引越した。一八一四年まで、つまりナポレオン遠征の黄金時代が続いているあいだ、自家用車に乗ったり沢山の召使にかしずかれたりして小都会の贅をつくした。最上流社会や貴族階級すら、かつて小百姓の息子で赤貧の前市参事会員だった彼の家に足しげく出入りした。そのなかには元老院議員のクレマン・ド・リ氏や、――その神秘的な誘拐事件をバルザックは後年「暗黒事件」のなかで詳細に描いたが、――ポムルール男爵やマルゴンヌ氏がいた。マルゴンヌ氏はのちにバルザックの四苦八苦の時代に隠れ家を提供し援助の手を差しのべた人である。バルザックの父は市の行政活動に参加を求められてこれに関与し、病院を管理した。そして彼の意見は重要な決定をするときはいつも尊重された。出身も卑しく定かならぬ過去があったにも拘らず彼は、急激な栄枯盛衰と大変革の時代に非難の余地のない尊敬に価する人物となった。

かようにバルザックの父が人望のあった所以はあらゆる面から理解することができる。彼はがっしりした体軀の明朗かつ陽気な男で、自己とその社会的成功と全世界に満足していた。話しぶりが特に貴族風のアクセントで目立つというわけではなかった。砲手のように快活に悪態を吐き散らし、きわどい小話を出し惜しみはしなかった。「滑稽譚」のいくつかは彼がその息子に伝えたものであろう。それにしても好んで真実と大法螺をまぜてまくしたてる素晴らしい語り手であった。人が好くて陽気な男であった。あまりにも如才がないので、変動の時代に皇帝に仕え王に仕え共和国に仕えて、節を持することを知らなかった。しっかりした学校教育も受けなかったが、あらゆることに関心を抱き、手当り次第読書し勉強して一種の一般教養を豊かに身につけていた。彼には「窃盗殺人防止の手段覚書」とか「淪落の女による社会的汚辱についての覚書」とかいうような数篇の小冊子の著がある、――もちろん偉大な息子の作品とは比ぶべくもないが。これはゲーテの父のイタリア日記が息子のヨハン・ヴォルフガングの「イタリア紀行」と比較し得ないのと全く同じである。十分健康に恵まれていたし、人生に対する呑気な愛着でいっぱいだったので、断然百まで生きようと決心していた。齢六十を越えてから四人の嫡出子のほかになお数人の庶子を作った。そして八十歳になってからもなお小都会の口さがない人たちの噂は、ある若い娘を懐妊させた罪を彼に帰している。医師が往診にきたことは一度もなかった。そして他の誰よりも長生きしようとする意志は、いわゆるラファルジュ・トンチ年金講から終身年金を受けていた特殊事情のため一層強固になった。この年金講は加入者が死亡するごとに生き残りの加入者の配当金が増額される仕組になっていた。後年その息子が種々雑多な人生の姿を描写するのに傾けたのと同じ魔神的な力を、この父親は自らの生命をひたすら保存するために使った。早くも彼は他の年金受領者を追い越した。すでに配当年金は八〇〇〇フランにまでなった。ところがそのとき馬鹿馬鹿しい不慮の事故の犠牲となって倒れた。享年八十三であった。こんなことがなかったらベルナール・フランソワはオノレと同じように意志を集中して、不可能を可能にしたことであろう。

*

父から生活力と作り話をする楽しみを受けついだように、オノレ・ド・バルザックは母から感受性を受けついだ。夫に比べたら三十二も若いにしろ決して不幸な結婚をしたわけではなかったが、バルザックの母はいつも自分は不仕合せだと思う悪いくせがあった。その夫は妻からガミガミ言われたり一人ぎめで病気になったと訴えられても、相変らず不動の上機嫌でビクともせず、ほがらかに呑気に人生を送っているのに反しアンヌ・シャルロット・バルザックは、いつも「侮辱された女」という不快な類型をありとあらゆる色彩のヒステリーで見せながらわめき散らしていた。彼女は家中のものから十分に愛されておらず、十分に尊敬されておらず、十分に真価を認められていないというふうに感じているのだ。また彼女の払った崇高な犠牲行為を子供たちがろくにありがたいとも思っていないと絶えず苦情を言っていた。すでに世界的に有名になった息子を、死ぬまで「好意ある」助言と哀れっぽい小言で苦しめずにはおかなかった。とはいっても彼女はもともと決して叡智や教養のない女ではなかった。若い娘の時分、銀行家ドゥーメール氏の令嬢のお相手に選ばれて、その交際からある種のロマンティックな傾向を身につけた。その頃は文学に熱中していたが、後年スヴェーデンボルグその他の神秘的書物を偏愛するようになった。しかしこのほのかな観念論的きざしも、間もなく遺伝による金銭に対する気苦労で影が薄くなった。小間物雑貨商を営んでアルパゴンのように一スーまた一スーと靴下臍くりを貯めこんでゆく典型的なパリのプチ・ブル家庭の出身たるお里は争われず、彼女は下層ブルジョワジーのあらゆる古くさい偏狭な本能を新世帯に持ち込んだ。とりわけ、有利な投資や儲かる投機にいつも物ほしげな色気をみせる小売商的な貪欲を持ち込んだ。子供の世話をやくことは彼女にしてみれば、金を使うのは犯罪であり、金儲けは美徳中の美徳だということを子供に教え込むことだった。堅実な地位を得るようにごく小さい時分から督励し、もしそれが娘ならば良縁を結ぶように鞭撻することだった。子供の自由を束縛し常に監視することだった。しかしかようにうるさいほど用心深く気をくばったり、いわゆる子供たちの幸福を躍起と仏頂面で求めたりしたため、かえって彼女はあらゆる「善意」にも拘らず全家族に面白からざる影響を与えた。そんな調子だったので幾年か経ってもう大人になってからのことだがバルザックは、母親の声を聞いただけでもギョッとしたものだと幼年の頃の思い出を語っている。

　気立てがよく情熱的で激しい気性の子供たちがやさしく甘えるたびごとに冷かに拒んだ母、この不機嫌な、われとわが身を抑圧する母にバルザックがどんなに苦しんだかは、

「私には断じて母親はありません。」という彼の手紙のなかの叫びをきけば想像がつく。アンヌ・シャルロット・バルザックが末の二人の子ローランスとアンリを甘やかしたのに反し、上の二人オノレとロールを本能的に遠ざけたことにはどんな秘密の理由があったか、――恐らく夫に対する嫌悪が子供に移されたのか、――今日では殆ど見出すことは不可能であろう。ただ一つ確かなことは、母親としてこれほど冷淡で愛情のない態度は殆ど考えることさえできないということである。お産がすむとすぐ、――彼女はまだ産褥にあったほどだが、息子をレプラ患者のように家から追い出した。乳呑児はある憲兵の妻を乳母にあてがわれてそこにあずけられ、四歳までそこで養育された。それからも彼は、広くて場所のいい家に住んでいる両親と弟妹のところへ帰ることは許されず、よその家庭に半寄宿の形であずけられた。週一回日曜日に、まったく遠縁の親戚でもあるかのように家族を訪ねることしか許されなかった。弟妹と遊ぶことも玩具をいじることも贈物をすることも御法度だった。病気のときにベッドのそばで看護してくれる母もなかった。母がやさしい言葉をかけるときの声を聞いたことも決してなかった。そして母の膝にやさしくつきまとい抱擁しようとすると、そんな無遠慮なことをしては無作法だときびしい言葉で脅かされ追い払われた。七つになって可愛い足を適当に使えるようになるとさっそく、この望ましからぬ子はヴァンドームの寄宿学校に押し込まれた。この子はどこか遠く、よその町に行っていてほしいのだ。それからバルザックが足かけ七年の殆ど耐えがたい訓育を受けて再び両親の家に戻ってきても、母は彼自身の言葉によると「彼の生活をひどく辛いもの」にしたので、十八歳になると彼は進んでこの忍びがたい環境に背をむけた。

バルザックは生来この上なしのお人好しであったけれども、変人の母親から受けた冷かな待遇を成人後も決して忘れることはできなかった。幾度か星移り歳かわって今度は幼年時代の迫害者を自分の家に引き取って同居をはじめた時分、彼はもう四十三にもなって頭髪にすでにいくらか霜を置いていたが、母が、心やさしい愛に飢えていた六歳の、十歳のわが子を嫌ってこの自分に加えた迫害を忘れることはできなかった。そして無力な反抗ながら、ハンスカ夫人にあてて次のような恐ろしい告白を絶叫した。

> 僕の母がどんな女かご存じだったら。……鬼のような女でもあり怪物のような女でもあるのです。あのかあいそうなローランスと祖母を殺してから、今や僕の妹を殺しにかかってる最中です。いろんな理由で僕を憎んでいます。生れない前から憎んでいたのです。……僕はといえば、すんでのことで母と縁切りをするところでした。それがほんとかも知れません。しかし僕はむしろ苦しみ続けるほうがいいと思います。これはどんなにしてもなおらない傷のようなものです。われわれは、母が気でも違ってるのではないかと思いました。そこで三三年このかた母と知合いの医者に訊いてみましたところ、医者の答えはこうでした。「いや、気違いではありません、意地悪なんですよ。」……母は

僕のありとあらゆる禍のもとです。

この言葉こそ、自然法によるならまさに彼に一番近いはずの女から最も傷つきやすい年頃に受けた無数の人知れぬ苦痛に対する答え、幾年か経って口を突いて出たざっくばらんの答えであった。彼自身の言葉によると、「かつて地上の人に与えられた最も戦慄すべき幼年時代に苦しんだ」のは、ひとりこの母の負うべき罪であった。

＊

バルザックがヴァンドームのオラトリオ修道団の寄宿学校という精神的な牢獄で過した六年間については報告が二つある、――事務的で無味乾燥な学校の記録と、「ルイ・ランベール」にある文学的に素晴らしい報告がそれである。学校の長老たちは冷かに記録したにすぎなかった。

四六〇番。オノレ・バルザック、八歳五ヵ月。痘瘡のあとあり、疾病なし。多血質、容易に熱しやすく、激情にかられやすし。一八〇七年六月二十二日入学。宛名、トゥール、バルザック氏（父）。一八一三年四月二十二日退学。

同級生には「下膨れの赤ら顔をした太っちょの子供」としてだけ記憶に残っていた。そして彼らに報告できることといえば外的な風貌とか二、三の疑わしい逸話だけであった。「ルイ・ランベール」の伝記的部分は、それゆえ一層感動的に、天才児でしかも天才たる事実のために二倍の苦しみをなめた少年の悲劇的な内生活をさらけ出している。

バルザックはその自己形成時代を描くにあたって二重肖像の形式を選んだ。彼は二人の学校友達、ルイ・ランベールという詩人と綽名を「ピタゴラス」という哲学者に分けて自分を描いた。青年ゲーテが自己の人格をファウストとメフィストフェレスの姿に分けたのと同じ筆法で、おのれの人格を分裂させようとしたのだ。おのれの天才の二つの基本的形式、――存在の諸形態をモデルとして描く創造的な基本形式と、存在の広大な関連のなかに働く神秘的な法則を示そうとする組織的な基本形式、――この二つを相異なる二人の人物に賦与したのだ。実際彼こそ二重にルイ・ランベールだった。少くとも作者の想像になると思われるこの人物の外的体験は作者自身のそれなのである。彼の多くの自己投影人物、たとえば「あら皮」のラファエル、「幻滅」のダルテス、「十三人組物語」のモントリヴォー将軍などのうちどの人物も、家を追われて宗教学校のスパルタ的教育を受けたこの少年の運命ほど、完全な感動をそそる体験はしていない。

この学校は小さなロワール川（le Loir）に沿うヴァンドームの町の中心にあり、陰気な塔と堂々たる塀をめぐらした外観からして学校というよりむしろ牢獄の感じだった。二、三〇〇人の生徒は入学当日から僧院風の厳格な躾けを受けた。休暇はなかった。両親たちは原則として面会を許されなかった。このヴァンドーム時代バルザックは家には殆ど帰らなかった。そして彼自身の過去との相似を一層強調するため、彼は小説のルイ・ランベールを父母のない子すなわち孤児にした。学費には授業料ばかりでなく衣服費食費も入っていたが、全体としてはわずかなものであった。しかも子供たちは不相応なくらい切りつめた生活をしなければならなかった。両親から手袋や暖い下着を送ってもらえない子供たちは、――バルザックも母親の無関心のお蔭でその仲間の一人だったが、冬になると手はかじかんだまま、そして霜やけだらけの足であたりを歩き回った。精神的にも物質的にもとりわけ敏感だったバルザック＝ランベールは、初めから農村出の同級生の誰よりも悩んだ。

それまでは戸外に慣れ、気随な我儘な勉強をし、老人のやさしい手に愛撫され、太陽の下に思索する習慣を持っていたので、彼は学校の規則に服従したり、列を組んで歩いたり、八〇人もの生徒が各自机を前にして木の椅子に腰かけてじっとしている部屋の四壁のなかに生活したりすることは、彼にとってはすこぶる辛いことであったのである。彼の感覚はそれ自ら完成していて、美しい繊細さを持ち、こうした共同生活のなかではすべてがそれに触れるのであった。空気を腐らせるようなむっとした気に、われわれの食事の残り物でいつも充ち汚れた教室の臭気が加わり、彼の嗅覚はそれに苦しめられていた。嗅覚は他の感覚よりも直接に脳組織に結びつき、そのいろいろの変化によって眼に見えぬ動きを思考器官に与えるものである。空気の臭気の原因はその他にもあって、われわれの持ち物や、祭日のために殺しておく鳩や、食堂から盗んで来た食物などを入れておく戸棚が教室内にあるのだった。また教室には大きな石があって、その上にいつも水を張った二つの槽がおいてあった。それはわれわれが毎朝教師の面前で順番に顔や手を洗う水飼場のようなものであった。われわれはそこで洗ってから円卓につき、女たちに髪を梳いてもらったり、髪粉をふってもらったりした。毎日起床前に一度しか洗わないので部屋はいつも不潔だった。窓も沢山あり戸口も高くはあったが、洗面場や髪梳きや戸棚や生徒各自のいたずらや、加うるに八〇人もの肉体が寄り集まっている臭いやらで、空気は絶えず濁っていた。その上校内の腐蝕土のようなものに、われわれが庭から持ってくる泥が混って、たまらなく臭い一種の肥料が出来上るのだった。ランベールは以前吸っていた清らかな香高い田園の空気を奪われ、習慣も変り規則も押しつけられ、すべてがもの悲しいのだった。彼はいつも頭を左手で支え、机に肘をついて、勉強時間を中庭の樹の葉むらや空の雲を眺めていた。彼は勉強している風を装っていた。ところが彼のペンが少しも動かず、紙面が真白のままだったりするのを見て、教師はこういうのだった。「ランベール、君は怠けているね。」　（「ルイ・ランベール」）

いつかしら教師はこの児童のうちに抵抗を感じた。何か異常なものがこの子のなかに働いているとは気がつかず、ちゃんとした正規のやり方で読んだり覚えたりしないということしか知らなかった。彼は他のものと同じ歩調をとらず、ある時は遅れある時は一挙に追い越したから、馬鹿か怠け者か強情者か夢みがちな子供と思われた。とにかく痛い鞭を誰よりも一番多く受けた。いつも彼は処罰された。休養時間の暇などなかった。処罰の課題を次から次と課せられ、しばしば監禁室に投げこまれたので、二年間にまるまる自由な日は六日となかった。その時代最大の天才は、誰よりもしばしば、誰よりも残酷に、厳格な教父の ultima ratio（最後の手段）である体罰を受けた。

この強くて弱い少年は……だから精神と肉体のいたるところを痛められて苦しむのだった。学校の机に農奴のようにしばりつけられ、篦で打たれ、病気に悩まされ、感情を痛められ、悲しみの革帯で締めつけられ、あらゆる点で学校の暴力の意のままにされねばならないのであった。……われわれの受けた肉体的苦痛のなかで最もひどかったのは、まさにその約指二本もの厚さのある革の篦だった。教師は怒りに任せて力一杯それでわれわれの掌を打つのである。この古風な罰を受けるために罪人は教室の真ん中に膝まづく。まず机から立ち上り、教師の机のそばに行って膝まづく。そして物見高い、多くは嘲笑的な級友たちの視線を浴びる。だから弱い心の持主にとってはこの準備だけでも罰が倍加されるのだ。それはちょうど昔の刑場だったラ・グレーヴの広場の断頭台に罪人がゆくその道程にも似ていた。生徒はそれぞれの性質に従って、ある者は箆を受ける前または受けた後に大声で泣き、ある者は堅忍主義者《ストイック》のような様子でその苦痛を受けた。が、その様子を見ない先からもうどんな強い者でも顔をしかめずにはいられなかった。ルイ・ランベールもその箆にすっかり悩まされた。彼が箆を受けた原因は長いあいだ知られずにいた彼の性質の一つの働きなのであった。教師に「君は怠けているね。」という言葉で瞑想から激しく呼び醒されると、ルイはよく初めは無意識に相手をなんともいえぬ野蛮な軽蔑を浮べた視線で眺めるのであった。その眼は電気の入ったライデン蓄電池壜のようだった。この眼ざしによって震動を起された教師はその無言の嘲罵に怒って、生徒にもう二度とその閃々たる視線を出さないようにしようと思ったのだった。初めて教父がこの軽蔑的な輝きを受け、まるで稲妻にでも打たれたように感じてむっとしたとき、次のような言葉をいったのを私は憶えている。「ランベール、そんな眼つきで私を睨むと箆をやるぞ。」

（「ルイ・ランベール」）

厳格な教父《パードレ》たちのうち誰一人、在学全期間を通じてバルザックの秘密を見分けたものはいなかった。彼らはバルザックを、ラテン語とか語彙の知識の点で他の生徒より劣っている生徒としか見なかった。その素晴らしい予見の才能には気づかなかった。不注意で無関心な子供と思い、学校側の課した課題がとうの昔にやさしくなりすぎたから退屈しうんざりしているので、責めは学校側にあるということや、一見不活発らしい様子は実はcongestion d’idées（思想の充血症）に由来する衰弱にすぎないのだということを認めなかった。この豊頬の小さな児童が精神の翼の力で天がけ、窒息するような学校の空間とは別の空間に住んでいることや、ほかの少年たちがみな自分の座席に腰かけ自分のベッドで眠っているあいだに、この少年だけはひとり眼に見えない二重生活を送っているのだということを、どの先生も思いつかなかった。

バルザックが十二歳と十三歳の時に住んでいたその別世界とは書物の世界であった。彼に数学の個人教授をしてくれた学院図書室の司書は、——従って生涯バルザックは数の計算にかけては文学の全分野で最も拙劣な男だったが、この人は少年バルザックに読みたい本は勝手に寮へ持ち帰ってもよいといってくれた。そこで情熱的な少年はこの許可を極端に利用したが、司書のほうはその貸出しがかくも法外な分量になろうとは思わなかった。これらの本はバルザックにとって救いであり、学校時代のあらゆる苦悩と屈辱を慰めてあまりあるものだった。「われわれが図書館から借りてきて、それによって生命を頭脳のうちに蓄えていた本というものがなかったら、この生活様式によってわれわれはすっかり馬鹿になっていたことであろう。」教室と校庭における現実の生活はどんより曇った朦朧状態となり、書物が彼の本来の生活となった。「この頃から、」と、彼は自分の映像であるルイ・ランベールについて報告している。「ルイにとって読書というものが飽くことを知らない一種の空腹のようなものとなった。彼はあらゆる種類の書籍をむさぼり、宗教歴史哲学物理など無差別に読んだ。」――バルザックの普遍的知識の巨大な基礎は、学童のこうした秘密の時間に出来上った。魔神的に油断なく活動している迅速な記憶力のお蔭で、数かぎりないバラバラの事実がお互いぴったりくっつくようセメントで固められた。バルザックの統覚能力の類のない奇蹟を、ルイ・ランベールのひそかな読書の躁宴の描写にもましてはっきり説明するものは恐らくほかにあるまい。

彼は読みながら文意を汲みとってゆくことに不思議な才能を示すようになった。彼の眼は一時に七八行を見、彼の精神は眼と同じ速さでその意味を味う。時には文章中の唯の一語のみでその文章の真意を摑むことすらあった。彼の記憶力もまた驚くべきほどであり、読書中に得た知識も思索や会話中にひらめいた知識もみな正確に憶えているのであった。場所についても、名前についても、言葉についても、物や姿についても、あらゆることを記憶しているのだった。彼はまた単に書物を自由に思い出すばかりではなく、彼がその事物を見た時あったところに、その光線のままに、その時の色彩のままにその事物を心の中に再び見るのだった。この力はなお理解という捉えがたい働きにまでも及んでいた。書籍の中にあったある思想の、彼の言葉によると鉱脈をも、また遠い昔の自分の魂の状態をもよく憶えているのだった。であるから彼はその稀なる天性によって記憶さえ辿ってゆけば、彼の精神の進展ぶりやその全生活を最も昔の最も漠然とした考え方から最近の最も明瞭な考え方に至るまで辿ることができるのであった。彼の頭脳は若くしてすでに人間の諸能力の集中という困難な機構《メカニズム》にも慣れ、記憶の豊富な倉庫から多くの現実的な新鮮な素晴らしい心像を引き出しもしていたのである。そして彼はそれらを養分としてあの明晰な瞑想に耽っていたのである。

彼はすぐれた記憶力のために早熟的な特徴を持つにいたった言葉で次のように語ったことがある。

「僕は時には好んで僕の眼の前に幕を引くことがあるんだ。そうすると僕は急に僕自身の中に還る。そこには暗い部屋があって、そこにいろいろの自然界の出来事が、始め僕が外面的な感覚で知った時の形式よりももっと純粋な形式のもとに再現するのだ。」

十二歳になると彼の想像力は他の諸能力の絶えざる修練に刺戟されて、ついには単に読んだだけで知った事物の明瞭な観念を得ることができるようになっていた。彼が類推法を用いるのかまたある第二の視覚を恵まれていてそれで自然を捉えるのか、ともかくも彼の魂に印されるそれらの心像は実際に彼が見たことがあったとしてもそれ以上生き生きはしていまいと思われるほどであった。

　ある日ルイは私にこう語った。

「僕はアウステルリッツの戦の話を読んでいてそのすべての出来事が眼に見えたんだ。大砲の連発や戦闘員の叫び声が耳に響いて僕はゾッとしたんだ。僕には火薬が臭い、馬の蹄の音や人間の声が聞えたのだ。まるで僕がサントンの丘の上にでも立っているように、武装した三国の国民が平原で衝突している素晴らしい光景が眺められたのだった。その有様は黙示録の一節のように恐ろしく感じられたんだ。」

　彼が読書に全力を用いている時にはいわば肉体生活の意識というものを失っていて、内部的な諸器官の力強い働きによってのみ生きているのだった。そしてその働きは非常に広範囲にわたるものであった。彼の言い方によればその時の彼は身後に空間を残しているのであった。（「ルイ・ランベール」）

　そしてかように無限世界を限なく恍惚と飛びまわって魂に楽しい疲れを覚えたあと、このよく眠れなかった少年はいやな僧衣の制服を着て百姓の子供たちと並んで席につかなければならなかった。百姓の子供たちは鈍感なので、あたかも鋤のあとからついて行くかのように四苦八苦しながら先生の講義をこつこつ追っていた。彼の心は極めてむずかしい問題でまだ興奮しているのに、ラテン語の名詞の語尾変化や文法の規則に注意を払わなくてはならなかった。本のページを暗記するためにはそれにちょっと眼を走らせさえすればよかったほど頭が素晴らしくよいのをいいことにして、彼は講義に耳を傾けるのをサボり、ほかの本の理念を追想するのだった。現実に対するこの侮蔑は大抵の場合高いものについた。

二人は記憶力がよかったので学課をわざわざ憶えなかった。級友の朗読するのを聞いていればそれで二人はフランス文でもラテン文でも文法でも、自分たちの番になって暗誦することができた。ところがその順序を違えられでもすると二人はもう何を云っていいのか分からないことがあった。すると二人はどんなに弁解しても罰を受けるのだった。われわれはいつも宿題を最後の瞬間まで延ばしていた。読み通したい本があったり夢想にでもひたったりしていると宿題を忘れてしまうのであった。それも罰を受ける原因の一つだった。

（「ルイ・ランベール」）

この天才少年はますます苛酷な折檻を受けるようになった。しまいには culotte de bois（木の股引）さえ惜しみなく使われるようになった。これはシェイクスピアの「リア王」で律儀なケントの伯爵が足を締めつけられるあの中世の足枷《あしかせ》である。彼の神経がすっかり参ってしまったとき初めて、——彼を僧院学校から救い出したその病気の名はついに分らないが、この早熟の天才は少年時代の牢獄を出ることを許された。その牢獄で彼は「精神と肉体のいたるところを痛められて苦しんだ。」

＊

この精神的奴隷の身分からの決定的な解放に先立って、ルイ・ランベールの histoire intellectuelle（精神史）には一つのエピソードがあるが、まるまるの虚構というわけでもあるまい。バルザックは彼の分身すなわちその想像になるルイ・ランベールをして十二歳のときに物と心の関係について大掛りな哲学体系を書かせた。Traité de la Volonté（意志論）というその論文の原稿が、彼の「打ちとけない貴族的な態度」を妬んでいた学友に意地悪くひったくられた。彼の若き日の鞭であった「かみなり親爺のオーグー」という、なかでも一番厳格な教師が騒ぎを聞きつけて原稿を取りあげると、「学問的財宝の重要さも弁えず」その「意志論」をつまらぬ紙きれと見なして屑屋に売り払ってしまった。こうして「育ちそこなった芽は無知の人々の手に散ってしまった。」その情景は、あらゆる辱しめを受けた少年のあらゆる無力な憤慨もろとも感動を禁じ得ないほど忠実に描かれているので、一から十まで想像の所産とは考えられない。しかしバルザックは単にこれに近い経験を文学の試作でなめたのか、それとも実際にオラトリオ会の学院で早くも「意志論」と取り組んだのか、――その理念や特性は、作中いかにも経験的に詳しく説明されているが。彼の早熟は実際その時代にあえてこの種の作品を試みるほど生産的だったのか。このような作品を書いたのはバルザック、詳しく言えば現実の実在の少年バルザックか、それとも想像になる魂の兄弟ルイ・ランベールの仕業にすぎないのか。

　これは決して満足には断定できない問題であろう。しかし確かなことはバルザックが、意志の無数の本能的傾向と合目的性を『人間喜劇』のいろんな人物にまだ具体化さない若き日に、このような「意志論」を考えたこともあったということだ。というのも哲人の中心思想の核心はいつも生長の時代に端を発するものだから。作者が処女小説の「あら皮」の主人公に、ルイ・ランベールと同じくやはり「意志論」を書かせているのも奇異といえば奇異である。「それを説くことがやがて将来名声を博するようすがとなるかもしれないような原理」を発見する計画は、無条件で彼の若き日の中心思想すなわち idée mère（母なる観念・根源の思想）であったに相違ない。そしてバルザックがすでに学校時代から神秘的な fluide éthéré（エーテル性流動体）によって精神的なものと肉体的なものとの関係を研究する最初の刺戟を得たことには、単なる推測以上の確実な根拠がある。彼の先生の一人のデセーニュはその頃の多くの人と同じように、当時まだ誤解されていたメスメルやガルの新説に心から魅せられていた人で、バルザックの作品にもいたるところその痕跡が残っているが、そのデセーニュには「能力と体組織の関係より見たる人間精神の研究」と題する著書がある。この先生が授業時間中にこれらの思想を生徒に伝え、そしてクラスの唯一の天才少年が自分もそのような「意志の化学者」になりたいという功名心を喚起されたことには疑問の余地がない。当時普通に行われていた運動性普遍的実体という思想は、一見不秩序に見える宇宙の背後に横たわる方法を発見しようとする彼の本性の無意識的衝動を完全に満足させるものだった。終生夥しい精神現象の謎に悩まされたバルザックは『人間喜劇』を書くずっと前から、この広大な混沌を外的秩序あるものに変え、これを主題別もしくは合法的に分類して、キュヴィエが魂なき動物界を制約する条件を確立したのとちょうど同じように、霊的存在たる人間の活動を制約する条件を確定しようと努力していた。もっともバルザックが、信じられないほど若いころ自己の見解を書き下したのか、それとも単に追憶による虚構なのか、もはや殆ど証明し得ないであろう。しかし今われわれの眼の前にあるルイ・ランベールの「意志論」の少々混乱している原理が十二歳の少年の手になったものでないことは次のことから証明される。すなわちこの原理は「ルイ・ランベール」の初版（一八三二年）にはまだ全然見当らず、後年の版で初めてかなり即興的に挿入されたのである。

*

十四歳でオラトリオ会の学院を突然退学したあとでほんとうに生れて初めて彼は両親の家を見た。在学中にほんの時々まるで遠縁か何かのように訪ねてくる息子を迎えたことしかなかった両親は、今度はわが子が外的にも内的にも全く変ってしまったのに気がついた。僧院風の戒律に服した彼は、かつての豊頬で頑健でお人好しだった少年の面影は更になく、おびえた大きな瞳の、神経質で憔悴しきった少年となって帰ってきた。何か物凄い名状すべからざる事件に出会った人のようになって帰ってきた。妹は後年、兄の態度を異様な眼つきをして一日中ぶらつきまわる夢遊病者になぞらえている。何か訊かれても殆ど聞いていなかった。夢みるようにぼんやり腰をおろしているだけだった。底に優越感をひそませた無口な態度で母を怒らせた。しかししばらくすると、――彼のあらゆる人生の危機がそうだったように、遺伝による旺盛な生活力が今度も頭をもたげて勝利を得た。少年は再び快活になりおしゃべりになった。母親にさえ甚だ愛想よく話をした。彼は学業を補うためにトゥールの高等学校に通わされた。そして一八一四年の末、一家がトゥールからパリに移ったとき、パリのルピートル塾に入った。このルピートル氏は大革命時代は市民《シトワイヤン》ルピートルとして、そのころ急進市参事会員だったバルザックの父親と親しい仲であった。そして王妃マリー・アントワネットをコンシエルジュリ監獄から救い出す試みの主謀者の一人として歴史的役割を演じたこともあった。しかし今は若い生徒たちに大学受験の準備をさせるのが仕事である律儀な塾の経営者にすぎなかった。この寄宿学校でも愛に飢えた少年に愛の手を差しのべるものはなく、遺棄され見棄られたという重くるしい圧迫感がまたしても彼につきまとった。そこで彼は「あら皮」のなかで、若き日の彼のもう一つの映像たるラファエルにこう語らせた。

　私が家や小学校や中学で感じて来た苦痛は、ルピートル塾にいた間にも新たな形で見出されました。父は私に全然金をくれなかったのです。両親にとっては、私がちゃんと衣食を給され、ラテン語を詰め込まれ、ギリシャ語を注ぎ込まれていることさえわかれば、それで何もかも片づいたわけでした。学生生活の期間を通じて、私はおよそ一〇〇〇人の友達に接しましたが、こんな冷淡さの例にはそれこそ一人も出会ったことがありません。（「あら皮」）

ここでもバルザックは、――内心の抵抗の結果であることは明らかだが、「よき生徒」の実を示さなかった。両親は怒って他の学校に入れた。そこでも格別うまく行ったわけではなかった。ラテン語ではざっと三五人の生徒のうち三二番だったので、オノレは raté

つまり出来そこないではあるまいかという母親の疑念がいよいよ固められることになった。そこで彼女は十七歳になる子供に、あわれっぽい自己憐憫の調子で次のような華々しい手紙を書いたが、その調子は五十歳に達したときにもなお彼女の息子を絶望に駆り立てたものである。

オノレどの、そなたゆえの苦しみをいいあらわそうとしても、ちょうどな言葉が見つかりません。子供たちに尽せるだけ尽して今度は子供たちから仕合せな身にしてもらってもいい頃と思っていますのに、そなたは私を本当に不仕合せな目にあわせます。御親切でお立派なガンセール先生がそなたのラテン語訳読の成績を話して下さいました、三二番だったと。……いつかもやっぱり何かひどく叱られるようなことをしたとおっしゃってでした。で、あすのためにいろいろと考えていた折角の楽しみが、すっかり駄目になってしまいました。……

あすは朝の八時にそなたを迎えにやるはずでした。みんなそろってお昼と夕食を頂き、そろって何くれとなくためになるお話をするはずでした。そなたが罰を受けるのをそのまま黙って見ているというのも、そなたがちっとも勤勉でなく軽はずみで失敗がちなので、どうにも致し方がないのです。私の心になんと大きな穴があいたことでしょう。あすはどんなにか日が長く思われることでしょう。悪い席次のことはお父様には隠してあります。外出はまったく実益のためで少しも娯楽のためではないにしろ、月曜にはそなたも定めし塾から出られないでしょうから。ダンスの先生はあす四時半に見えるでしょう。そうしたらそなたを迎えにやって、お稽古がすんだらまた塾まで送らせます。もしこれと違う扱いをしたら、子供たちへの愛情が課する義務を欠くことになりましょう。

しかしこうした悪い予言と周囲の愛想づかしにも拘らず、紆余曲折はあったがとにかく学業を終えた。一八一六年十一月四日、彼は法科学生として大学へ入学を許可された。この一八一六年十一月四日は法律上この青年の奴隷時代の終り、自由の曙であるべきはずだった。彼は今や他の人々と同じように自主的に学業に専念して、自由な時間は暇つぶしや好みのことに利用するのを許されて然るべきであった。しかしバルザックの両親の考えはそれと違っていた。およそ青年は自由であってはならない。片時も無駄な時間つぶしをしてはならない。金儲けをしなければならない。時たま大学の講義を聴いて夜分ローマ法令全書の勉強を許されればそれで十分だ。昼間は職業につくべきである。立身出世のためには一刻もゆるがせにしてはならぬ。不必要な金はビタ一文といえども使ってはならぬ。そこで学生バルザックは同時に書記になって、弁護士のギヨンネ・ド・メルヴィル氏の事務所であくせく働かねばならなかった。――序だがメルヴィル氏はバルザックが心服した最初の主人で、後年の作中デルヴィルと呼んで彼の名を不朽にとどめて感謝の意を表しているが、それというのも彼にはこの書記の優秀な能力を認める叡智があり、自分よりずっと年少の若輩と友人づきあいをするほど鷹揚な人物だったからである。二年後にバルザックは一家と親交のあった公証人パッセのところにやられたが、これで彼の市民としての未来は一見完全に確保されたように見えた。とうとう「正常《ノルマル》」となった青年は、一月四日に卒業資格試験《バッカローレア》に合格した。やがて間もなく彼はこの律儀な公証人の組合員として勤務することであろう。そしてパッセ公証人が年をとるか死にでもしたら、その事務所を引受けるであろう。次は結婚である。いうまでもなく裕福な良家の娘と結婚するだろう。こうやってしまいには、あくまでも彼を信用しない母親はじめバルザック家サランビエ家の全員やその他の親戚にも肩身の広い思いをさせることになるだろう。彼の伝記は、よき市民の正常な経歴の鏡として、フローベールだけが書き得るようなものとなることだろう。ブーヴァール氏あるいはペキュシェ氏の二の舞いといった一生になるだろう。ところがこの時、年久しく押えつけられ窒息していた反逆の焔が、ついにバルザックの心中に炎々と燃え上った。一八一九年春のある日のこと、彼は公証人の書き物台から突然立ち上り、やりかけの埃にまみれた書類をおっぽりだした。これまでただの一日も自由と幸福をめぐんでくれたことのないこんな生活が永久に嫌になった。生れて初めて家族の前に昂然と頭をもたげると、藪から棒に宣言した。――僕は弁護士や公証人や司法官や官吏になる意志はない。市民的職業はたとえどんなものでもまっぴらだ。著述家になるのだ。やがて傑作を書いてそれで独立し裕福になり有名になるのだ。そう決心したと。

第二章　運命への早まった問いかけ

「難儀を重ねたせいで老人臭くなってしまいました。……
二十二歳までの私の生活はとても御想像のほかです。」
一八二八年ダブランテス公爵夫人への手紙

文筆家詩人になりたい、とにかく自由に創作する人間になりたい、公証人や弁護士はまっぴらだなどと、二十歳そこそこの息子に突然宣言されて、そんなことを夢想だにしなかった家族は、いきなり雷が落ちたような気がした。出世のための安全な道を棄てるとは。世間から一目おかれているサランビエ家の孫のバルザックともあろうものが、作家商売のような怪しげな職業についてよいだろうか。どこに保証があるのか。あてになってしかも見苦しくない収入に対する保証がどこにある。文学や詩歌といった余計な贅沢のできるのは、ブルターニュのどこかに美しい城をもっているシャトーブリアン子爵のような人か、ラマルティーヌ氏のような人か、せいぜいユゴー将軍の息子（ヴィクトル）ぐらいであって、プチ・ブルジョワの小倅の断じてやれることではない。そしておまけに、――この出来そこないの青年はかつて才能の片鱗なりと見せたことがあるか。またこれまで詩作を田舎新聞ででも発表したことがあるか。断じて否。どこの学校でも彼は、できない生徒が坐る不名誉な席に腰かけていた。ラテン語では三二番であった。堅気の商人なら一番大切な学問であるはずの数学、これはもういうまでもなく不成績であった。

その上この宣言は最も都合の悪い時とぶつかった。というのはこの時バルザックの父はちょうど金づまりで前途の見通しがつかなかったから。ブルボン家の王政復古は、戦争という血なまぐさい葡萄の樹を根こそぎにしたばかりでなく、結構なナポレオン時代に戦争を種に甘い汁を吸っていた吸血鬼のような連中を一掃してしまった。軍の御用商人と戦争利得者には霜枯れの時代がやってきた。バルザックの父も八〇〇〇フランの高給がわずかな年金に減ってしまった。かてて加えてドゥーメール銀行の破産整理とか別の投機とかで大損害を蒙った。それでもなお一家は裕福と呼ばれてよかった。われわれがのちになって知るところによると、とにかく万一にそなえて数万フランの金がこっそり貯えてあった。しかしプチ・ブル階級のあいだでは、収入が減るそのたびごとにすぐ二倍の節約をして埋合せをしなければならないというのが最高の法律で、それが国家のあらゆる法律よりも通用していた。バルザック家はパリを引き払い、首都から約二〇キロ離れていてもっと安く暮せるヴィルパリジに引越そうと決心した。そこでは人目に立たずに入費を節約することができるから。ちょうどこの瞬間に頭の単純な息子が帰ってきた。永久に重荷がおりてほっとしたと思っていたのに、その当の息子が帰ってきた。そして作家になりたいと言うのみか、何もしないのらくらの生活に、金銭上の援助をしてほしいと要求したのだ。

とんでもないと言って、両親は支持を乞うために友達や親戚を呼びよせた。彼らはもちろん両親と同意見で、こぞってこの能なし男の不遜な妄想に反対の発言をした。バルザックの父はこの間にあってそれでもまだ一番落ち着いていた。彼は家庭のいざこざを好まなかった。そして結局、「どうしてもいけないのだ。」といかにも人が好さそうにつぶやいた。彼は何度となく職替えをし、後年ようやく快適な市民生活に転じた老冒険家・投機家であるが、その彼自身もはや、一風変った忰の突飛な思いつきに勇み立つほどの熱も湧いてこなかった。愛妹ロールがバルザックの味方になった。もちろんひそかにである。彼女は文学に対してロマンティックな愛着を感じていたし、いずれ有名な兄を持つことになるかと思うと虚栄心がくすぐられた。しかしこのロマンティックな娘の夢想では名誉と考えられることが、小市民的教育を受けた母親には痛烈な汚辱と感じられた。旧姓サランビエ、バルザック夫人の息子ともあろうものが本を書いたり新聞に記事を送ったりする男になったという奇怪なニュースが知れたら、親戚に顔向けできるだろうか。「堅実でない」生活に対してブルジョワジーのもつあらゆる嫌悪とともに母親は闘いに突入した。断じて、断じていけない。すでに学校でろくなことをしなかったこののらくら者に、かような儲けにもならぬ愚かしい行為に耽ることを許すわけにはいかないのだ。法律の勉強のために学費も授業料もちゃんと現金で支払ってあるだけに、いよいよもって許せないことなのだ。そんな莫迦らしい計画は断然まかりならぬ。

しかしバルザックの母はここで初めて伜の抵抗力、怠惰な息子にしては夢想だにしなかった抵抗力につきあたった。不撓不屈、何物によっても微動だにしないオノレ・ド・バルザックの意志の力である。ナポレオンのそれが挫折したいま、欧州ではもはや並ぶものもない意志の力である。バルザックの意欲するものは現実となった。何かをしようと決意するとき、不可能なことさえ可能になった。泣き、誘惑し、切願し、果てはヒステリーの発作を起してみせても彼の心を変えることはできなかった。――公証人ではなく大作家になろうというのだ。そして大作家になったことは世界が証明する。幾日か激論を交わした末、一家は極めて市民的な妥協に到達した。つまり堅実な基礎の上にこの大変な実験を据えようというわけである。オノレは望みどおり行動してよろしい、有名な大著作家になるよう試みてよろしい。何をしようとそれは任せるということになった。ただし家族のほうではこの怪しげな企業に、限られたごくわずかな資本で参加する。遺憾ながら他の何人も保証してくれないこの甚だ疑わしいオノレの才能に、一家はせいぜい二ヵ年の補助金しか投資しないだろう。もし二年たって有名な大著述家になれなかったら、公証人の事務室に戻らなければならない。――戻らなければ、この道楽息子からはもう手を引くというのである。綺麗な紙の上に親子のあいだの奇妙な契約がまとめられた。両親は悴が最低生活を営むものとして精密に計算し、一八二一年秋まで月一二〇フランすなわち一日四フランの割で、不朽の名声獲得のための息子の壮挙を助ける義務を負った。――バルザックの父親の名において軍需品納入だの金融相場だの随分儲け仕事が行われたが、これがとにかく彼の最良の仕事だった。

＊

頑固な母はこれが初めて自分よりもっと強い意志に譲歩しなければならなかった、――それにどんな絶望が伴ったかおぼろげながら察知することができる。なぜなら彼女は、息子があくまで空想に耽って生活を台なしにしているのだと、おのれの生活方針に照らして正直に思い込んだのだから。今や彼女の最も大切な仕事は、オノレが堅実な職業を棄てて理不尽な方法で独立しようとする恥ずべき事実を、名誉あるサランビエ家一統の眼から隠すことであった。そこで親戚たちには息子のパリへの出発を秘密にするため、健康上の理由から南フランスの従兄弟のところへ出かけたと伝えた。恐らく彼は自分で選んだ職業を一時の気まぐれとして棄ててしまうだろう。恐らくこの出来そこないの悴は、誰一人この不幸な脱線に気づかないうちに自分の気違い沙汰をとくと反省するようになるだろう。母はそうあってほしいと思った。こんな脱線は彼の堅実な名声をそこない、結婚の前途をまっくらにし、公証人職のお得意を決定的にフィにしてしまうかもしれない。彼女はどんな場合にもそなえてひそかに計画を立てた。この強情な青年が外聞のよくない職業《メティエ》につこうとするのを翻意させるに当って、好意づくや懇願の手は利き目がなかったから、今度は狡猾でねばり強い対策に出なければならなかった。彼は糧道をたたれることになる。家庭では万事どんなに快適であったか、暖房のよくきいた公証人の事務室はどんなに暖かだったか、思い知らされることになる。パリで胃袋がひどくギュウギュウ鳴るようなら、早々にその途方もない計画はつぶれてしまうだろう。屋根裏部屋で指がかじかむようならさっそくその愚かな無駄書きも取止めになるだろう。彼女は、倅の幸福に母としての心をくばるという口実で一緒にパリへ行き、一部屋借り受けた。実は息子を意気銷沈させるため、パリの貧民窟でも一番悪い、一番みじめな、一番嫌な部屋を未来の作家のためにわざと選んだのだ。

*

レディギエール街九番地のあの家はすでにとりこわされてしまったが、これは遺憾なことである。なぜならパリにはナポレオンの墳墓はあるけれども、「あら皮」に描かれたあのみじめな屋根裏部屋以上に熱烈な献身をたたえる素晴らしい記念碑は、パリのどこにも見当らないから。悪臭を放つ暗い階段を六階まで昇って行くと、数枚の厚板を乱雑にうちつけた朽ちはてた入口のドアに達する。このドアを押しあけると、天井の低い暗い部屋へ、探り足で入っていかなければならない。この屋根裏の部屋は冬は氷のように冷たく、夏は焦熱地獄であった。一ヵ月五フランつまり一日三スーというわずかな部屋代だが、それでさえこれまで下宿人を見つけることはできなかった。母親が選んだのはまさに「ヴェネツィアの鉛部屋（有名な牢獄）にもおさおさ負けないこの陋屋」だった。未来の作家がおのれの職業に嫌気がさすようにと選んだのである。

　壁は黄ばんで薄汚く（とバルザックはのちになって書いている）、そこに貧苦の臭いを漂わせているこうした屋根部屋以上にすさまじいものがまたとあろうか。……屋根は一様に垂れ下り、そして瓦の空《す》いたあいだから空が見えていた。……部屋代が一日三スー、一晩に三スーの割で油を燃やし、自分で部屋の掃除をし、洗濯代を一日二スーで済ますため、僕はフランネルのシャツを着た。暖を取るには石炭を使ったが、これを一年の日数から割り出してみると一日二スー以上にはならなかった。……こうした費用をすべて引くるめてもわずか一八スー。しかも突発の入用のために二スー残るといった勘定だった。こうした長い勉強時代の間、僕はポン・デ・ザールを通った覚えもなければ（当時この橋は橋賃を取っていた）、水を買ったりした記憶もない。毎朝、サン・ミシェル広場の噴水まで水を取りに行ったものだ。……蟄居を始めてから一〇ヵ月ほどのあいだ、僕はいま言った通りの貧しい孤独の生活をつづけた。朝まだき、こっそりと、その日の糧を自分で求めに出かけて行き、部屋の掃除も自分でやり、主人と召使を自分一手でやりながら驚くほどな自尊心で困苦の生活を通して行った。（「あら皮」）

バルザックの母は深謀遠慮から、この監獄部屋をもっと快適かつ住み心地よくするようなことはまったく何一つしなかった。息子が不快を覚えて世間並の職業に帰るのが早ければ早いほど好都合なのである。屋根裏部屋の調度をととのえるためにバルザックがもらったのは絶対の必要品だけで、それも一家で使い古した廃品であった。——「貧弱な寝椅子に似ている」平べったい堅いベッド、擦り切れた革で覆われた小さなオーク材のテーブル、古椅子二脚、それで全部であった。つまり眠るためのベッドと仕事のための机とそのために必要な座席しかなかった。小さなピアノを借りるのを許してほしいというオノレの最大の熱望は認められなかった。数日後に彼は早くも「白の木綿の靴下と鼠色の毛の靴下とハンカチ」をうちへねだらなければならなかった。陰鬱な壁を少しばかり快適にしようとして「版画」や「四角い金縁の鏡」を買うと、追っかけるようにバルザックの母は娘のロールに、「贅沢」のかどで兄に小言をいえと注意した。しかしバルザックにあって空想は、周囲の現実よりも比較にならぬほど強かった。彼の瞳に映ると甚だ目立たぬものさえ活気づき、醜悪なものも浄化された。監獄部屋から灰色のパリの屋根を見渡す陰鬱な眺めにさえ慰められた。

　僕は思い出す、僕はよく窓際に坐って大気を吸いながら、黄や緑の苔に蔽われた瓦葺や、スレート葺の、褐色や、灰色や、あるいは赤い色をした屋根屋根の眺めに眼をくれながら、心愉しく牛乳にパンを浸していた。なるほど最初のほどはちょっと単調な眺めにも思われたけれど、やがて僕は、そこに世の常ならぬ美しさを見出すことができたのだった。あるいは夕暮れ、立てつけの悪い鎧扉から洩れる光の縞は、この風変りな国の深い闇の色をぼかし、これに生気を与えていた。あるいはまた、蒼白い街灯の光が、霧を通して黄ばんだ反射を下の方から投げ上げて、立ちならぶ街衢のなかに、櫛比した屋根の波、動かぬ波の大海原を灰色に示していたのだった。さて時としては、珍しい人影が、この陰鬱な沙漠の中に姿を現わすこともあった。どこかそこらの屋上庭園の花の中には、のうぜんはれんに水をやっている老婆のぎくしゃくした姿が見え、あるいはまた明り取りの窓の腐った窓框の中に、誰も見ていないと思って、その美しい額と綺麗な白い腕にかきあげる長い頭髪だけをこちらに見せながら、身仕舞いをしている女の姿が見えたりした。僕は、雨樋の中に生れたはかない植物、たちまち嵐によって洗い流されてしまう憐れな草を愛しもした！　僕は苔を研究した。その色は、雨に打たれると鮮かに甦り、日に照らされると、気まぐれの限りの反射を見せる乾いた褐色のびろうどに変るのだった。要するに、日の光の、詩的な、またはかない効果、霧の哀愁、たちまちキラキラ輝き出す日の光、夜の示す沈黙と魔術、夜明けの神秘や、方々の煙突から立上る煙など、不思議な自然の示してくれる千姿万態は、この僕にとっていかにも親しみ深いものとなり、僕の心を慰めてくれた。僕はこの牢獄を愛していた。これはわれから求めたものなのだった。野原のように平らな屋根で形成されたこのパリという大草原、しかもその下に無数の人の住む深淵を秘めたこの大草原は、僕の気持にぴったり合い、僕の考えと快い調和を見出していた。（「あら皮」）

そして晴れた日に部屋を出て、――これは一文もかからないから勝手にやれる唯一つの楽しみであったが、――ブールドン大通りをサン・タントワヌ区に向ってぶらつきながら少し新鮮な空気を胸に吸うとき、このちょっとした散歩も刺戟となり体験となった。

たった一つのある情熱が私を勤勉な習慣から引き離して戸外へ連れ出すのであった。とはいえそれだってやっぱり研究からではなかったろうか。私は場末町の風俗や、そこに住んでいる人たちの性格を観察しに行ったのだ。職人たちと同じように汚いなりをして、また礼儀作法などに無頓着だったから、少しも彼らに警戒されずに済んだ。私は彼らの群に立ちまじって、彼らが売買を取りきめたり、仕事を終える時分たがいに口喧嘩をしたりするのを見ることができた。私の場合、観察はすでに直覚的になって、相手の肉体を粗略に扱うことなしに魂に深く入りこむのだった。というか、むしろそとのこまかなところを実によく摑んでしまうので、すぐさまそこから一歩先へ出てしまうのだ。そうした観察は私に、観察の的となった個人の生活を種にして生きるという能力を授けてくれた。それはちょうど千一夜物語のなかに出てくるフィフィ教の僧侶が相手に何か呪文をとなえながら相手の体に乗り移ってその魂を自在に操るような工合に、観察される個人と入れ替わることを私に許してくれたのである。……

こんな人たちの話を聞いていると、私は彼らの生活と合体することができた。彼らのボロ着が自分の背中にかかっているような気で、彼らの穴のあいた靴に足を入れているような気で、歩きまわるのだった。彼らの願いごととか必要な品物とか、すべてが私の魂へ入ってきた。あるいは私の魂が彼らの魂と通じていた。それは眼をあけている人の夢であった。彼らに無理な仕事をさせる工場の主人たちに対し、また彼らに金を払わないで何度も無駄足を踏ませる性悪の得意先に対し、私は彼らと一緒になって憤慨した。自分の習慣を棄て去って、精神作用の陶酔から自分とは違う人間になること、思うがままにそうした戯れにふけること、そういうのが私の気晴らしであった。私がそんな才能を授かっているのはどうしたお蔭だろう。透視力ででもあろうか。濫用の極、ついには発狂してしまうような、何か特別な性質なのだろうか。こうした力のよってきたる原因など、私は決して探したことはなかった。私はそれを持っている、そして役立てる。ただそれだけの話だ。一口に民衆と呼ばれる頭も性質もてんでに違う人々の群のさまざまな要素を、私はもうその時分から分解したり、彼らのよい性質や悪い性質を評価し得るような風に分析したりしてきた。読者に知っていただきたいのはただそれだけである。この場末の町がどんな風に使えば使えるものか、すでに私は知っていた。場末町は革命の温床だ。そこには英雄、発明家、実践的な学者、ごろつき、極悪人、有徳の人、悪者などがすべて貧困に抑えつけられ、窮乏にあえぎ、酒におぼれ、強烈な飲料に身心をすりへらして埋もれている。この悩みの町でどれほど多くの冒険がもろくも失敗に帰し、どれほど多くのドラマがはかなくも忘れられてしまったことか読者にはとても想像がつくまい。恐るべきこと、立派なことがどれほどあることか。そこに隠されている真相は何人もあばきに行くことすら叶わぬものだが、それは想像をもってしても決して辿りつけるものではない。偶然が生んだ傑作ともいうべき、悲劇的もしくは喜劇的なそれらの見事な情景を見出すためには、思い切って下のほうまでおりて行かなくてはならないのだ。

（「ファチーノ・カーネ」）

部屋のなかの書物、街頭の人間、どんなものでも貫くように見抜く眼、思想、出来事、これらは彼の世界を構成するのに十分であった。仕事にとりかかった瞬間からもはやバルザックのまわりには創作以外何一つ現実はなかった。

＊

実に高いものについた自由の最初の数日間はもっぱらこの場所、——将来の不滅の名声を生み出すべき荒涼たるこの場所を、仕事に適するように準備するために費された。彼は自分でしみだらけの壁に漆喰を塗り壁紙を貼るのをいとわなかった。家から持参した数冊の本を並べ、図書館からも本を借り出した。また蠟燭を買い、空き壜を燭台に定め、鵞ペンの先をほどよくとがらせた。そして未来の傑作のために白紙を重ね、無限の仕事の沙漠のなかで夜の太陽となるべきランプのために、油の用意をした。

今や準備万端ととのった。欠けているものがまだ一つだけあった。それは些細なものだが、重要でないわけでもなかった、——すなわちこの未来の作家は何を書くべきか全然まだ分らないのだ。彼は単に洞穴に身をひそめ、傑作が完成するまではそこを立ち去るまいという驚くべき決心を本能的に固めただけであった。いざ書きはじめようとしたものの、明確な仕事のプランの持合せはなかった。いやもっと適切に言えば、漠然とした未醱酵の夥しいプランをあれこれ暗中模索したのであった。取って二十一歳のこの青年は自分が果して何者か、また何になりたいのか、はっきりした観念がなかった、——哲学者か詩人か小説家か劇作家か科学者か、さっぱり分らなかった。彼は心のなかに一つの力のほかは何も感じなかった。しかもその力をどこに利用すべきか知らなかった。

> 僕の身内には表現すべき一つの思想、打ち立てるべき一つの体系、説明すべき一つの科学が感じられるような気がしていた。

しかしまず最初どんな思想や体系や文学様式に献身したものだろう。心の磁極はまだ見つからなかった。意志の磁針は右左に震動していた。彼は持参してきた原稿をめくってみた。みんな断片で、どれ一つとして仕上っているものはなかった。そして、いずれも不朽の世界へ跳躍するための正しい助走とは思われなかった。「霊魂不滅に関する覚書」とか「哲学と宗教に関する覚書」とか題した数冊のノートがあった。それは一部は講義と読書から覚書をとったもので、一部は自分の草稿であった。その草稿のなかでちょっと眼を惹くのは、「悲劇を書きあげた後で再びこれを取りあげること」と言うメモである。韻文叙事詩「聖ルイ王」の書出しのバラバラの詩句や、悲劇「シルラ」や喜劇「二人の哲学者」

の試作的下書きもあった。彼はしばらく小説「コクシグリュ」や書簡体小説「ステニーまたは哲学的誤謬」や他に「ステラ」と題する「古い様式による」小説を計画した。その合間に喜歌劇「海賊」の草案が割り込んだ。次々とそれらを点検してがっかりしたバルザックは、皮切りに何をやったらよいのかさっぱり分らずいよいよ不安になった。バルザックの名を天下にあげるのは哲学体系か、場末オペラの台本か、ロマンティックな叙事詩か、それとも小説であろうか。しかし何はともあれまず書くことだ。何か書きあげさえすれば有名になり、家族からも独立できるのだ。そこで彼は、彼独特の熱狂ぶりで万巻の書をあさりまわって読破した。一つには素材を探すためでもあったが、同時に職人仕事のこつを学びたいためでもあった。

　僕独特の流儀を形づくるためにあれこれと研究している。気でも違いはしないかと時たま思うくらいだ。

と彼は妹のロールにあてて書いている。しかし次第に期限が迫ってきた。探索や試作に二月つぶれてしまった。しかも月々の手当は無慈悲なくらいわずかしかなかった。そこで哲学的著作の計画は延期した。多分煩雑にすぎ、収益の見込みも皆無に近かったからであろう。小説を書くにはまだ力が不十分なような気がした。すると戯曲しかない。もちろんそれはシルレルやアルフィエーリやマリー・ジョゼフ・シェニエが流行させた新古典派の史劇でなければならなかった。国立のコメディー・フランセーズ座にふさわしいものでなければならなかった。またもや彼は貸本屋から本を沢山借りてきて熟読翫味した。よい題材のためとあれば、王国の一つや二つくれてやってもいい。

ついにどれを選ぶかきまった。一八一九年九月六日こう妹に報告した。

　僕は結局クロムウェルを題材とすることにきめたが、それを選んだのは近代史でもそこが一番美しいからだ。この題材を取りあげて調べ出してからというもの、僕は死にもの狂いでそれにはまり込んでいる。うまい考えはあとからあとから湧くのだが、作詩法の天分が殆どゼロときているので、しょっちゅう足をとめられる。……しかし考えたら君だってゾッとするだろう。韻を踏んだり、創作したり、おまけにそれに磨きをかけたりするには少くとも七八ヵ月は必要だ。ああ、こういった作品にのさばる困難さえ君が知ってくれたら。「フェードル」といえば大抵の詩人たちにはとても及びもつかない作品だが、あれに磨きをかけるのに大ラシーヌは二年かかっているということを知るだけで十分だ。しかし二年だぜ、二年。……想像がつくかね、二年。

しかし今ではもはや引くに引かれなかった。

天分がなかったら万事休すだ。

したがって彼には天分がなければならなかった。初めてバルザックは進んで一つの仕事を引受け不抜の意志を勝負に賭けた。意志の働くところ、それに抵抗できるものはなかった。バルザックは「クロムウェル」を完成しようと思った。完成しなければならない羽目にあったから、それが完成されるだろうことを知っていた。

「クロムウェル」をくたばっても何でも最後までやり抜くこと、どんなふうに時間を使っているか、母さんが訊きにくる前に何か仕上げておくこと、僕はそう決心したよ。

＊

バルザックは偏執狂的なエネルギーで仕事に打ち込んだ。のちに彼が言うところによるとこのエネルギーは、彼の最もきびしい敵でさえ否認する余地のなかったものである。彼は、その生涯の激しい労作のいかなる時期にも鉄則として厳守したあの僧院的、いやトラピスト的でさえある隠遁生活を、生れて初めて自らの宿命と定めた。昼も夜も仕事机に向い、しばしば三、四日間、屋根裏部屋から外に出なかった。そしてたとえ外出するにしてもそれはただパンや少しばかりの果物や新鮮なコーヒーを買うためだった。コーヒーは疲れた神経をシャンとさせるためになくてはならない興奮剤だった。次第に冬となり、指はずっと前から寒さに敏感だったので、隙間風の吹き込む暖房のない屋根裏部屋ではいまにもかじかみそうになった。しかしバルザックの狂熱的な意志はへこたれなかった。足は父親ゆずりの古い毛布でつつみ、胸はフランネルのチョッキで守って仕事机にかじりついていた。仕事の最中肩に掛けていられるようにと、妹に「ひどく古ぼけたショールか何か」をねだった。母には帽子を編んでほしいと頼んだ。そして高価な薪を節約したいばかりに終日ベッドにもぐり込んで、例の崇高な悲劇を書きつづけた。これらのどんな嫌なことも彼の意志を挫くことはできなかった。高い灯油の費用が心配で、ビクビクするだけであった。というのも日が短くなると午後三時には早くもランプに点火しなければならなかったから。さもなければ昼であろうと夜であろうと同じことであった。昼夜いずれも、彼の仕事によく仕えてくれたのである。

　この時代を通じて楽しみもなく、女もなかった。レストランにもカフェーにも行かなかった。すさまじい緊張の最中にただの一度の骨休みもなかった。二十歳の青年は長いあいだ持ちつづけた臆病のせいで、あえて女に近づこうとしなかった。彼はどの寄宿学校でもただ男の子と立ちまじるだけで過してきた。そして不器用なのを知っていた。ダンスはできなかった。上流社会に出入りすることも学ばなかった。うちが倹約を守っているお蔭で、自分の身なりがみすぼらしいことを知っていた。その上バルザックは今しも大人になろうとする過渡期の年輩だったので、いよいよ周囲に不利な印象を与えた。すなわち身なりの投げやりからとちょうど同じ程度に、顔つき風采でも損をした。その頃の知人が彼を甚だ醜悪だとさえ言っている。

　機知に輝くその小さな眼にも拘らず、バルザックの顔はその頃からして特に目立って醜かった。太っちょで短い胴、乱れ放題の黒くて濃い髪の毛、骨ばった顔だち、大きな口、抜け歯だらけの歯並び。

　おまけに一スーというはした金でもそれを手離す前には三度も裏返して一々改めなければならなかったから、知人をこしらえる最も原始的な条件さえ欠けていた。若いジャーナリストや文士の集まるカフェーばかりでなくレストランでさえ、せいぜい外から飢えた顔を窓ガラスに映して見るのがやっとだった。一〇〇万人の大都会のあらゆる快楽や歓喜や豪華は、レディギエール街で自ら志願して修道僧になった彼にはこの時分何一つ、そのほんのかりそめの楽しみでさえ手が届かなかった。

　この隠者を時々世話した人が一人だけあった。すなわち「ダブラン小父さん」である。

この感心な市民は一家の古い友達で、職業は金物卸商であったが、このあわれな文学志望者についていささか心配してやるのを自分の義務だと思った。そこから、見棄てられた青年に対する中年紳士の、感動を禁じ得ないほど用意周到な友情が段々と芽ばえて行った。その友情はその後バルザックの一生を通じて続いた。場末町の小商人にすぎないにしろ、この感心な男は文学に対して人の胸を打つような深い敬意を抱いていた。コメディー・フランセーズ座は彼の殿堂だった。金物商の無味乾燥な仕事が済むと、時々そこへ若い詩人をつれて行った。華麗なラシーヌの詩の前にたっぷり御馳走が出るそのような晩は、感謝の念でいっぱいな青年の身心を元気づける唯一の養分となった。ダブラン小父さんは毎週勇敢にも六階まで階段をよじ登って、屋根裏部屋の被後見人に会いに行った。そしてヴァンドーム学院の劣等生と一緒に、もう一度ラテン語の練習問題と取っ組んで自己教養の資とした。バルザックはこれまで家庭でプチ・ブルの貯蓄熱と下僚的な野心だけしか知らなかったが、——やがてそれらを彼の小説中に熱烈な筆で不朽のものとするが、ダブラン小父さんが人目に立たない立派な道徳的性格の持主であることを認めた。かかる性格は、文学の職業的大言壮語家や三文文士よりも中産階級のこのような無名の人物に、往々より純粋な形で見出される。そして後年「セザール・ビロトー」で誠実なプチ・ブルジョワの雅歌を歌った際、彼は感謝の念からこの友人を讃美するために一節をつけ加えた。というのもこの男はバルザックを助けにきてくれた最初の人であり、また空世辞や誇張を伴わない全く内的な感受性で、青年の不安からくるいろいろの辛苦を理解し和げてくれたからである。親切で控え目で地味な公証人ピルローの姿に変えられて、「ダブラン小父さん」という愛すべき人物はわれわれに親しいものとして残されている。市民的職業の狭い視野から見ていたにも拘らず、彼は心の直観でバルザックの天才を、パリや文学や世界が発見する気になった時より一〇年も早く見抜き、認めたのであった。

＊

ただ一人バルザックのことを気にかけたこの男は、時々彼の途方もない孤独の境涯を上辺だけでも慰めることができたが、しかしまだ何も教わっていない無経験な作家の内心の不安にもとづく宿命的な苦悩を取りのぞくことはできなかった。バルザックはこめかみをピクピクさせ、熱っぽい手をして夢中でせかせかと書いて書いて書きまくった。というのは「クロムウェル」を是が非でも数週間のうちに書きあげなければならなかったから。しかしその間に、友人も相談相手もなく創作する駆出しの作家なら誰でもなめる恐ろしい目覚めの瞬間がやってきた。彼は自分自身について、また自己の能力について、更にやがて生れ出ようとする彼自身の作品について、疑惑の念を抱きはじめた。バルザックは「果して十分な才能があるかしら。」と間断なくわれとわが身にたずねた。そして妹に手紙を送り、同情のあまり甘い点をつけて迷わさないでほしいと幾重にも頼んだ。

　何かしら僕の書くものについていう際には、「結構です。」などと決していわないでほしい。兄弟のよしみで頼むよ。欠点だけを見つけて、褒め言葉は君の胸に納めておいてくれ。

燃え立っているこの青年は平凡陳腐な作品を創作しようとは思わなかったのだ。

　凡庸なぞ悪魔に食われてしまえ。――と彼は叫んだ。――グレトリーかラシーヌにならなくてはならないのだ。

もちろん創造の火のような雲につつまれている時には、「クロムウェル」はしばしば素晴らしい作品のように思われた。そして誇らしげに告げた。

僕の悲劇が王侯庶民の座右の書となってほしいものだ。願わくは傑作をひっさげて世に出るか首をくくるかだ。

それから再び気おくれのする瞬間がくる。

僕のすべての悲しみは、自分でも認めている才能の乏しさということからくる。

彼のあらゆる勤勉も恐らく徒労ではあるまいか。というのも芸術の世界では、ただ勤勉というだけでは埒があかないから。……

この世の仕事という仕事をみんな寄せ集めたところで、天才のひとかけらさえ生れてこない。

「クロムウェル」が完成に近づけば近づくほど、件の悲劇が彼の手で果して傑作となるか失敗に終るかの問題が、この孤独の男にとって辛いものになってきた。

不吉なことにバルザックの「クロムウェル」が傑作となる見込みは殆どなかった。自己内心の道も知らず、経験に富んだ手で指導もされなかったこの初心者は、誤った方向に向っていたのだ。世の中も舞台の実際も知らない二十一歳の男のまだ羽根も生えていない才能にとって悲劇を書くこと、——少くともそれを韻文で書くことぐらい不相応なことはなかった。彼にしても「韻文の才能には殆ど恵まれていない」ということはよくわかっていたに相違ない。しかも彼の韻文が、——現存している若干の詩句においても同じことだが、——彼の水準をはるか下回って底知れぬ低さにあることは偶然ではない。詩句、特に重々しく拍子をとって進むアレクサンドル句格は、平静と慎重と忍耐を詩人に要求するものである。——従ってあふれるばかり滔々と流れ出るバルザックの性格とはまさしく絶対に矛盾する特質をそなえている。彼は精神が高揚する時だけ考え、書くことができた。そんな時ペンは殆ど彼の言葉や思想に追いつくことができなかった。一つの連想から他の連想へと飛躍する彼の想像は、音節を教えたり巧みな韻律を作り上げたりするためにちょっと足をとめるというわけに行かなかった。窮屈な固定した形式は彼の本性の激しい飛躍を当然妨げたに相違ない。そして情熱的な青年が古典的な形への努力において創り出したものは、冷かな、空虚な、猿真似の悲劇となった。

　しかしバルザックはそれに気がつくひまさえなかった。ただもう作品を完成し、自由の身となり、有名になろうとして、つまずきがちのアレクサンドル句格を推し進めた。彼の望みはただもう完成することであった。そして自分に天分があるのか、それとも再び公証人の書記となり家庭の奴隷となるべきかどうかという質問に、運命がどんな返事をするか知ることであった。一八二〇年一月、四ヵ月にわたる一心不乱の仕事の果てに「クロムウェル」の輪郭が出来上った。春リール・アダンの友人のところで最後の筆を加えて仕上げた。そして五月、完成した原稿を貧弱な荷物袋に入れて、ヴィルパリジの家族のもとにそれを朗読してきかせるために現われた。今やフランスが、世界が、オノレ・バルザックという名の新しい天才をもつかどうか、重大な決定の下される時がきた。

*

一家は、問題の子とその作品を好奇と焦躁の思いで待っていた。いつの間にか少し風向きが変り順風が吹きだしていた。家族の経済状態もある程度よくなって、再び以前よりほがらかな気分が家庭にみなぎっていた。——とりわけオノレの愛妹ロールが申し分のない良縁を得て、財産家でおまけに貴族の技師ド・シュルヴィルに嫁いでいたからである。バルザックが一スーの借金もしないで饑餓療法を断乎としてやり通した意外の事実もまた疑いもなくみなを感嘆させてしまった、——とにかくそれは性格と独特の意志の力のお蔭だというわけで。二〇〇〇行の詩句からなる完成した原稿は単にそれに費した紙の量からいっても、公証人の候補者が堅実な職業を突拍子もなく断念したのが単なる怠惰のせいではないという証拠になる。青年詩人の僧院的なつましい生活に関するダブラン小父さんの好意的な報告は恐らく両親の胸に、自分たちは詰るところ息子に対してあまりにも冷酷不信の態度をとったのではあるまいかという多少の疑惑を喚起するのにあずかって力があった。それにしても多分この風変りな意地っぱり男のうちには何か特別なものがひそんでいるのかもしれない。彼がもしほんとうに才能があるなら、コメディー・フランセーズ座での初演は結局サランビエ家やバルザック家にとっても全然不名誉なことにはならないだろう。母親さえ遅ればせながら息子の創作に関心を抱きはじめ、一面に訂正された原稿を手ずから清書しようと申し出た。朗読の際、ぞんざいな字のお蔭でかりにも効果をそこねたら大変だというのである。初めてオノレは両親の家で多少まともな待遇を受けた、――もっとも永続きはしなかったが。

オノレ・ド・バルザックに「天才」があるかどうかを決定すべきこの朗読は、五月ヴィルパリジで家内同士の心おきない祝典の雰囲気のうちに行われた。最高法廷を完全なものにするため、新しい義弟のシュルヴィルのほかに数人の有力な友人が招待された。そのなかにはバルザックの臨終まで終始医師であり友人であり讃美者であったナカール博士もいた。感心なダブラン小父さんはもちろんこの奇妙な初興行に同席するといってきかず、「郭公《クークー》」という流行遅れの乗合馬車でパリから二時間ガタゴト揺られてやってきた。

それは実際奇妙な初興行であった。バルザック家は朗読のために厳粛に客間をととのえた。諸々方々を遍歴したことのある百姓息子バルザックの父、厳格な母、ヒポコンデリーの年老いたサランビエお祖母さん、妹のロール、技師で架橋や道路工事には通じているがアレクサンドル句格の組立てがうまいとか窮屈な感じがするとかいったことは分らないその夫など、固唾をのみ円陣をつくって肘掛椅子に腰かけていた。来客のうち上席は、王立医学会の幹事ナカール博士とダブラン小父さんが占めていた。うしろの方ではオノレの妹のローランスと弟のアンリの二人が、恐らくろくに注意も払わないで聞いていた。このろくろく権威もない聴衆を前に、なり立ての新米作者は珍しく綺麗に洗濯した衣服をまとい、小さな白い手で神経質そうに原稿のページをめくりながら小さなテーブルに向って腰かけていた。痩せた二十一歳の青年の硬くて濃い長髪はうしろへ天才風にかきあげてあった。黒い眼はしかし一瞬いつもの炯々たる閃きを忘れて、少し不安そうに列席者の顔から顔へ、まだ口に出ない質問の返事を探すかのようにキョロキョロさまよった。彼はかなり気おくれの体で第一幕第一場を朗読しはじめた。しかし間もなく調子が出てきた。そしてそれからアレクサンドル句格の激流は、三、四時間ぶっ通しに部屋中を万雷の如くとどろき、ざわめき、せせらぎ、流れた。

　この奇妙な、記憶すべき朗読の経過と成果についてはなんの報告もない。年老いたサランビエお祖母さんがその間に寝入ったかどうか。チャールズ一世がまだ処刑に至らないうちに二人の弟妹がベッドに引揚げなければならなかったかどうか、何も分っていない。ただ一つ確かなことはこの少々退屈な試演の後で、オノレに天才があるかどうかを即座に権威をもって決定しなければならない羽目に陥って、朗読の聴き手たちがいささか面喰ったことである。老齢の陸軍御用商人や金物卸商や橋梁技師や外科医は、韻文劇の理想的な批評家というわけにはいかなかった。そして自分たちだけがこの劇的怪物に退屈したのか、あるいは怪物そのものがもともと退屈な作品なのか、いずれかに決めなければならないことになんとなく不安を感じたことは疑問の余地がない。この件について一同の不安を見てとったシュルヴィル技師は新ソフォクレスの作品を、——バルザックは少し早まってそんな名前を夢みていたのだが、——実際に権威のある法廷に持ち出して鑑定を乞うてみたらどうかと提案した。この機会に彼は母校の理工科大学の文学の先生のことを思い出したのだ。その先生は自分でも韻文喜劇数篇の作者であり、その劇は上演されたことさえあった。シュルヴィルはそのアンドリュー氏が判定を下すよう、喜んで斡旋の労をとろうといった。青年作家バルザックに「天才」があるかどうかを判定するのに、文学史教授の免状所有者でこれまでにコレージュ・ド・フランスの講壇にも立ったことのあるアンドリュー先生以上に適任者があろうか。

　さて律儀な市民は立派な官界の肩書に何よりも畏敬の念を払うものである。国家から教授に任ぜられ、そしてコレージュ・ド・フランスで講義を許されるような人なら、その判定に間違いはないにきまっている。バルザックの母と妹はパリに巡礼に出かけ、お世辞たらたら原稿を提出して判定を願った。——アンドリューが実は有名な作者であったことを世間はとうの昔に忘れていたが、いまそれを思い出させられて先生は悪い気がしなかった。彼は「クロムウェル」を一読して直ちにこれは全く見込みのない作品だという判定を下した。この意見はその後、後世も確認したものである。ところで彼はこの作品に対しては苛酷な判決を下したものの、オノレ・ド・バルザックの天才を決定的かつ残酷に否定などはしなかった。これはこの誠実な男の功績とさえ見なさなくてはならない。彼は母親に極めて慇懃な手紙を書いた。

御子息をがっかりさせようなどという気は少しもございませんが、悲劇や喜劇の制作に耽られるよりも何かほかにもっと有意義な時間の使い道があるように思われます。もしも御子息にお出で頂けますようならば、文学の研究こそ重んじなくてはならないと小生には思われる次第や、職業的詩人にならなくても文学から引き出しうる、また当然引き出さなくてはならない利益というものについての存じよりなどお話し致したいと思います。

バルザック家が最も好んで聞きたかったのはまさにこのような「理性的」な妥協の提案であった。オノレが著作を続けようとしたところで、なぜそれがいけないのか。仕事机にもたれて坐ることは方々のコーヒー店に腰かけてのらくらしたり、浮気娘と一緒に時間や健康や（おまけに金）を浪費するよりは、青年にとってとにかくずっとよい（しかもずっと安上がりな）ことなのだ。しかしそこはよく心得ているからこそアンドリュー教授も忠告したのだろうが、それはもちろん poète de profession（職業詩人）としてではなく、市民的な手堅い職業に就くかたわら道楽として、片手間に都雅な文芸に親しまなければならないのだ。しかし「クロムウェル」の失敗にも拘らず、自分は poète de vocation（天性の詩人）だと思っているバルザックは危険を見てとった。天から授けられた仕事が巨大すぎて、余技としてはやれないということを、神秘的な本能から嗅ぎつけたのだ。

> もしも僕が何かの職に就いたらもうおしまいだ。……商店の手代とか、何かの機械とか、その機械を動かす馬とか、そんなものになってしまうだろう。三〇回か四〇回ぐるぐる回って、きまった時間に飲んだり食ったり寝たりするあの馬だ。その辺で見かける並の人間とちっとも違わない人間になってしまうだろう。しかも人は粉ひき場の挽臼のこうしたぐるぐる回りを生活と呼ぶのだ、同じ事柄の永遠の繰り返しを。

その実体がなんであるかを知らないながらも彼は、人力の限度、否それ以上さえ必要とする特殊の使命を遂行するために自分は生れていると感じた。そこで妥協を拒否して証文に固執した。父との契約によると二ヵ年の試験期間はまだ過ぎていなかった。まだまる一年以上残っていたので、これを利用しようとした。彼が生涯を通じて見舞われた数かぎりない幻滅の後と同じように屈せず仮借せず、以前よりも一層決然と、強制労働ならびに家族から s'indépendantiser（独立）するために、自ら選んだレディギエール街の監獄部屋に帰って行った。

第三章　オラース・ド・サン・トーバン小説工場

　バルザックは悲劇「クロムウェル」が失敗だったことを数日間、いや恐らく数週間認めようとはしなかった。それでもとにかくこれをコメディー・フランセーズ座へ持ち込んだものかどうか、ひどく友情に厚いダブランと相談している。律儀な金物商のダブランは芝居とはろくに縁がなかったが、座付俳優ラフォンと知合いのある男に頼んで、ラフォンがこの作品の面倒を見てくれる気があるかどうか、訊いてもらうことにした。バルザックがあとから訪ねて行ってお世辞のありったけを並べる。恐らくラフォンは他の俳優仲間にこのクロムウェル劇を示すだろうというのである。しかし突然バルザックは自分というものの値打を自覚してこのプランに反対した。なぜ余計な卑下をしなければならないのか。使い古しのカルタをなんのためにこうまでしつこく使う必要があるのか。自分には力があると思うものは、きびしい打撃にも耐えることができる。「クロムウェル」はもう済んだのだ。むしろもっといいものを書いたほうがいい。バルザックはダブランにこれ以上の骨折りはやめてくれといった。彼は断乎として机の抽斗へその原稿を投げこんだ。そしてもはや二度とこの最初の若気の過ちには眼をくれなかった。

しかし今や速かに再び仕事にかかることだ。「クロムウェル」の惨敗は彼の自惚れを少々へこませた。一年前熱狂的に「クロムウェル」を書いていたときはやはりまだ途方もない夢に耽っていた。二十歳の若者はただ一撃で光栄と名誉と自由を闘いとろうとしていた。今やこの打ちのめされた劇作家にとって、書くこと、創作することは何よりも実際的な意味をもつようになった。すなわち両親の世話になってはならぬということであった。傑作と不滅の名声は後まわしだ。問題は何よりもまず書いて金を儲けることだった。是が非でも金を儲けて、まるで施し物か何かのようにその使い道を一銭の末に至るまで両親や祖母に説明しなくてもすむようになることだった。生れて初めてこの救いがたい夢想家は、やむを得ず現実的に物を考えるようになった。バルザックは何か書いて速かに成果をあげようと決心した。

ところで手っとり早く成功するにはどんな文学がよいだろうか。何も知らない彼は、あたりを見まわしてみて気がついた。それは小説であった。ジャン＝ジャック・ルソーの「新エロイーズ」やゲーテの「ウェルテル」といったような感傷的な第一波が欧州で砕け散ると、今度は英国から新しい波が押し寄せてきた。ナポレオン時代はなべての戦争時代と同じく日常生活が大いに緊張していたので、いや緊張しすぎていたので、市民は小説人物なり詩中人物なりの運命についてあれこれ気をもむ必要を感じなかった。「世界報知《モニトゥール》」が詩人に代って詩作していた。しかし平和が再び訪れブルボン王家が復位するとともに、最近は他人の冒険談で心にスリルを覚えたり神経をくすぐられたり、身の毛をよだてたり多情多感になったりする欲求をひそかに抱き出した。世間は小説を望んだ。煽情的な、絢爛たる、浪漫的な、異国的な小説をほしがった。で、この種の文学は大いに要望されたが、近頃方々で開かれたばかりの図書閲覧所や貸出図書館は、大衆のその欲求を殆ど満足させることができなかった。毒と涙、貞潔な処女と海賊、血と追従と不正と高潔、魔女と吟遊詩人、――こうしたものを魔女の厨で臆面もなく混ぜあわせて浪漫的歴史的お団子に焼きあげてから、その上に妖怪と戦慄の氷のような冷たいソースをいっぱい注ぎかけることのできる作家には、今や素晴らしい時代がやってきた。たとえば英国のアン・ラドクリフ女史がそうだった。その工場はゾッとする話や怪談で水車小屋の車輪のようにきしり鳴っていた。この勤勉な女流作家の制作上のからくりを素早く呑み込んだ何人かのフランスの作家は、自分でも「怪奇小説」を書いて大いに金を儲けた。しかしもっと高級な種類の文学でも、歴史的、特に中世の衣裳をつけたものが今や盛んに流行した。サー・ウォルター・スコットの騎士は流行遅れの剣と燦然と輝く甲冑で、ナポレオンが大砲でしたよりもっと多くの国々と人の心を征服した。また一方バイロンのトルコ総督や海賊はその憂鬱そうな風貌で、かつてリヴォリとアウステルリッツの戦勝を告げたコミュニケと同じくらい激しく人々の心を波打たせた。

バルザックは浪漫的な時代の風を満帆に受けて歴史小説を書こうと決心した。バイロンとスコットの成功に誘われたのは彼ひとりというわけではない。間もなくヴィクトル・ユゴーは「ビュク・ジャルガル」「ハン・ディスランド」「ノートル・ダム・ド・パリ」で、ヴィニーは「サン・マール」でそれぞれ巨匠らしい腕を同じ分野に試みることになるが、二人とも早くから詩作に従っていたので、洗練された言葉や構想の技術に巧みであった。これに反してバルザックは、模倣するものの覚束ない足どりで小説「ファルチュルヌ」を書きはじめた。彼はアン・ラドクリフのみじめな駄小説から史的背景を借りた。すなわち型どおりに書割はナポリである。三文小説にきっと出てくる人物はすべて登場させた。まず第一にこういう小説になくてはならない魔女の「催眠術師、ソマリスの魔法使」、ノルマン人と傭兵隊長、鎖にしばられた貴族の囚人と多情多感な小姓などであった。草稿によると戦闘や攻城や城内の地下牢や、最もあり得べからざる恋愛の英雄行為が盛られていた。要するに若い作家が使いこなせるものよりずっと多くを扱っていた。「ステニーまたは哲学的誤謬」という他の小説も未完となった。これはルソーの文体で書かれた書簡体小説で、ルイ・ランベールのお好みのテーマ「意志論」がおぼろげな輪郭ながら述べられている(原稿の一部は、のちの他の小説の穴埋めとして用いられた)。バルザックは二度目の敗北を喫した。悲劇の試みにおいても失敗し、小説でも頓挫した。一年たち更に半年がすぎた。しかも父母の家では、運命をつかさどる峻厳なパルクの女神が、彼の自由の細い糸を決定的に裁ち切ろうと待ちかまえていた。一八二〇年一月十五日、バルザック家から予告があって、レディギエール街に彼が借りている部屋は一八二一年一月一日かぎり解約されることになった。著述業をやめて市民の生業に戻れ。堅実な職業を選べ。両親の金を使うのはもういい加減で切り上げて、自分で金儲けをしろというのだ。

＊

自分で金を儲ける、s'indépendantiser する、わが手で自由になり、ひとり立ちとなる、――まさにこのためにこそバルザックはレディギエール街の穴倉時代牢獄時代を懸命に戦ったのである。彼は節約し、飢え、指から血が出るほど書きとばし、あくせく働いたのだ。でも徒労に終った。最後の瞬間に奇蹟が彼を救わないなら、市民らしい職業に戻らねばならないだろう。

かようにひどく途方にくれ絶望に陥った瞬間には、さしずめ童話ならば次のようなことが起きる。捨鉢になったものに誘いの手が近づき、その魂を買うのである。バルザックの場合、その誘惑者は決して悪魔には見えなかった。魅力ある愉快な青年の姿で現われ、さっぱりした下着に裁断の見事なズボンをはいていた。そして彼がバルザックから買おうとしたものは断じて魂ではなく、ものを書く手だけであった。どこでまたいつということは分らないが、――恐らく小説を売り込みに行った出版社のところか図書館か食堂で、バルザックはこのほぼ同年輩の男と知合いになったのだろう。風采が小綺麗なところへ持ってきて、この男はオーギュスト・ル・ポワトヴァン・ド・レグルヴィルという貴族名を持っていた。俳優の息子で、父から幾分の器用さを受けついでいた。文才には欠けていたが、その埋合せとして世情に通じていた。で、才能もないくせに、「二人のエクトルまたはブルターニュの二家族」と題する自作の小説のために出版者を一人うまくつかまえることに成功した。不手際な書きなぐりであったが、完成間近のこの仕事に、出版者はすでに現金八〇〇フランを支払った。この本は二月オーギュスト・ド・ヴィーレルグレという筆名でパレー・ロワイヤルのユベール書店から二巻物として発行されることになっていた。バルザックは恐らくこの新しい友達に、自分の作品の不運を嘆いてみせたのであろう。それに対してポワトヴァンは、バルザックの法外な文学的野心こそかような不運の本当の原因だと説明したに違いない。誘惑者はこんな注意をした、――なんのために芸術的良心を小説に持ち込むのか。なぜそんなに小説の仕事を真剣に考えるのか。小説を書くなんて造作ないことではないか。題材を選ぶか盗むかするのだ。たとえば出版者がいま熱望している何か歴史物をやるのだ。そして数百ページを素早く片づけるのだ。それも二人でやるのが一番いいだろう。自分はいま出版者を掌中に握っている。バルザックさえその気なら、共同で次の小説を書いてもいい。いや、もっといいことがある。阿呆らしい小説の筋立ては二人して一緒にやろう。そいつを書きとばすのは君のほうだ。君のほうがうまいし早いから、売り込は僕が引受ける。で、承知なら店開きをして、利益は折半としよう。

　提案は屈辱的なものであった。それは本の型の大小から割り出される限られた枚数の三文小説を限られた期間内に書きなぐることであり、おまけに良心も野心もまったくない仲間と一緒に仕事をすることであった。きのうまではまだ「今様ソフォクレス」の夢を抱いていたのに、なんという有為転変であろう。ただもう数百フランの金ほしさに自らの才能を濫費し、そして恐らく堕落してしまうとは。一年前にはバルザックという名前を不滅のものとし、ラシーヌに挑み、意志の全能に関する新学説を人類に伝えようとしていたではないか。やはり誘惑者が要求した犠牲は彼の魂そのもの、芸術家の良心であった。しかしバルザックは他にとるべき道がなかった。いま住んでいる下宿の部屋は立退きの通告を受けていた。ペンでは食えず、また食えなかったからといっておめおめ家に帰ろうものなら、父と母は二度と彼を自由の身にはしてくれないだろう。同じ刑罰なら、他人の踏み車を踏むより自分の踏み車を踏んで呻吟するほうがいい。そこで彼は誘惑者と契約を結ぶことにした。二人の次の小説は「シャルル・ポワンテルまたは身分違いの従兄」と題され、これはル・ポワトヴァン・ド・レグルヴィルがすでに書きはじめていたか、それとも多分草案ぐらいはできていたものだが、バルザックを内々の共作者として（いや主役であったかもしれないが）、彼の名前はおもてに出さないことにした。新しく設けられる小説工場のこれからの作品は、A. de Viellergré（ヴィーレルグレはL'Egrevilleの換え綴り）ならびにR'Hoone卿と（ローヌはHonoréの換え綴り）、協力工場らしく連記の署名で行くことに決まった。

悪魔との契約はこんな工合に結ばれた。シャミッソーの有名な短篇でペーター・シュレミールが地獄の主に売るのは自分の影である。バルザックは彼の芸術と功名心と名前を売り渡した。自由になりたいばかりに「くろんぼ」、――つまり人知れず他人のために働く筆耕となって、かえって奴隷の身分に落ちてしまった。彼の天分と名前は向う何年かガレー船の闇のなかに姿を消すことになる。

＊

魂を売り渡す契約を結んだあと、バルザックはいわばほんの慰労休暇のつもりでヴィルパリジの家に戻った。レディギエール街の屋根部屋を否応なしに明け渡さねばならなくなったので、ヴィルパリジの、もと妹のロールが使っていた部屋に入った。結婚後あいていたのである。自分の金ができたらさっそくパリにいま一つ足がかりの部屋を手に入れるつもりで、それまではわき目もふらず働こうと固く決心した。彼は妹が兄の名声をロマンティックに夢みていたその小さな部屋に小説工場を設けた。書きあげた原稿をうずたかく積み重ねながら昼夜を分かたず仕事に没頭した。というのはル・ポワトヴァン・ド・レグルヴィルが原稿売り込に大いに精を出すお蔭で、流れるように注文が殺到したから。時計の分銅はうまく釣合いがとれていた。書くのはバルザック、売りさばくのはポワトヴァンだった。

家族は局面の新展開を市民らしい満足と一緒に見守った。最初の作は八〇〇フランだが、速かに増加して二〇〇〇フランが二人の組合員のあいだで分けられるという初めの契約を見てからというもの、一家はもはやその仕事をそんなに笑止の沙汰とは思わなくなった。このろくでなしは恐らく自立するだろう、いつまでも自分たちの脛をかじることはあるまいと考えた。とりわけ父親を喜ばせたのは、息子が大詩人になりたいなどという大それた気持をはっきり思い切ったこと、ありとあらゆる筆名を使って、バルザック家という良き市民の家名をけがさないことであった。この好人物の老紳士は「倅が自分の葡萄酒に水を割っている。」(控え目になった)のを認め、「まだ時もあるし、やはり倅がひとかどのものになることを望む。」といっている。これに反してバルザックの母は、うるさく倅に干渉してすべてを台なしにするという因果な生れの女だが、わが家に設けられた小説工場を家族に関係ある問題と見なした。母と妹は進んで批評家と協力者の役目を買って出た。母は彼の「文体の欠陥」を嘆いた最後の批評家ではないにしても、たしかに「ラブレーが彼を腐敗せしめた。」と不満をもらした最初の人には違いない。彼女は原稿を入念に見直すようにと、きびしく攻めたてた。成人したバルザックがこの永遠の後見ぶりにどんなに腐ったか察しがつく。道楽息子が嫌がるにも拘らず涙もろい心配癖から抜けきれなかった母は、やがて間もなく「オノレは自分のことについても自分の知識についても随分自惚れたことを考えているので、みんなの感情を害するに相違ない。」と言い出すようになった。彼のような自然に近い人間には家庭は狭すぎた。家庭の雰囲気は辛抱できなかった。彼のただ一つの望みは、もう一度パリで部屋を一つ借り、数年このかた待望の独立を得ることであった。

　自由を得ようとする衝動にかられて彼はガレー船の奴隷のように働いた。一日二〇ページから四〇ページ、つまり一章分が平均の仕事だった。しかし儲かれば儲かるほどますます儲けたくなった。家庭という嫌な牢獄を逃れるために息せききって胸をどきどきさせながら、囚人が走るように書きつづけた。しまいには悪魔にとり憑かれたようにやたらに働くので、さすがの母も驚いてしまった。「オノレはやたらに働く。こんな生活を向う三ヵ月も続けたら病気になって、私が看てやらずばなるまい。」しかし一旦情熱のとりことなったバルザックは、彼の本性のすさまじいエネルギーをことごとく小説工場に投げこんだ。三日目ごとにインキ壺は空になり鵞ペンは一〇本駄目になった。仕事に当って彼の労働力は弾みがついて、いつも奮迅の勢いとなり悪魔にとり憑かれたようになった。これは後年、同業の作家たちすべてを唖然たらしめたものである。彼はポワトヴァンの最初の小説「二人のエクトル」に手を貸して仕上げたらしいが、その後なお一八二一年に彼と一緒に、——あるいは恐らく彼に代って小説「シャルル・ポワンテル」を書きあげた。この小説にはバルザックの「ステニー」から採った章句がいくつかそっくり入っているが、ヴィーレルグレの名で出版された。なおその年が改まらないうちにすでに第二の小説、——「二人のエクトル」を勘定に入れれば第三の小説「ビラーグの世継ぎ、元ベネディクト派修道院副長ラゴ師の草稿にもとづき、ともに同師の甥なるA・ド・ヴィーレルグレ氏とローヌ卿の刊行にかかる物語」というのが完成された。この四巻の作品が一八二二年二月なお印刷が済むか済まないうちに早くも踵を接して次の四巻物が出来上った。「ジャン・ルイまたは拾われた娘」がそれで、やはりベネディクト派の荒唐無稽な修道院副長の尊敬すべき二人の甥が連名で署名している。しかし早くも彼は、自分ひとりが頭と手であり、頭脳と心臓である共同作業に嫌気がさした。バルザックはなおもまた大急ぎで次の小説「タタール人または追放者の帰還」を書きなぐった。これはA・ド・ヴィーレルグレの名で（同じく一八二二年）刊行された。ローヌ卿が本来著者であるのに、共著者にさえなっていない。彼はこれを契約破棄の補償としたように思われる。それ以来バルザックはローヌ卿（旧称A・ド・ヴィーレルグレならびにローヌ卿）小説工場の唯一の所有者となって出版に当った。そしてこれをフランス第一の小説工場にしようと決心した。初めて金を懐にして欣喜雀躍した彼は、妹にこんなふうに大風呂敷をひろげてみせた。

　これから僕は、銅像になる前のアンリ四世の馬みたいにうんと働くつもりだ。今年は二万フラン儲けて財産の基礎としたい。さしあたりの仕事は「アルデンヌの助任司祭」「学者」「オデット・ド・シャンディヴェール」「ローヌ家」、……それと脚本を山ほど。日ならずしてローヌ卿は流行児になるだろう。最も多産的な、最も愛すべき作家となって、御婦人方から下へもおかずにチヤホヤされるだろう。そうなると小兵のオノレは財布をいっぱいに膨らませ、得意そうにそっくり返って馬車で乗りつけるだろう。オノレ先生が近づくと人々は囁き交わすだろう。偶像好きな大衆のお世辞まじりの囁きだ。「シュルヴィル夫人のお兄さんだ。」などとね。

　これらのあわれむべきなぐり書きの作者が未来のバルザックであるということを、われわれはただ一つの点においてのみ認めることができる。すなわちその制作の速度がどうにも不可解で、どうにも名状すべからざるほど早いことである。ポワトヴァンと共著の、もしくは代作の一六巻から二〇巻の作品を書いた後で、彼はなおこの一八二二年にそれぞれ四巻物の小説三篇、――したがって一二巻を発表している。「クロチルド・ド・リュジニャンまたは美しきユダヤ人」「百歳の人またはベランゲルド家の二人」「アルデンヌの助任司祭」がそれである。公衆がこのような機関銃射撃に果して耐えられるかどうか、自分でも心配になったらしい。というのは最後にあげた二つの小説では仮面を変え、もはやローヌ卿とはせずオラース・ド・サン・トーバンと署名しているのだ。この新しい商標は出版者にとって、以前の商会のものよりはるかに高価についた。相棒と利益を分配しなければならなかった小説一篇につき八〇〇フランの印税を、ローヌ卿すなわちサン・トーバンは一篇一五〇〇部につき二〇〇〇フランに引き上げたのである。一年に小説を五篇か一〇篇書けば、――そんなに早くて非良心的な細工でよければお安い御用だが、――青春時代の夢も正夢になりそうだった。もう四、五年もすれば金持になって永久に独立できるだろう。

*

有名なバルザック崇拝家の専門組合の連中ですら、「くろんぼ」の賤役に服したこの時代のバルザックが匿名で執筆出版した本をことごとく報告することはできない。しかもローヌ卿やオラース・ド・サン・トーバンの名で出版した小説は、彼の人知れぬ活動のほんのわずかの部分にすぎず、どの道褒められるような出来ではない。かつて相棒だったポワトヴァンのみじめな作品「ミシェルとクリスティーヌ」およびその続篇を仕上げてやったことは確かだし、オーロール・クロトーの名で出版された「黒白混血児」の全部もしくは一部をも書いている。二十二歳から三十歳にかけて、どんな文筆活動にせよ、よそからのどんな依頼にせよ、どんな合作にせよ、これでは自分の沽券にかかわると考えたものは一つもなかった。猫も杓子も彼の素早いペンを割安で、筆者匿名で当てにすることができた。無学文盲の時代にパリの場末の街頭で、およそ通行人が望むものは何でも、女中の恋文であろうと訴訟、請願、告訴の書類だろうと、わずかの費用で書いてやったあの代書人のように、世紀最大の作家は野卑でアレチーノ式の無遠慮ぶりを発揮して、怪しげな政治家や朦朧出版屋やすばしこい代理業者のために本や小冊子やパンフレットを好きなだけいくらでも書いてやった。要するにありとあらゆる値段の、ありとあらゆる種類の安物を書いた。彼は注文に応じて王党派のパンフレット「長子権について」を書きなぐり、人のものを勝手に使って「ゼズス会正史」というのをでっちあげた。メロドラマ「黒人」も「パリ看板小辞典」も二つながら同じく無頓着に書きあげた。一八二四年この『商会』は情勢に応じて経営を小説からいわゆる「法典もの」や「生理もの」に切り換えた。これは正体のはっきりしない「文芸物仲介業者」のオラース・レーソンが流行させたものであった。今や工場はくる月もくる月も続々と、法典ものすなわち無理やりプチ・ブルジョワを笑わせるような娯楽ものを生産しはじめた。「正直者必携または詐欺師にだまされない法」とか、「ネクタイの締め方」とか、「夫婦法典」とか、——これは後年「結婚の生理」に発展するが、更に後年の不滅の名作「ゴーディサール」に役立った「地方まわりの注文とり法典」とか、

「借金の払い方、一文も出さずに債権者を満足させる法」とかがそれである。最後のは後年の戯曲「メルカデ」の主人公の芸当で、これは彼自身、一生かかっても決して修得できなかったものである。これらの法典ものはことごとく、――なかにはオラース・レーソン著となっていて最大の利益をあげた「礼儀作法教程」も含まれているが、――バルザックひとりの作か、九分どおり彼の手になるものであった。その多くが二〇〇〇部以上売れていることは確認できるにしても、その他なお小冊子や新聞記事はおろか恐らく商店の宣伝ビラさえ書いたらしく、その数がどのくらいになるものやらもはや追求できない。なぜなら彼にしろ、どこの誰とも今では分らない注文主にしろ、この安本行商の仮ベッドで生み落された私生児を後日になって公然と認知する気にはなれなかったから。ただ論議の余地のない点はバルザックがこの汚辱の時代に走書きした夥しい文章のうち、ただの一行でも文学や芸術とはなんの関係もないということ、それを書いたのは君だろうなどといわれたら誰しも赤面するだろうということである。

淫売、――この種の駄作はほかの言葉では言い表わせない。おまけに愛情もなく、手っとり早く金を儲けたい一心からやったことだし、まさにあわれむべき淫売であった。最初は自由になりたいあせりからだったろうが、一旦堕落してこのように容易な儲けになれてしまうと、バルザックは以前に倍して品位をけがした。小説を書いて大変よい収入を得たにも拘らず、それよりずっとわずかな報酬に甘んじながら三文文学のあらゆる淫売屋で才能を浪費した。いわば同時に二、三軒の娼家に抱えられている淫売婦であった。「ふくろう党」と「あら皮」でフランス文学の大家となった時でさえ、――臍繰りほしさに結婚後も人目を忍んで待合に出入りする人妻のように、相変らずこの裏口階段に通い続け、わずか数百フランのためにまたもや朦朧売文業者のベッド兄弟に堕して、すでに有名人となったオノレ・ド・バルザックの名誉を傷つけた。匿名のマント、――彼はそれに隠れて怪しげな仕事をしていたのだが、そのマントがかなり古びて糸目があらわになった今日、バルザックがその汚辱時代に文学上のあらゆる不潔の罪を犯したことが分っている。彼は他人の小説を自分の小説の断片で繕っている。逆に自分の三文作品のために、他人の小説から構想と場面を公然と盗んだ。あらゆる種類の文学的仕立屋の仕事をすばしこく、厚かましく引受けた。他人の作品にアイロンをかけたり引きのばしたり、変えてみたり染めてみたり、現代化したりした。需要のあるものなら哲学であれ政治であれ閑談であれ、何でも供給した。いつも注文主の希望に応じるように心がけ、素早く巧みに、ためらわず働いた。口笛が鳴るとすぐ駆けて行き、たまたま流行の品物があれば、敬虔かつ機敏にそれに切り換えた。彼がどんな朋輩や同僚、どれほどつまらぬ三文出版屋や卸売書籍商人と交際したかを考えると、そぞろにあわれを感じる。世紀最大の物語作者もそのときは最下級の人間の屑に買われ雇われた下働きにすぎなかったのだ。それもすべて自尊心がなかったことと自分の真の運命に盲目だったことによるのである。

いかに天才とはいえ、彼がかような泥沼から無疵で脱出できたのは文学特有の奇蹟の一つである。これは自分の弁髪にすがって泥沼から這い上ったミュンヒハウゼン男爵の昔話によく似ている。もちろんこのみじめな冒険のせいで着物には少々汚れがついた。つまり彼が常連であったあの文学の淫売窟のある種の甘ったるい匂いである。Semper aliquid haeret（いつも多少ひそんでいる）で、どんな芸術家でもかように文学の下水だめに浸っていて罰を受けずに済むものではない。その才能にしても、下品な二人組の仕事に何年も片棒をかつげばどうせ無事にはすまないのだ。バルザックも今となっては彼の小説から決して俗悪な際物小説の良心のないやり方や、非真実性や、強度の感傷性をのぞくことはできなかった。しかしとりわけ小説工場時代に習い性となった流暢で迅速で如才ない書き方が、彼の文体に致命的な禍根を残した。というのは言葉は猛烈なやきもち焼きで、これに時々だがつれない態度をとり、娼婦を利用するように利用するだけで辛抱づよく言い寄ることをしなかった芸術家は、仮借なく復讐を加えられるから。バルザック、——成熟後のバルザックは絶望して責任感に目覚め、原稿や棒組のゲラ刷や校正刷を一〇回二〇回といじくりまわすが、そのときはもう遅すぎた。雑草は今となってはあまりにもびっしりと、あまりにも厚かましく根を張ってしまった。バルザックの文体と言葉は終生不純で手のつけようがなかったが、これはひとえに彼の発展の決定的な時代に自身の清潔さということをないがしろにしたからである。

＊

青年バルザックは内心の苛立ちを隠して表面麻痺状態にあったが、それにしてもかような堕落は真の自己を否定することだと、自分でも思った。彼はこれらの著作のどれにも自分の名前を出さず、後日、成功したかどうかはとにかく大胆に、作者たることを激しく否定した。彼の若き日に親しかったただ一人の妹ロール、――彼の最初の野心を信じて支援してくれたその妹にも小説工場の処女作「ビラーグの世継ぎ」を見せることを拒んだ。

それが実もって野卑な文学だから。

「ジャン・ルイ」は次のことを絶対に守るということを条件に一冊だけ彼女に与えられた。

君の本がバイユーで回し読みにされないよう何人にも貸さないこと、眼につくところへ出してもおかないこと。ただ、僕の商売の邪魔にならないよう吹聴だけは大いにすること。

この「商売」というただの一言で、バルザックが当時自分の書くものの値打についていささかも勘違いしていなかったことがよく分る。契約にしばられている彼は、夥しい枚数の原稿を印刷にまわさなければならなかった。それも早ければ早いほどよかった。支払いに重要なのは原稿の分量だけであった。そして彼にとってただ一つ重要な問題はその支払いであった。次の新しい小説を一刻も早く書きはじめようとあせるあまり、小説の構想とか文体とか統一とか独創性といった芸術上の問題は、ろくろく気にしなかった。彼は妹に、お前はそう忙しくもないから、僕が「アルデンヌの助任司祭」の第一巻を書きなぐっているあいだに、大体の筋書を頼りに第二巻を書いてほしいと、図々しい提案をしているくらいだ。――工場主になるとすぐ彼は、安い労働力はないかと早くもあたりに眼をくばって、自身いまだに「くろんぼ」の役を演じているくせに、さっそくもう自分のためにこのような「黒い」、すなわち人目につかない協力者を探そうとつとめたのだ。しかし牛馬のように労働しながらも時々自覚の瞬間があり、良心の鼓動がきこえた。良心はすっかりなくなっているわけではなかった。

ああ（と、彼は溜息をつく）、愛するロール、僕は毎日、ちゃんと独立のできる職業を選んだことをつくづくよかったと思っているし、これで金儲けもできるものといまだに信じている。しかし自分の力量が分ったような気がする現在、僕の思想の一番いいところを阿呆らしいことにむざむざ使うのが残念でたまらない。僕の頭には何かがあるような気がするのだが、これで境遇上何も心配がなければ、……もっとしっかりした仕事をするところなのだ。

後年彼自身の失墜と最後の自己贖罪を描いた作品（「幻滅」）におけるリュシアン・ド・リュバンプレと同じく、彼は焼けつくような恥かしさを覚えて、マクベス夫人のように身ぶるいしながら汚れた手をじっと見つめた。

小説をどしどし書いて自由な身になろうと試みるのはいいが、それがどんな小説だろう。ああロール、僕の輝かしい計画はどれほど失敗に終ったことか。

彼は書き進めながら、一方自分の書くものを軽蔑した。ブローカーのために書くのだが、そのブローカーを軽蔑した。かような超人的努力がしまいには何かある偉大な目標、――彼独自の偉大さへ彼を導くに相違ないという朧ろげな予感が、自分から身売りしたこのあわれむべき苦役に耐える力を生み出したのであった。いつもの伝だが、あらゆる幻想家のなかでも一番の本物であるこの男は、彼の幻覚のお蔭で現実から救われたのだ。

＊

そうこうするうちにオノレ・ド・バルザックは二十三歳になった。働いただけで、まだ生きたわけでもなく愛したわけでもなかった。彼を尊敬したり助けたり信用したりしてくれるものにはまだ一人もぶつからなかった。少年時代は学校のエローテス（古代ギリシャの奴隷）であり、家庭でも奴隷だった彼は、この奴隷状態を脱け出すための身代金をかき集めたいばかりに、恥ずべき報酬と引換えに彼の青春を売った。働かねばならない境遇から自由になるために働いた。苦役から解放されるため苦役に服した。そしてこの悲劇的パラドックスは今後ずっと彼の生活の形式と慣例になる。いつも同じ責苦の循環であった。もはや書かずにすむようになるために書いた。金のことを考えなくてもすむようになるために金を、――沢山の金を、ますます多くの金をかき集めた。世界を征服するために、――そのあらゆる国々やその女やその贅沢やその王冠すなわち世界が献ずる不滅の名声でいよいよ確実に世界を征服するために、世界と縁を切った。しまいには浪費できるようにと節約した。最後には人なみの生活が送るようにと昼夜の別なく、ひたぶるに味気なく働いた。――今後これは彼の神経を興奮させ、彼の筋肉を鞭うって超人的な仕事に奮起させるバルザックの荒々しい夢となる。この時分の仕事に偉大な芸術家を認めることはまだ許されないが、いろんな人間、形象、運命、風景、夢、思想などという火の塊を間断なく噴き出す彼の大きな爆発力はすでに明らかに看てとられる。そして火山の場合と同じくその燃える熔岩は、表面の発散物ではなくて神秘的な深層から噴き出したものであることがわかる。阻止され束縛され、自己の豊饒そのもののために窒息する根源的な力が、圧迫から解放されることを望んでいるのだ。この青年はいま働いている暗い横穴で、光明に向う道を開くために槌をふるい、自由の新鮮な誘うような空気を呼吸するために激しく闘った。また人生をいつも単に想像するのみでなく、人生そのものと接触することを熱望した。仕事に必要な力はもう身にそなわっていた。足りないのは運命の恩寵だけだった。一道の光が差しさえすれば、この冷たい牢獄で今にも枯れて朽ちはてようとしているものがすべて花のように咲き開くことだろう。

　この冷たい生活にせめて誰か魅力を添えてくれたら。僕はまだ華やかな時代というものを持ったことがないのだ。……飢えているのに、その飢えをみたすものは何一つ現われない。僕に必要なのは何だろう。僕には二つの情熱しかない。その二つとは恋と名だが、どちらもまだ満たされてはいない。

第四章　ベルニー夫人

　バルザックは二十二歳の声を聞いても二つの情熱のうち一つとして叶えられなかった。愛も名も高根の花であった。奔放な夢は正夢とならず、情熱の試作は実を結ばなかった。「地上の王者」にしようと思った「クロムウェル」は、抽斗の奥でほかのくだらぬ書類のなかに押し込まれ、忘れられ、黄色く色あせてしまった。大量生産で走書きしたあわれな三文小説は匿名で出版され、そのまま消えてしまった。フランスで五〇〇〇人を数える文筆業者のうち、オノレ・バルザックとかいう男の名前を引合いに出すものは誰もなく、またその名を知っているものもなかった。何人も彼の才能を尊重しなかった。少くとも彼自身がそうだった。天与の才能から一段と低く調子をおろし、人目をはばかりながら地下室の扉を押して文学界の最も評判の悪い裏側ともいうべき俗悪小説に忍び込んだことは、なんのプラスにもならなかった。食堂の誘惑的な匂いに臓腑まで燃える気がして、食堂に是が非でも穴をあけようとする飢えた鼠のように、無我夢中で昼夜をおかず書きつづけたが、これもなんの役にも立たなかった。獅子奮迅の努力も彼を一歩も前進せしめなかった。その時分のバルザックの宿命は勇気が足りなかったので、決して力が欠けていたのではなかった。というのも力はすでに蓄えられせきとめられて、むしろありあまっていたのだから。バルザックは征服者の気質と、最後までやりとげる意志を持っていた。ほんのまれに意気消沈した時でさえ、精神と勤勉と学識と強い力の点では自分がすべての同輩よりはるかに優れていることを知っていた。しかし恐らく家庭で長年脅かされどうしだったので、われながら自分の態度に信頼感が持てなくなり、彼の心に眠っている大胆不敵さに道をあけてやるすべを知らなかったのだ。

なるほど私は大胆であったが、それは精神的な意味で、私の態度がそうだというのではなかった。

三十歳になるまで彼は、芸術家として自分に適した課題にあえて手をつけなかった。また男として私生活でも女性とあえて交渉をもたなかった。これは一見甚だ奇怪の観があるけれども、のちには満ちあふれるばかり激しい気性になったバルザックも、若い頃はいつも殆ど病的なほど臆病だったのだ。

しかし臆病は必ずしも弱気のせいではない。よく釣合いのとれたものだけが本当に自信をもつことができるのだ。使い道も分らないし使ったこともない夥しい力に騒々しくゆすぶられると、人間の心は他愛なく動揺する。つまり自己の能力に対する思い上りと、まだ世間に認められていないその能力を他人の前で明らかにする際の不安とのあいだで動揺するのだ。若いバルザックは婦人を避けた。恋愛するのを恐れたのではなく、反対に我を忘れて夢中になりやすい自分の性格に恐れをなしたのだ。肉感の訪れは遅かった。――自分でもその「仕事のために途方もなく遅れた思春期」について語り、また「遅ればせに緑の小枝を出した」その成人期について語っている。

しかし殆どネグロを思わせるまるく膨らんだ唇の、ずんぐり肩幅の広いこの若僧は、のちには一人前の男の強い力ではちきれるばかりになった。およそ男に与えられる最も強い性的能力、すなわち相手を選ばないという能力の持主となった。バルザックは官能的で空想的だったから婦人の若さとか優雅などは問題にしなかった。空き腹を抱えていた時代、自分で書いたメニューを食卓において、実際は固くなった古パンをかじりながらキャビアとパイの御馳走を食べた気になっていたこの意志の魔術師はどの女にも、――ヘクーバのような老婆にさえも美女ヘレンを見ることができた。女が四十を越していようが容色が衰えていようが肥満していようが、意に介しなかった。また少し好みのむずかしい女好きなら旧約聖書のヨセフを見習ってこちらから願い下げせずにはいられないような欠点でも、一向構わなかった。愛そうと思った女を愛し、手に入れようと思った女を手に入れた。作家としてどんな薄汚い相手にもペンの奉仕をする覚悟をきめていたのと同様に、今度は男子として、家庭における奴隷の境遇から自分を救い出してくれる女なら誰彼を問わず眼をつぶって夫婦になる気でいた。別嬪であろうと醜かろうと馬鹿であろうと喧嘩好きであろうと、どうでもよかった。彼の小説がすべて匿名だったように彼の最初の求婚も匿名で行われた。

どこかで財産家の未亡人を探してくれ（と、この奇妙な理想主義者は二十二歳のとき妹にあてて書いている）。……僕のことをうんと吹聴してほしい。二十二歳、物腰上品、好人物、火のような、いきいきとした眼、神様がおつくりになった一番結構な亭主の卵だって。

パレー・ロワイヤル広場の古本屋の店先で売られる本と同様、当時のオノレ・バルザックも結婚市場で安く売りに出された。というのは自分で自分の値打を殆どただ同然と踏んでいたから。誰かが自信を与えてやるまで、バルザックはおのれの価値を信じなかった。もしも出版者か評論家が成功を約束し、婦人が微笑を送ったとしたら臆病でなくなっていただろう。しかし名声は彼をよせつけず、婦人たちは彼を問題にしなかった。で、せめてものことにこの世の三番目の財宝である金銭を儲け、それで自由を得ようとしたのだ。

婦人たちが無名の若い学生だった彼を特別にそばから励ますようなことをしなかったことは、造作なく納得が行く。「薄汚い青年」——ヴィニーは同時代人のバルザックの描写をまずこんなふうに始めている。当時の彼は才能をなおざりにしたように、身なりをなおざりにした。男の朋輩でさえ、彼の濃い脂ぎった長髪や、急いで話をすると唾をとばす歯並びの悪い口もとや、無精髯や、ほどけた靴紐などを不快に思った。トゥールのある老田舎仕立屋は、彼の父親の古洋服を仕立て直すよう頼まれたが、牡牛のように太い首とたくましい肩に合せて上衣を大きくしたり流行のウェストやヒップに裁断したりすることはできなかった。当時の伊達者のように仇っぽく歩いたり、思い切って舞踏場へ行ったりしようものなら、もともと足が短くて無恰好なのだから、物笑いの種になるだろうことを自分でも知っていた。そして女性に対するこの劣等感が、いつも彼を仕事机という孤独の場所へ連れ戻すのだった。「炯々たる眼」も美人が近づくとすぐ眼蓋の下におずおずと隠れるようではなんの役に立とう。彼よりはるかに愚かな男が巧言令色よろしく女に取り入るのに、彼のほうは胸の思いを打ち明けることもできず、口ごもりながら拙い言葉を少し並べるだけにすぎないとしたら、どんなに精神や知識や才気にあふれていたとてなんの役に立とう。その気にさえなれば、こんな連中より千倍もうまくまくしたてられるということをこの青年は知っていた。また婦人を誘惑したり色恋で仕合せにしてやったりする能力も、裁断のよい燕尾服を着、ネクタイをきちんと結んで柄附眼鏡を使う色男たちより自分のほうがずばぬけて強烈なのを知っていた。愛の渇きが満たされないままに彼は、眼を輝かせながらやさしく女のほうに身をかがめ、その肩のふるえを感じるといういま一つの技術を覚えるためなら、将来のすべての作品、彼の叡智と芸術、精神と知識を進んでなげうつ覚悟でいたろう。ところが成功のきざしにさえ恵まれなかった、――そのかすかな火花でも、彼の激しい想像の翼にあおられて直ちに全世界を照らす焔となっただろうのに。彼の名前が出版者に問題にされなかったように、彼の視線も一向婦人には響かなかった。若き日の敗北を「あら皮」の主人公ラファエルが次のように述べているが、これはバルザック自身のことにほかならない。

　真情を吐露しようとしては絶えず中途で引きとめられ、僕の心はいつも自分の心自体の上に引き戻されているのだった。率直な自然のままの僕でありながら、いつも冷然として、自己を佯《いつわ》っていなければならなかった。……僕は臆病でその上不器用だった。僕には、自分の声がいくらかの力でも持っているように思われなかった。僕は自分に愛想をつかし、自分を醜いものと思い込み、自分自身の眼差を愧じさえしていたのだった。闘争の中において才能ある人々を励まし、また僕に向って『勇気を出せ！　進め！』と呼びかけてくれている内心の声にも拘らず、また孤独の中において突然自分の力が啓示されたりするにも拘らず、また世間一般から持て囃されている数々の新しい仕事を、自分の頭の中に羽搏いているものと比べて感じる希望感にも拘らず、僕は子供のように自分自身を危ぶんでいたのだった。僕は法外な野心に憑かれていた。自分が何か大きなものに運命づけられていると思い込んでいた。それでいて自分自身虚無の中にいるように思っていたのだった。……僕は自分と同じ年輩の若者たちの中に、つまらないことを喋り散らしたり、僕の眼には、いとも気高く思われる婦人たちのそばに、恬然として座を占めたり、無作法なことを云ってのけたり、ステッキの端を嚙み砕いたり、様子を作って見せたり、面白からぬ美女と、枕をかわしたり、さまざまな枕の上に頭を休め、ないし休めたようなことを振れまわったり、快楽なんかありあまって、いっそ拒みたいというような顔をして見せたり、いたって操正しい、物堅い婦人たちを、簡単な言葉や、ちょっとした図々しい身振りや、無作法なほんの一瞥などで、苦もなく征服し得るように考えて、昂然と胸を張って歩くえらがりやの一派を見た。心底《しんそこ》を打ち明けて言うが、僕は当時、権力を得るとか、文名を一世に高からしめるとかいうようなことは、上流階級の、若い、才気に富んだ、しかもやさしい女性に対する成功に比べて、ずっと容易い勝利のように考えていた。……僕は、自分が遠くから憧れを送ったような女性に幾人も出会った。僕はその女たちに、堅忍不抜の心と、張り裂けるような胸と、いかなる犠牲にも責苦にもめげぬ熱意とを捧げたものだった。ところがどうだ、そうした女たちは、僕なら門番にだって雇いそうもないような馬鹿な奴らに肌身を許しているではないか。

……僕はたしかに、明るい灯火に照された社会、きまり文句、ないし流行に支配された言葉によって思想表現を試みるそうした不自然な社会に暮すためには、あまり純朴に過ぎたのだった。それに僕には、沈黙することによって語り、語ることによって自らを隠す術《すべ》も知らなかった。つまり胸には、わが身を灼きつくす焔を抱き、女たちが求めているような魂を持ち、彼女らが渇望するような狂熱に燃え立ち、無分別な輩《やから》が得意がるような精力を保ちながら、しかもこの僕は、女という女のすべてに残酷にも裏切られていたのだった。……ああ！　自分は女を愛し、女をうんと幸福にしてやるために生れて来たのだと感じながら、しかも健気な気高いマルスリーヌ（「フィガロの結婚」中の人物）ないしどこかの老伯爵夫人はさておき、誰一人の相手をも見出し得なかったとは！　背負袋の中に沢山の宝を持ちながら、それを見せて驚かしてやるべき珍しがり屋の一人の少女、一人の娘にさえも出会わないとは！　僕は絶望のあまり、幾度となく自殺してしまおうとさえ思ったことだ。

いつも夢に描く恋愛の代用品ぐらいに青年たちが考えているほんの束の間の情事でさえ、彼には禁じられていた。ヴィルパリジの小さな村では家族がすぐそばで監視していた。パリでも毎月の極めて乏しい仕送りでは、ひどく貧乏な浮気女工でさえ晩餐に招待するわけに行かなかった。

しかし防水堰が高ければ高いほど、これを破壊しようとする波の圧力も強くなる。バルザックは僧侶が断食と勤行に精を出すように桁はずれの仕事に打ち込んで、しばらくは女と愛撫の欲求を抑えることができた。彼は自作の小説のなかで現実の代用品にしかすぎない快楽におぼれ、自分の書くいかにも俗悪低級な女主人公に酔った。こうした空想はしかし circulus vitiosus（悪循環）で、彼の心中に燃えやすい要素を育てた。二十二歳のバルザックは欲求が昂じてやりきれなくなった。止まるところを知らぬ愛の力は、存分に生を享楽するために最初のきっかけを待ちかまえていた。摑みどころのないぼんやりした、悩ましい夢を追う時代は去った。バルザックはもはや孤独に耐えられなくなった。今度という今度は生き、愛し、愛されたいと思った。そしてバルザックがその意志を賭けるとき、塵あくたからも無限が創り出される。

＊

せきとめられた情熱は、水、火、空気といった自然の元素と同じく、最高度に圧力がかかると思わぬところへほとばしり出るのが常である。バルザックの決定的な体験は小さな町で始まった。しかもいつもは大抵ひどく注意深い両親の膝もとで始まった。ベルニーという一家が偶然、バルザック家がパリに持っている足がかりの仮ずまいの近くに邸を構えていたばかりでなく、ヴィルパリジにも夏の別荘を持っていた。そのため親しい知合いとなり、プチ・ブルのバルザック家は少なからずそれを光栄としていた。ガブリエル・ド・ベルニー氏はれっきとした地方役人の息子で、もと控訴院判事をつとめ、由緒正しい貴族の出であった。彼の妻はずっと年若で、それほど名門でもなかったが、そのかわり経歴はずっと興味があった。彼女の父フィリップ・ヨーゼフ・ヒンネルはドイツのヴェッツラルで代々音楽を職とする旧家の一員で、マリー・アントワネットの特別の庇護を受け、お付きの女官マルグリット・ド・ラボルドを妻に与えられた。ヒンネルが三十歳で早く世を去ったあと、王室との関係はなお一層親しくなった。なぜなら寡婦は王党派の一員で勇武並びなき騎士ジャルジャイユと再婚したから。この騎士は危険な時代に忠臣中の忠臣たる実を示してコプレンツから生命を賭して本国へ立ち帰り、囚われの身の女王をコンシエルジュリ監獄から救い出そうとしたのであった。ベルニー家には絵のように美しい娘や可愛らしい少年もまぜて子供が七人もいたので、広い別荘は賑やかでほがらかで、子供たちは笑ったり、ふざけたり、勝負事をしたり、利発な口をきき合ったりしていた。ベルニー氏は、眼が段々に見えなくなってから少し不機嫌になり、道化じみてきた。その隣人をバルザック氏は懸命になって喜ばそうとした。バルザック夫人は恐らく同年輩で同じく少々浪漫的素質のある夫人と親交を結んだ。ロール・バルザックは若い娘たちの遊び仲間となった。そしてオノレのうまい使い道が見つかったことも大変好都合であった。両親は彼の文学上の活動には眼もくれず、この若いろくでなしに少くとも何か役に立つことをやらせて食費と部屋代の足しにさせようと考えていたから、小説を書いていない時は彼をつかまえて弟のアンリの学課を見させることにした。アレクサンドル・ド・ベルニーもアンリとほぼ同年だったから、二人一緒にこの授業を受けることほど自然なことはなかった。で、二十三歳の青年は家庭に背をむけるきっかけなら何でもお気に召すわけで、次第にしげしげと快適で明朗なベルニー家の別荘へ出かけるようになった。

*

　間もなくバルザック家では二、三、妙なことが眼につき始めた。第一はオノレが授業のない日もベルニー家へ巡礼に出かけて、午後はおろか晩まで過すようになったことである。次は彼が着物の着方に一層慎重になり、一段と人づきがよくなり、しかも明らかに愛想がよくなったことである。母にはこの謎は容易に解くことができた。オノレは恋をしているのだ。しかもその恋の相手が誰なのかは疑問の余地がなかった。ベルニー夫人には既婚の娘のほかに、オノレより少し年下で絵のように綺麗なエマニュエルという娘がいた。バルザックは二〇年後に「彼女は惚れぼれするくらいの美人で、インドの花であった。」と書いている。バルザック家の人々はほくそ笑んだ。そんなに悪い話ではあるまい。海のものとも山のものともつかないこの若僧がこれまでしたことのなかで、これが一番筋が通っているかもしれない。ベルニー家はバルザック家より社会的にずっと上の階級だし、しかも、――これはバルザックの母が決して軽々には見逃さなかったことだが、大いに裕福だったから。かように有力な階級の女と結婚すれば、オノレもすぐ実入りのよい地位にありつけるだろう。その上なお得なことは小さな出版屋のために小説をやたらに作るよりもっと尊敬される地位が得られるだろう。そこで一家はお互い同士ひそかに眼くばせしながら、二人の好ましい親密さに拍車をかけた。バルザックの母親はすでに恐らく、近く夫婦財産契約にしるされる花嫁の少なからざる持参金の数字に、ひそかに思いをはせたに相違ない。彼女は両家の親戚のすべての署名で飾られたオノレ・バルザックとエマニュエル・ド・ベルニーの婚約を夢みた。

　しかしバルザックの母にとって不幸なことは、厳格に市民的な処世術に従って誠実に息子の出世に骨を折ったが、決してほんとうに息子を理解していなかったことであった。今度もまた彼女は完全に誤った。バルザックを魅惑したのは魅惑的な若い娘のエマニュエル・ド・ベルニーではなく、母親、――しかも既婚の娘があるのでもう祖母と呼ばれるロール・ド・ベルニーである。九人の子を生んだ四十五歳の女がなお青年に愛の情熱を燃え立たせることができたというこの事実は、あらゆる確率の最大の限界外のことで、普通なら考えられない。若い時分ベルニー夫人が美しかったかどうかは、記録となる絵がないためもはや確認することはできない。四十五歳の彼女は、普通の男にとって色欲のはるか彼岸の存在であったろうことだけは間違いない。憂鬱なやさしさをたたえた彼女の容貌は魅惑的であったかもしれないが、体のほうは早くもまるまると太っていた。女性の魅力は母性的なものに完全に吸収されつくしていた。しかしバルザックは、幼年時代いつも熱心に母親に求めてしかも得られなかったこの母性的なものをかかる形式で探し、ベルニー夫人についにそれを見出したのだろう。守護天使のようにどの天才にも随伴する神秘的な本能で彼は、自己内在の力が指導と管理を必要とすることを認めた。またその力の緊張をゆるめ解きほぐす愛の手、――彼のうちなる粗野なものを彼の気持を傷つけずに洗練し磨きあげる理解ある愛の手が必要だということを認めた。悪意のない批判で彼の欠点を指摘しながらそばから励まし、彼に手を貸しともに創造し、彼の思想に順応しようと試み、彼の狂熱的な夢をまったくの気違い沙汰だなどと嘲笑しないような、そういう女にめぐり会いたかった。真情を自由に吐露したい、なんにも隠さず打ち明けたいという激しい彼の欲求は、実の母には途方もない自惚れと感じられたらしいが、ベルニー夫人はそれを深い信頼の念で満足させてくれた。夫人は彼の母と殆ど同年輩で、彼が熱烈な計画を彼女の面前で正気のまま夢みるように語るとき、賢そうな、思いやりのあるその明るい瞳を輝かせて聞き入ってくれた。彼女は彼のちょっとした自制のない拙劣な言行や、不器用で気のきかない点をやさしい心で直してくれた。それも彼の母のような高圧的な厳格なやり方でなく、彼を静かに陶冶し慎重に教育した。こうしてただ彼のほうに身をかがめて聞いてやり助けてやるだけで、早くも彼の挫けた自信を回復させるのだった。バルザックは「フィルミアニ夫人」にこの精神的めぐり会いの仕合せを描いている。

　諸君は自らの幸福のために、たとえばこんな女に出会ったことはないだろうか。なだらかな声が、その動作にむらなくひろがっている魅力をその話しぶりにも与えている女、話す折りと口をつぐむ折りを心得ていて淑やかに諸君と対する女、単語は一つ一つ巧みに選んであるし、言葉は清らかであるような女、そうした女に？　彼女の冷やかしは愛撫するようだし、批評は少しも相手を傷つけない。くどくど自分だけ論じ立てもしないが、同様に人と言い争いもしない。しかし議論を主になって導くのは好きで、適当なところでそれをとめる。態度は愛想がよく愉快そうだ。丁重だけれど少しも強いられている風はない。慇懃であっても賤しげではない。敬意を単なるやさしい影に変えてしまう。諸君を決して疲らせず、彼女と諸君自身のことで満足させる。彼女の優美さ、諸君はそれが彼女のまわりの品物にもやはりはっきり現われていることを認める。彼女の邸ではすべてが眼を楽しませ、なんとなく祖国の空気でも呼吸しているようだ。こうした女は自然である。彼女にあってはかつて努力がない。見せびらかすということがない。感情は素直に現わされる。なぜならそれはほんとの感情だから。むきつけだけれど、何人の自尊心をも傷つけずにいられる。彼女は、人々を神がつくったままに受け入れて、悪い人間を叱り、短所と莫迦げたことをゆるし、老若すべての人を理解する。前もって一切を見通す術を知っているので、何事にも苛立たない。やさしくもあり快活でもあって、口で慰める前にまず実際に世話をやく。もしこの天使が過ちでも犯そうものなら進んで弁護したくなるほど、それほど諸君は彼女を愛する。

おまけに彼はベルニー家を訪れて、どれほど新しい別の雰囲気に浸ったことであろう。人間とその時代の関係を見る独特の力をそなえたこの青年はベルニー家との交際で、いかばかり歴史の生ける精神を現代のうちに感じたり体験したりすることを学んだことだろう。ベルニー夫人の洗礼の時にはフランス国王ならびに王妃という高貴の名付け親に代って、フラム公爵とシメー公爵夫人が洗礼盤のかたわらに立ったのであった。彼女はルイ十六世にあやかってロール・ルイーズの名を、マリー・アントワネットにあやかってアントワネットの名を与えられた。継父の騎士ジャルジャイユの家では、この忠臣中の忠臣が生命の危険も忘れてコンシエルジュリ監獄に忍び込み、王妃の手から寵臣フェルセンあての書簡を受けとった話を聞かされた。恐らく夫人は、女王のその感謝の手紙をバルザックに見せたろう。この最後の悲愴な手紙は、断頭台上で血にまみれた女王のハンカチーフと一緒に、ベルニー家に大切に保存されていた。その手紙には「わたくしどもは美しい夢を見たのでした。ただそれだけのことでした。けれどもこの機会にそなたから変らぬ忠誠の新しい証拠を与えられましたことは、わたくしにとってほんとにありがたいことでした。」としたためてある。なんという思い出であろう。またこれはこまごました事実と一緒に、どれほどバルザックの空想をそそり感受性を刺戟し、創作と形式に対する意欲を高めたことであろう。若き日の見棄てられた少年バルザックの姿がまぶたに浮ぶ。若き日の彼は学校の懲罰室やレディギエール街のみじめな屋根裏部屋でつぶさに辛酸をなめ、家庭ではいつも高い賃貸料だとか利子だとか投資だとか終身年金だとか、小市民らしいケチ臭い愚痴ばかり聞かされどおしで、その上お前はやはり金を儲けて堅気の市民か小役人になれなどと言われていたのである。やさしい淑やかな女の声が、死に瀕した王朝や大革命の恐怖といった偉大な伝説を物語るとき、一語も聞き漏らさじと耳をそば立てる彼の姿が造作なく思い浮ぶ。また彼の性急な好奇心がうるさく夫人を悩ましても、ニベもなくそれを斥けるどころか、夫人は母らしい温い情愛のこもった眼ざしで答えてやるのだ。かような談話を通じて彼は想像が高まり心が膨らむのを覚えた。このやさしい先生のお蔭で人生のいろんないきさつを初めて知ることができたのを、せっかちな詩人バルザックは感謝している。

＊

ヴァラン夫人が若いジャン＝ジャック・ルソーをわが家に迎え入れたとき、彼女の場合もやはりそんな風に始まった。彼女もまた、不器用で型にはめられたことのない激情的な青年を案内し指導し陶冶しようとしたにすぎない。自分の経験を未経験者に伝授しようとする以外に他意はなかった。しかし先生と生徒という間柄は容易にかわって、二人の心はいつの間にか色欲のとりことなった。いつしかやさしい手引きは情愛のこもったものとなり、尊敬は愛情とかわり、親しい共同生活への希求はもっと心からの親密を求める欲求となった。ベルニー夫人も初めはヴァラン夫人と同じように、燃えやすい青年の臆病な態度にだまされて、それは自分の年齢と社会的優位に対する単なる尊敬のせいだと考えた。しかし彼の自意識をそばから穏かに励まし目覚めさせたとき、彼女は自分がどんな魔神的な力を解放したのか、また彼女のほんの一瞥が多年抑えられていた情火をどれほど煽り立てることになったか、夢にも知らなかった。バルザックのような空想家には年齢など問題でなく、また際限なく感激する質の男にかかると、一家の母であり祖母である彼女でさえ改めてまた欲望の対象にふさわしい女になるものだということを少しも知らなかった。しかしバルザックの愛そうとする意志、この種のものでは他に類のない意志は奇蹟を創り出し、奇蹟を強行する。

　初めてお目にかかったとき、僕の感覚は揺り動かされ、僕の想像はあなたを一つの完成と信じるまで燃え立ちました。なんの完成かは知りませんが、とにかく一つの完成だと信じたのです。しかしそうした考えに満たされた結果、ほかのことは一切考えに入れず、あなたのなかにただそれだけを見るようになりました。

　歎賞は欲求にかわり、そして欲求する勇気を得た今、バルザックはもはや抵抗を許さなかった。

　ベルニー夫人はギョッとした。今こそいかにもおだやかに、いかにも母親らしくなったものの、若き日の彼女は決して聖女ではなかった。結婚後すぐ、――二二年以上も前のことだが、髪の毛の黒いコルシカ生れのある青年と初めて情熱的な恋愛関係に落ちたが、しかもそれが最後ではなかったようである。ヴィルパリジの口さがない人たちの噂だと、末の子供二人は彼女の半ば盲目同然の年老いた夫からただ名前だけをつけてもらったにすぎないという。したがって青年らしい情熱それ自体は、ピューリタン的猫かぶりにぶつかることはあるまい。しかし彼女は、四十五歳にもなる自分が成人した子供たちの眼の前で、自分の娘よりも若い男と関係を結ぶということがどんなに馬鹿げたことかと思った。かような恋愛が永続きし得ない以上、またもやそういう甘美な危険に身をさらしてなんになろうか。そこで彼女は手紙を書いて、――この手紙は現在もう残っていないが、バルザックのあふれるような熱情を今一度友情の埒内に戻すよう努めた。二人の歳の違いにふれないどころか、大いにその点を強調している。バルザックはそれに激しく答え返した。彼の後年の作品「老嬢」の悲劇的人物アタナーズ・グランソンは「四十歳の老嬢に対する二十三歳の青年の恋に世間が投げかけるであろう嘲笑を恐れて」いるが、バルザックはグランソンほど気が小さくはなかった。彼は断然ベルニー夫人の抵抗を打ち破ろうとして、殆ど怒ったような調子で呼びかけた。

　ああ、もし僕が女だったら、四十五歳でまだ綺麗だったら、ああ、あなたとどんなに違う振舞いに出たことでしょう。……歳だってまだ秋の初めだというのに、アダムとイヴを堕落させた林檎をつみとろうとしない女の人なんて、僕にとってなんという厄介な問題でしょう。

　この熱烈な青年を愛していればこそ、かえってベルニー夫人はこのしつこい求愛に簡単には応じなかった。幾週間も幾月も断乎抵抗した。しかしバルザックはこの初恋に名誉と意志を賭けた。自信を固めるためにはこの初恋が決定的な勝利に終ることが必要だった。

幻滅を感じている一人の弱い女、――結婚生活がうまく行かず、かような求愛のお蔭ですでに自分でも欲望に燃えている女が、世界を征服するほどにも強い意志にどうしてさからうことができよう。蒸し暑い八月のある夜、起るはずのことが起った。暗闇のなかで別荘の庭に通じる木戸がそっと開いた。華奢な手が、恐れられ待たれていた青年を導き入れた。そしてあの「かんばしい限りの気まぐれな夜」が始まった。「一生のうちにそんな夜に出会えるほど運のいい半ば大人になった青年でも、たった一度しか楽しめないような夜」だった。

*

小さな町では何事も長くは秘密にしておけない。オノレ青年がベルニー夫人を再三訪問するので間もなく何かと揣摩臆測が行われ、悪意ある噂のきっかけがつくられた。ベルニー家ではいざこざがおこり、騒動が持ち上った。この一家の三人の娘にとって、――その一番上はすでに他へ縁づいていたが、自分たちの母がめくら同然の父を欺いているのをまのあたり見るのは堪えがたいことだったので、彼女らは母親の好ましからざる恋人が訪ねてきても不快で居たたまれないようにしてやろうと懸命になった。ところでバルザック夫人が真相をうすうす感づきはじめたときはベルニー家よりも一層狼狽した。彼女は息子の成長発展の決定的な時代に、まったくといってもいいくらい息子のことを気にかけなかった。息子の天真爛漫ややさしさや自信を強圧し屈服させ、親子のあいだに恭順というへだてをおこうとしたものだ。その息子が今やベルニー夫人のなかに助力者、友達、助言人、つまり母としての自分が当然そうあらねばならなかったもののすべて、おまけに恋人をさえ見出したのだ。それに気がつくや否やこの権柄づくな女には激しい嫉妬が目醒めた。ベルニー夫人はやさしい暖かな態度で、この自分が高飛車な苛酷な態度で与えたよりもずっと多くの感化を息子に与えたらしいが、そういう夫人のそばから息子を遠ざけようと一八二二年の春、ヴィルパリジから強制的に出発させ、バイユーの彼の妹シュルヴィル夫人の家に行かせた。土壇場で逃げられないようにと、わざわざ乗合郵便馬車のところまで送って行った。以前は悴の小説制作を小遣いとりの手段ぐらいにしか見なかったのに、今度は悴の文学上の師匠役を引受けようとした。小説の原稿をまず自分に見せて批評を仰ぐようにと要求した。しかしそれは遅すぎた。バルザックはすでにベルニー夫人が彼の試作に対してとったやさしい好意ある態度と、母の傲慢な態度を区別することを学んでいた。母の神経質に対して無感覚だったように、その遅すぎた申し出と人為的で不自然な関心に対しても終始冷淡だった。母なんぞこわくなくなった。そうなると尊敬もしなくなった。母親はこれまで従順だった息子のうちに、これが初めての断乎たる抵抗にぶつかった。

オノレには原稿をまじめに見直すようにすすめておきました（と、彼女は立腹の体で娘ロールに書いている）。誰かもっと書き慣れている人に見てもらったらといっておきました。だのにオノレは私の言うことなんぞなんの値打もないとでも思ってるような風でした。……一向聞いてもくれず、自信がありすぎるのか、人に見せようともしないのです。

今や息子が自分の手から抜け出しそうな気がするので、無理やり引きとめておこうとした。しかし彼女の権力はすでに打ち砕かれていた。女性に対する最初の成功はバルザックを男にした。長年抑えつけられていた自意識が、挑戦するように頭をもたげた。そして彼の幼少年時代を破壊した人は、二〇年のあいだ彼の上にふるったテロの威力が永久に滅び去ったことを絶望とともに認めなければならなかった。娘ロールに彼のことを訴えようとして自分でも気づかずにさらけ出したものは、実におのれの無力ということであった。しかしどんな叱責も遅すぎた。バルザックは家庭から解放された。まるで病気から立ち直るように、不幸な少年時代を切り抜けた。病いが癒えて、今や自己の力を知る喜びを昂然と、嬉しそうに味わうのだった。彼の故郷はもはや両親の家ではなく、ベルニー夫人の家であった。家庭でのどんな哀願も非難もヒステリーじみた騒ぎも、町のどんなひそかな囁きも噂も、愛する女に自由に情熱的に身も心も捧げようという彼の意志を挫くことはできなかった。

日に二度もあの邸へ行くことがどんなに軽率な振舞いか、オノレには分らないのです（と、母親は腹立ちまぎれに娘に告白しなければならなかった）。はたから見せてやろうとするものを見ないのです。私はもうヴィルパリジからどこか遠いところへ行ってしまいたい。あの子の頭には一つことしかないのです。それに耽りすぎるといつかは飽きてしまうということが分らないのです。

＊

息子はやがて間もなく「彼を破滅させる情熱」に飽きるだろう。四十五歳、いやもう四十六歳にもなる人妻に対する馬鹿らしい恋愛に見切りをつけるだろうというのがバルザックの母の最後の希望であった。彼女はわが子について殆ど何も知らず、見たところ人が好くて享楽的な素質らしいこの青年に不撓不屈の意志力があることを最初から見損なっていたが、今一度そうした見損ないに気づかなければならない羽目になった。この情熱は彼を「破滅させる」どころか、ふらふら腰の彼に手を貸して彼自身を見出させてくれた。ベルニー夫人は大人になりかけの子供の憧憬的な夢から「男」を目醒めさせ、なぐり書きのしがない三文文士のうちにひそんでいる「芸術家」をゆっくりと静かに解放した。彼女の経験にもとづく助言によって初めてバルザックは真のバルザックになった。

彼女は母であり友達であり家庭であり仲間であり相談相手でありました（と、のちに彼は告白するようになる）。妹のように泣きまた笑いました。ちょうど恵み深い眠りのように毎日やってきて僕の悩みを寝かしつけてくれました。……彼女がいなかったら僕はたしかに死んでいたでしょう。

彼女は、およそ女が男のためになし得ることなら何でもした。

激しい嵐のあいだ、彼女は言葉で行為で献身で僕を支えていてくれました。……男をあらゆる卑劣さから守る自尊心、それを持てと励ましてくれました。……僕がいまもなお生きているとしたら、それは彼女のお蔭です。彼女は僕にとって一切でした。

そして一八二二年から一八三二年にかけてちょうど一〇年間わりなき仲を続けてから、――そこでベルニー夫人は五十五歳に達したわけだが、ディレクタすなわち「ただ一人選ばれた女」に対するそうした濃艶な友愛関係がやがて静かにただの「友情」に変ってしまうと、バルザックの愛慕と貞節はむしろ昇華され高揚された。バルザックがベルニー夫人の生前や死後に書いたものはすべて「この偉大で崇高な女性、友愛の天使」に対する感謝の熱狂的な詩篇を形づくっている。彼女は彼をまったく男性、芸術家、創造者として目醒めさせ、勇気と自由と内的ならびに外的の確信を与えたのであった。そして「谷間の百合」に描いたモルソーフ夫人の理想像でさえ、彼によればわずかに「彼女の遠い反映、……この女性のさして重要でない性質の影のうすい表現」にすぎないのだ。夫人が彼にとってどんなものであったかを完全に言いつくすことは到底できないだろうと、彼は恥じらいながら告白している。「なぜなら僕は、もともと自分だけのものである感動を、世間に金ずくで売るのが嫌でたまらないのです。」しかし夫人との遭遇のなかに生涯の唯一の幸福を見出したという感慨を、彼はのちに不滅となった次の言葉に記録している。

　男の初恋を満足させるのは女の最後の恋しかない。

*

ベルニー夫人とめぐり会ったことはバルザックの生活において決定的な事件であった。

彼女は、家庭にしばりつけられていた息子から「男」を救い出し、三文小説の奴隷からすでにもう絶望しかかっている「芸術家」を解放したばかりでなく、彼のこれからの生涯全部に通じる恋愛の型を決定した。バルザックは今後ずっとあらゆる女性のうちに、彼の初恋を仕合せにしてくれたこの慈母のような保護者の態度、やさしい導き手、献身的な助力者を再三再四求めることになる。また疲れを知らない多忙な彼から時間をせびり取るようなことをせず、仕事を済ませた彼の気晴らしの相手になれるほどのひまと能力のある女性を探すようになる。恋愛の先行条件は、相手が社会的意味においても精神的意味においても高貴でなければならなかった。相互の理解は情熱より大切であった。彼の要求にぴったりする女というのはきまっていた。それは彼よりも経験が豊かだというので、また妙なことだが歳上だというので彼が仰ぎ見るような女であった。「棄てられた女」とか「三十女」とかいうのは単に彼の小説の題名であるばかりでなく、彼の実生活の女主人公でもあった。恋愛にも人生にも失望した成熟期の女であった。もはや自分のためには何一つあえて期待せず、今一度渇望の的にされ、補佐役や伴侶として芸術家に仕えるのを許されたことを運命のと感じるような女性であった。蓮葉女も商売女もいわゆる悪魔的な女も文士気どりの女も、断じてバルザックを魅惑することはできなかった。彼は美貌にも惑わされず、青春にも心を惹かれなかった。「若い娘に対する深い嫌悪の情」を強調さえした。若い娘たちは求めるところ多きにすぎ、与えるところあまりにも少いからであった。

四十女は君のために何でもするだろう。二十歳の女ときては何にもしない。

彼は恋の経験を重ねるたびに、あらゆる形式を打って一丸としたあの多彩な恋愛に今一度めぐり会いたいといつも願った。彼にとって同時に母と妹であり、友達と教師であり、情人と伴侶であり、――つまり一切であったあのかけがえのない女性のうちに見出したのがそういう恋だった。

第五章　商業的幕間狂言

運命に対するバルザックの最初の願いは満たされた。愛人の援助、待望の援助が与えられた。そしてこの新しい自信のお蔭で精神的な独立を得た。彼の真の使命すなわち彼の仕事にいつでもとりかかれるようにするためには、今度は物質的独立を得ることが必要であった。

二十五歳の時までバルザックは、流行の三文小説をつくることによって徐々にねばり強く独立を闘いとることができるかもしれないという望みを抱いていた。ところが一八二四年の冬の終りごろ突然彼は新たな決心をした。サン・タンドレ・デザール広場三〇番地の書籍出版販売業者ユルバン・カネルの店を訪れて、彼の小説倉庫から取り出された最新の製品「ヴァン・クロール」を提供した日こそ、彼の生涯の暦でも暗黒の日であった。もてなしが悪かったわけではない。いや反対に書籍販売業であり出版業者であるカネル商会は、小説の卸しおよび小売商のオラース・ド・サン・トーバン商会が迅速にしかも全く求められるままに流血ものや、感傷もの、さては異国情緒てんめんたるものを提供することを知っていた。カネル氏は、出来上ったばかりのなぐり書きの原稿をためらわずに受けとった。しかし不幸にしてバルザックを他の仕事の計画にも引き入れてしまった。カネル氏は若いバルザックに打ち明けてこう言った。――「私はクリスマスや堅信礼のプレゼント向きの本、特に成金市民の家庭向きの本を出したらという素晴らしい出版の思いつきを持っている。フランスの古典作家のものは相変らず需要がある。それなのにこれまで売行がかんばしくない事情は、ひとえにこれら尊敬すべき紳士方があまりにも書きすぎたという点にあるのだ。たとえばモリエールとかラ・フォンテーヌとかの全集は従来の版だとかなりの冊数になって、市民の家ではあまりにも場所をとりすぎる。私はこれら古典作家のそれぞれの全集をわずか一冊ずつに圧縮して出版しようという壮大な考えを持っている。喜劇脚本やドラマをこまかな活字で各頁二欄に組むと、ラ・フォンテーヌやモリエールの全作品も軽く二つの表紙の間に収まってしまう。おまけにその本を綺麗な装飾カットで飾れば、まるで温い栗のように売れるに相違なかろう。計画はこまかい点まで徹底的に研究された。ラ・フォンテーヌはすでに著手されている。この雄大な事業を整然と軌道に乗せるためには、あとほんのちょいとしたものがまだ一つだけ足りない。つまり必要な資本が足りない。」こういう話だった。

永遠の熱狂家で夢想家でもあるバルザックはたちまちその計画に感激して、右の出版投機に参加しようと申し出た。実のところそんなあやふやな事業に参加する必要は少しもなかったのだ。彼自身の事業であるオラース・ド・サン・トーバン小説工場は、彼が営々と働く上に文学的良心をそっちのけにしているお蔭でかなり繁昌していた。二十五歳の若さで彼は、月に六〇本の鵞ペンと数連の白紙を消費しながらかなり規則正しく年収数千フランをあげていた。しかし新しく自意識が目醒めるとともにバルザックの生活の要求も大きくなった。良家の女性の愛人である彼は二十歳の学生時代と違って、もはや屋根裏部屋に住まおうとは思わなかった。そしてトゥールノン街の六階のささやかな部屋が自分にふさわしくないように思われ、事実狭くなりすぎた。匿名で文章を売りながら、一行また一行、一頁また一頁、一巻また一巻、小説また小説というように千篇一律の仕事をつづけるのは品位をけがすし疲れるし、結局は不名誉で無駄なことだ。なぜもっと放胆に一躍自由や独立を得ようとしないのか。いっそのことなぜかような確実な投資に数千フランを賭けないのか。つまらぬ小説や新聞の論説や匿名の駄文など、その気になれば楽な気持で書きつづけられる。否、そんなものは作者の手からいとも簡単に、流れるごとく出てくるものだ。ボーマルシェが片手間にヴォルテール氏の作品を出版したことがあったが、結局彼の天才は傷つけられなかった。また中世の偉大な人文主義者も出版業者の校正係であり技術上の相談役ではなかったか。方法の如何を問わず大いに金を儲けることは、バルザックにとって決して恥とは思われず、敏活な心理の単なる証拠にすぎないとしか思われなかった。労するところ多く得るところ少いのは馬鹿なことであった。敏捷に立ちまわって沢山のお金を儲けるのが利口というものである。で、今や問題は十分な資本を手に入れることだ。断乎たる意志をもって本質的な目的に力を集中し、本当の仕事すなわち本名を名乗って世界と後世に責任が負えるような芸術作品をつくるための資本、それを手に入れることだ。

バルザックは長いこと考えてはいなかった。利害得失を計算する理性は商売の話を聞かされるたびに、たくましい彼の空想に圧倒されてしまうのだ。そして投機するということは、書いたり生み出したりするのとちょうど同じように彼の終生の楽しみであった。バルザックは事業を営むことを、文学的虚栄心からあなどったことなど決してなかった。出版と絵、鉄道株と地所、材木と鉱山といったあらゆる商売に手を出す気でいた。唯一の野心は力のハケ口を見つけ、おのれの道をどこまでも押しすすめることであった。場所とか手段はどうでもよかった。若いバルザックはもっぱら成功し権力を得ようとしていた。三十歳になっても代議士になろうか新聞記者になろうか、まだ迷っていた。機会さえあれば商人になれたと全く同じようにブローカーとか奴隷商人にもなれたろうし、土地の相場師とか銀行家にもなれたであろう。彼の天才を文学に導いたのはほんの偶然のいたずらであった。一八三〇年、いや一八四〇年、一八五〇年になってもなお、ロスチャイルドか『人間喜劇』の作家か、いずれか一つを選ぶの余儀なきに至ったとしたら、文学の大御所のかわりに財界の指導的地位を選ばなかったかどうか分ったものではない。どの計画も、それが文学上のものであれ商売上のものであれ無限の可能性があるので、彼の絶えず緊張している空想を駆り立てた。彼は幻覚のとりことならずにはものを見ることができなかった。誇張しないでは物語ることができなかった。すぐれた計算家だったが数字に酔わずしては数えることができなかった。芸術的な着想が胸に浮ぶとすぐ、どんな葛藤も解決も洞察した彼は、同様にどんな投機に際しても欲望肥大症にかかって、早くも数百万フランの儲けを夢みるのであった。ユルバン・カネル氏は例の古典作家の一巻物全集の企画を話しさえすればよかった。実はまだ最初の二台分しか活字に組まれていないのに、早くもバルザックは豪奢な製本で、花のように白い紙に印刷され、飾りカットで飾られた本を残らず手にしたような気になってしまった、——一巻、二巻、いや全叢書というふうに。その上パリや地方の書店へ数万いや数十万の人が殺到するところだの、みんながそれをお城や小部屋で読んだりさすったりしているところだのがまぶたに浮んだ。カネル氏の勘定台が山なす注文で一面におおわれるところだの、運搬人夫が時々刻々世界の各方面に送達しなければならない荷物で呻吟しているところだのを思い浮べた。また金庫が一〇〇〇フランの札でいっぱいになり、彼自身も豪壮な邸を構えて二輪馬車を横づけにする光景を想い浮べた。これから部屋に据えつけることになる家具の数々、昨日セーヌ左岸の古道具屋で見つけた赤い緞子のソファ、緞子のカーテン、煖炉棚の小さな彫像、壁の絵画を思い浮べた。かような熱狂ぶりにあっけにとられたカネル氏に向ってバルザックは、そんな雄大な事業に必要なのがわずか数千フランならむろん自分が出すときっぱり言った。それのみか、「ラ・フォンテーヌ」と「モリエール」に序文を書き、この二人がどういう作家であるかを初めてフランスに説明することにした。それはこれまで出版されたもののうち最も立派な版となり、あらゆる時代を通じて最大の成功を納めるに違いない。カネルの店を出るとき、バルザックは早くも百万長者になったような気がした。実業家ユルバン・カネルはささやかな投機仕事に仲間がひとりでき、幻想家バルザックは夢で早くも財産ができた。

*

この企業の奇妙な話はバルザック自身で述べる値打があった。どうやらこの若い作家はこの仕事に深く足を突っこもうとは考えていなかったように見える。全事業の分け前は最初一五〇〇フランか二〇〇〇フラン以上にはならなかった。つまり彼がいい加減に書きとばしたオラース・ド・サン・トーバン名義の小説わずか一冊分の収入よりかも多くはなかった。しかしバルザックにあっては一切が必然的に並はずれた大きさにひろがってしまう。彼の小説が狭い小さな事柄を扱っても、構成し高揚する彼の想像力によって全人間的なものに到達するように、彼のどの投機も危険なほど手広くなる。「私生活場景」の最初の数篇を書いている時分、当代の大叙事詩『人間喜劇』を書出ししたのだとは自分でも気づかなかったと同様、カネル氏の事業にそんなふうにごく控え目に参加することによってどんな危険を背負い込むか、殆ど予感すらしなかった。

最初の契約は一八二五年四月中頃結ばれたが、まだまったく二の足を踏む必要のないものだった。当時のバルザックはプチ・ブル的企業組合の単なる出資者にほかならなかった。共同してラ・フォンテーヌ一巻の出版費用に、それぞれ六〇〇ないし八〇〇フランずつの金を出し合おうというだけの話であった。組合員はバルザックのほかに医師一人、恩給暮しの退職将校一人、それに恐らくこれまでの支出を持寄り資本としたらしい出版業者カネルの四人だった。この四人がどうしたわけで一緒になったかは分らない。これらのしがない人たちはいずれも約一万五〇〇〇フランずつを今度の儲かるはずの事業に投資しようとした。ところが宿命といおうか、ラ・フォンテーヌの「寓話」を食い物にするのが目的のこの四頭会社は長続きしなかった。いま残っている医師の憤慨口調の手紙から推測されることは、四人の組合員が初めて討議に入るや否や、猛烈な、殆ど殴り合いに及ばんばかりの議論となったことである。そして三人の関係者は慎重に計算するたちの市民だったから、五月一日には早くもこの仕事から手を引いて、全事業を仲間の唯一の理想家、空想家であるバルザックの双肩に委ねてしまった。

　これでバルザックはこと志に反して早くも一歩深入りしたわけである。まだ印刷の終っていない「ラ・フォンテーヌ」の唯一の所有者となって諸経費をまかない、約九〇〇〇フランという当時の彼の境遇ではかなりの大金を現金で支払わねばならなかった。その金の出所はどこであったか。暇なときに再び小説を二、三冊制作したのだろうか。それとも裕福な彼の家族が結局決心して二十六歳の悴にささやかな資本を貸したのであろうか。営業用帳簿の記入を一目みれば謎は解ける。三通の手形、——バルザックはこれで仕切状を決済しているが、それは三枚ともベルニー夫人あて振り出されている。後年全フランスと世界がそうであったように、彼女もまた明らかに彼の魔法のような叙述の妙に圧倒されたのであった。二度目にまたも彼の人生の行路を開こうとしたのは、女友達であり情人でもあるベルニー夫人であった。

　しかしバルザックは今やおのれの気質のとりことなった。新しい古典物「モリエール」に著手する前に「ラ・フォンテーヌ」本の成功を待つほうが論理的だったろう。しかしバルザックの天与の楽天主義が顔を出すと、打算する理性はいつも圧倒されてしまうのだ。バルザックはもはやケチな規模では考えることも働くことも生きることもできなかった。一スーごとに勘定するつましい若い学生ではなくなって、早くも性急な、手に負えない、度はずれな男になっていた。彼は終生そんな男であった。そこで「ラ・フォンテーヌ」に続いてさっそく「モリエール」だ。一冊より二冊のほうが楽に売れる。ケチな商売なんぞ消えてうせろだ。

　バルザックは改めてまた素晴らしく熱のこもった話術の妙を見せたが、今度は一家の知人ダンソンヴィレ氏が「モリエール」のために五〇〇〇フラン融通する用意があると言った。そこで一冊もまだ売れないうちにバルザックは、彼個人の責任においてすでに一万四〇〇〇フランの他人の金をこの事業に投資したことになる。彼は二つの本の出版を熱狂的に、いやあまりにも熱狂的に進行させた。なぜなら卸商人はこの感激家の未経験と性急に悪賢くつけ込んで、倉積みのすでに汚くなった紙を出版界のこの駈出し小僧に提供したくらいだから。早まった空想にかられたバルザックが切に傑作を期待していたドヴェリアの装飾カットも失敗に終った。ラ・フォンテーヌの全作品を一巻に収めるには非常に小さな活字を選ばなければならないので、視力がよくても読むのに骨が折れた。そしてバルザックが急いで書きとばした序文も、技術的に失敗した本に少しも魅力を添えなかった。

商売上の結果は初めから分っていた。金儲けにあせるあまり、バルザックは値段を各冊二〇フランとしたが、それには書籍商もギョッとした。かねがねバルザックが夥しい読者の手にわたるところを夢みていた一〇〇〇部の本は、買い手がないためにあわれ印刷所と発行所の倉庫に死蔵された。大量販売を狙ったその著作集は、一年間に総計二〇部が売れたにすぎなかった。しかも本屋、植字工、印刷業者、用紙代等の勘定は現金で支払わなければならないのである。窮境を脱するために一冊一三フランで売りに出したが、その甲斐はなかった。一二フランに値下げしても注文はこなかった。結局ストックをことごとく捨値で売り払ったが、その際もう一度ペテンにかかった。一年間絶望的な闘いをつづけたあとに申し分のない破局がきた。オノレ・バルザックは待望の財産家になるかわりに一万五〇〇〇フランの借金を背負い込んだ。

*

ほかのものならこんな見事な失敗のあとではまいってしまうだろう。ところがバルザックは決定的な敗北を受けたと思うほどまだ強くはなっていなかった。後年戯曲が一つ失敗すると、世間をあっといわせる小説を書いてその穴埋めをした。債鬼に追いまわされ執達吏が戸口で網を張っていた時分は彼らを愚弄して悦に入ったり、借金を戦勝のように自慢したりしたものだ。しかし二十六歳の彼は、まだ頼みとするに足りる成功を博したこともなく、世間の信用を買い得るような資本もなかった。時々の失敗を甘受できる文学のナポレオンというところまではまだ行っていなかった。いつも彼の能力を疑っている家族の前で失敗を認めるのが恥かしかったのか、最初の一投げで賭け金を全部すってしまったことを愛人に告白したくなかったのか、彼はここで賭け金を二倍にした。損失をつぐなう唯一の方法は更に新しく資本を注ぎ込むことだと考えた。最初の計算には何か見落しがあったに相違ない。そしてバルザックはそれがなんだか分ったような気がした。ただ出版者であるだけでは儲からないのだ。高い印刷屋にだまされてしまう。彼らはクリームを掬いとり、せいぜい薄い肉汁を残しておくだけだ。本当にいい仕事というのは、本を書いたり出版したりすることではなくて、本を印刷することだ。自分でも書き、同時にいいものを選んだり印刷したり出版したりするこのような、前よりずっと大胆な綜合企業を起す以外に、自分の全能力を十二分に賭け得るところはない。——そこでバルザックは「ラ・フォンテーヌ」と「モリエール」の失敗を急いで穴埋めするために、本の生産に必要なあらゆる過程を自分で担当しようと決心した。破産者の相も変らぬやり口に従って、破産した事業を逆に拡張して健全化そうというのだ。バルザックは印刷所を設立することに決めた。

　この企業ではもちろんなお二、三の重要な予備条件が彼には欠けていた。第一に彼自身その道のものでなく、印刷業は皆目分らなかった。第二に国王の免許がなかった。当時フランスではどの印刷業者にもこれが必要であった。第三に建物と機械がなかった。そして第四に免許料を払ったり、設備や建物を買いとったり、その他印刷専門家や職工を雇ったりする経営資本が殆どなかった。しかし人がまずい仕事にとりかかろうとすると、意地の悪い偶然は好んでその手伝いをするものだ。バルザックは専門家を見つけることに成功した。アンドレ・バルビエという植字工で、「ラ・フォンテーヌ」の印刷中に目に留った男である。バルザックはオノレ・バルザック印刷所の技術的指導を担当するようバルビエを説きふせた。印刷所の免許証はベルニー氏の配慮で手に入った。ベルニー氏は大臣と警視総監にあてて推薦状を書いた。どういうやさしい手が、この除け者扱いの夫にペンをとらせたか推察できる。

私はこの青年を昔から知っております。その正直な心、その文学上の知識から見て、かかる職業に伴う義務のなんたるかを前もってよく承知しておるものと確信いたします。

この推薦で十分だった。役所から印刷業経営の公式免許証がオノレ・バルザック氏に与えられた（オノレ・ド・バルザックというのはまだ発明されていなかった）。

この免許証さえあれば、買収できる印刷所を探し出すのはむずかしいことではなかった。セーヌ左岸の薄暗い小路のマレー街（のちのヴィスコンティ街）に見当った。ジャン・ラシーヌが一六九九年に、アドリエンヌ・ルクーヴルールが一七三〇年にそこで死んだ家の隣家の地階に、その道の言葉でいうと正真正銘の「プレス」だが小さくて汚い印刷所があった。所有者はローランス某といって、わずかな収入しかないこの商売から足を洗おうと長年望んでいる男だった。良い値で買収してくれる人、あるいは少くとも良い値で支払いを約束し、それに対して十分な保証人を立ててくれる人にめぐり会えたら、こんな結構なことはないはずだった。

四つの条件のうち三つまで簡単にしかも運よく満たされた。第四の条件はもっと根本的に面倒なものだった。というのは支払うより買う方が楽に決まっているから。バルザックは新しい事業のために約五、六万フランを必要とした、――店の権利をゆずり受けるのと家を買いとるのに三万フラン、それとバルザックの商業的天分に必ずしも安心していなかったらしい職工長バルビエの生活保証金一万二〇〇〇フランが入用だった。おまけに工場は流行遅れで、しかも前の所有者が処置をなおざりにしておいたので、絶対に必要なものを新たに調達しなければならなかった。一万五〇〇〇フランの借金以外何も持っていない場合、むろん五万ないし六万フランという費用は一スーたりとも工面できるものではない。しかし仕合せなことに、いや恐らく不仕合せなことにバルザックは有力な保証人を、――しかもまったく意外のところに見つけた。彼の両親はもともと投機が嫌いではなく、当時約二〇万フランの額にのぼる現金資産があったので、投資に活用できる若干の金を持っていた。驚いたことに彼らは息子の計画に逆わなかった。印刷業はとにかく市民らしい堅実な生業で、著述業のような不確実なものではない。定めしオノレは、その永遠に楽天的な想像力をあらん限り働かせて、やがて自分が就くはずの職業の有望な所以を述べ立てたに違いない。そこで家族相談の上、かつて彼に約束された一五〇〇フランの年金が今度の事業に投ぜられることになった。バルザックの両親の保証で一家の友人ドラノワ夫人が三万フランを運転資金として提供した。あとの金は今度も常に献身的なベルニー夫人が引受けてくれた。一八二六年六月四日オノレ・バルザックは当該所管省に公式に報告した。

パリ在住印刷業者下記署名人は居所ならびに営業所をサン・ジェルマン区マレー街一七番地に移しました。右お届け致します。

商業的悲喜劇の第三幕が始まった。

＊

彼はこの奇妙な印刷所のことをのちにしばしば書いている。「幻滅」と「鞠打つ猫の店」の相当部分の真に迫るような文章は、その怪奇的な工場の薄汚れた窓の内部に鋭い光を投げかけるものだ。マレー街はサン・ジェルマン・デ・プレとマラケー河岸に挟まれた狭い曲りくねった通りだった。その狭い小路の敷石にはかつて日の光の差したためしがなかった。そこの、中庭に抜けられる封建時代風の高い入口の門は、十七世紀に人がそこに住む貴族を訪ねて馬車を乗り入れた昔を語り顔である。しかし二〇〇年たつあいだに、価値も趣味もかわってしまった。血統による貴族であれ富による貴族であれ、いずれもはるか以前にもっと明るい快適な地区を求めて移り住んでしまった。そして今ではしがない手工業者だけが、煤煙と汚物と歳月のために一層陰惨となり、誰からも顧みられなくなったこの路地に店を構えて住んでいる。

バルザックとバルビエの新設会社が営業所に選んだ家屋そのものは、ありし日のそのような封建性の長所を少しも持っていなかった。それはこの町筋の、かつて貴族の大邸宅が並んでいた場所に厚かましくも割り込んで建てられたものだった。おまけに建物の前構えは車道にまでセリ出していた。安普請の功利的な建物だった。地階はぶっ通しの大きな部屋一つで、仕事場になっていた。その仕事場から鉄の回り階段で、新工場主が居を構えた二階に行けるようになっていた。次の間、暗い台所、帝政時代風の煖炉のある小さな食堂、それとちょっとしたアルコーヴづきの居間兼仕事部屋があった。

これが彼の初めての本当の家庭だった。そしてバルザックは、深い愛情をこめてこの住居を整頓した。壁には壁紙のかわりに淡青色の上等な金巾を張った。綺麗に製本した蔵書をそこに並べ、それから安物の道具類を引きずるようにして運び込んだ。——要するに彼の最も辛かったこの時代に毎日訪ねてきてくれた忠実な援助者ベルニー夫人の眼を楽しませることのできるすべてを並べ立てた。

　ちょうど恵み深い眠りのように毎日やってきて僕の悩みを寝かしつけてくれました。

今度の事業も初めから右に左にグラグラ動いたわけだが、バルザックがその揺れうごく船の船室といった恰好でこしらえたこの小さな隠れ家は、何も贅沢好きとか軽薄さとかいう筋のものではなかった。なぜならバルザックは、この新しい職業をほんとにまじめにとっていた。朝早くから夜遅くまでワイシャツ姿で襟をはだけ、二四人の職工の間にまじって熱中のあまり汗をかきながら、油と湿った紙の臭いの立ちこめる暑い仕事場に頑張った。そして七台の印刷機に絶え間なく紙や油を補給するために、古代ローマの剣士のように獅子奮迅の闘いをつづけた。どんな務めも彼には大切であった。そしてどんな仕事も、これはひどすぎるなどと文学的な高ぶりから拒否したことはなかった。ゲラ刷を校正し、植字の手伝いをし、見積書を作り、現に沢山残っているが勘定書も自分で全部書いた。所狭いまで込み合った部屋のなかの、夥しく積み重ねた紙包や機械の間を間断なく、早くも小ぶとりに太りかけた体で辛うじて通り抜けてある時は職工を励まし、ある時はインキと油で手を真黒にしたまま、ガラスで仕切った狭い事務室へ入って行った。事務室のうしろで絶えず呻いたり唸ったり、キイキイいっている機械の騒音の真只中で、一スーでも値切ろうとして本屋や紙商とやり合うのだった。そしてその頃、印刷の注文や勘定の請求などでこの印刷所の、ずんぐりした激しやすく騒々しい主人を小づきにきた人たちは誰一人、この丸々と太って絶えずこまめに動きまわる汚い蓬髪の男、仕事熱心で弁舌さわやかな小男がその時代最大の作家であるかもしくはそうなるかもしれないなどということを、夢にも気づかなかった。

しかしその頃のバルザックは高邁な野心に事実まったく別れを告げて、どっしりした肉体と奔放な心を一意印刷業に打ち込んでいた。彼の唯一の功名心は印刷機を運転しつづけて事業を繁昌させることであった。フランス国民の家庭や心情に例の古典を押しつけようという愚かな野望は影を消してしまった。バルザック・バルビエ印刷所は、頼まれさえすればなんでも手当り次第印刷した。印刷業者オノレ・バルザックの作品第一は文学的価値の高いものでは毛頭なく、「抗蛋白長寿の丸薬長命丸」と題された薬のビラだった。第二は野心家のさる弁護士が自費で出版を依頼してきた女殺人犯の弁護演説だった。第三は霊薬「ルペール薬局調製ブラジル水」という誇大広告だった。それから次々ときた注文は種々雑多で混沌としていた。小冊子、チラシのビラ、古典もの、詩、広告、カタログ、「薪炭商売の手引」とか「襟飾の結び方」とかいう愉快な雑文などだった。自作のものは一つしか印刷していない。漫歩先生著「パリ看板小辞典」というのがそれで、恐らく緊急に金の必要が生じた際に幾分なりとも楽に息をつこうと思って、どこかの本屋めあてに大急ぎで書いたものらしい。

　事業は最初からうまくゆかなかった。バルザックが印刷を頼まれた本のなかに「借金を支払い債権者を満足させる法、……一名破産者必読商法提要」というのがあるが、定めし彼は変梃な気持でその校正刷を読んだに相違ない。「債権者を満足させる。」それこそ彼が初めから物にすることができなかった技術であった。彼の最初の取引は早くも同じ力が異った世界では反対の作用をすることを示した。楽天主義と想像力は芸術の分野では新しい世界をつくるけれども、その同じものが実業界では人を破滅に導かずにはいない。バルザックは最初からつまずいた。印刷所の経営資本を少し都合するために、例のラ・フォンテーヌ、モリエール全集の在庫品をボードゥアン書店に馬鹿げた安値で、つまり二五〇〇部全部を二万二〇〇〇フランで売ったのだ。事実それは出版当時の価格の二〇フランに比べて一部あたり八・八フランにしかならないが、バルザックは緊急に金が入用だったので署名した。急いで金を工面しようとヤキモキしていた彼は、ボードゥアンが現金二万二〇〇〇フランのかわりに二軒の書店、――その一つは田舎にあったが、――それら宛て振出しの二万七〇〇〇フランの手形をよこした事情にまったく注意を払わなかった。ただもう五〇〇〇フラン多いのに眼がくらんで、好餌とばかり針には気づかず食いついた。やがて間もなく鋭い釣針に気がついた。バルザックがその手形を取り立てようとした瞬間、二軒の書店が破産の申し立てをしたのだ。借金で首が回らなくなったバルザックは清算手続きがすむまで待てなかった。そこで田舎の本屋のストックを種にたとえわずかでも損失を取り戻そうと決心して、現金がわりに二束三文の、その山のように沢山な本を引き取った。それは長いあいだ田舎の倉庫で塵にまみれていたゲスナー、フロリアン、フェヌロン、ジルベールなどの古い版本だった。――なんのことはない、次のような喜劇が演ぜられたわけである。バルザックはベルニー夫人提供の現金で「ラ・フォンテーヌ」と「モリエール」を印刷した。ところが売れないことが分ったので、元値の三分の一で急ぎ売り払って再び現金を入手しようとした。さて現金どころか、またまた同じように売れもしない別の本をつかまされた。最初の反古紙のかわりに、恐らくその十分の一の値打しかない別の反古紙を手に入れたのだ。これは金を牝牛と、牝牛を山羊と、山羊を鵞鳥と、鵞鳥を水車の臼石と順々に取り換えたあげく、その石を川にザブンと落っことして無一物となった、古いドイツの昔話にある幸運児ハンスの物語と同じである。

いまは亡き偉大な作家の作品は厚い紙包のまま、紐でくくられ塵だらけになってバルザック・バルビエ印刷所にころがっていた。しかし不幸なことに、毎日の暮しに現金を必要とする職工たちは、フェヌロンやフロリアンなどの古くさい版本を週給がわりに受けとろうとはしなかった。間もなく紙を供給する商人が風向きの悪いのを嗅ぎつけた。彼らはバルザックの借用証書や手形、――当時まだ貴重な自筆としての値打を持っていなかったが、その引取りをニベもなくことわって、即刻勘定を支払えと厳重に要求した。仕事場のささやかなガラスの仕切り部屋も、もはや逃げ場としては十分でなかった。バルザックは仕事場に姿を現わすことがますます稀になった。別して週末が近づくと、いよいよ長いあいだどこかへいなくなった。彼は手形の猶予を乞い求めたり、銀行家や友人や親戚のところで若干の現金を調達したりするために、戸口から戸口へとさまよい歩いた。後年「セザール・ビロトー」に一読忘れ得ない描写を試みた卑下屈辱のあらゆる情景は、経営の不振を盛り返そうとして絶望的にあがいたこの頃の彼自身の体験なのである。

しかし怪力サムソンのような彼の力でさえ、もはや頭の上に天井を支えているわけに行かなくなった。一八二七年の夏、彼はすべてを失った。机の抽斗には職工に支払う一スーの金もなかった。前に出版業者として、なおその前にはクロムウェルの詩人として失敗したのとちょうど同じように、印刷業者としても彼は芽が出なかった。今度の印刷業には法的にも論理的にもただ二つの可能性しか残っていなかった。すなわち公然と破産するか、それともひそかに清算するかである。

しかしバルザックはそのどちらもとらずに第三の可能性を選んだ。彼の永遠の好敵手ナポレオンと同じように、敗者としてエルバ島に隠退せず、彼もやはり彼のワーテルローに賭けたのだ。過去の苦い経験から何一つ学ばず、今一度この前の方法を繰り返した。すでに破産した事業を拡張することによって立て直そうというのだ。出版事業が波間に没しようとしたときには救命帯として印刷業を吊り下げた。今また印刷業が危うくなると、この破産した事業に活字鋳造所を併設して乗り切ろうと試みた。バルザックのすべての事業と同じようにこの事業でも悲劇的なことは、その思いつきが結局正しかったということである。バルザックのうちには夢想家のほかに、弁護士とか実業家とかの眼光をもつ、なかなか食えない現実主義者がひそんでいる。一巻物のフランス古典を刊行するという企画は、それはそれとして決して馬鹿げたことではなかった。別人の手で後年もっとよい形で実現されたのである。印刷所の設立もそれだけでは不合理でなかった。印刷物の消費は当時急速に高まりっていた。そして第三の活字鋳造所の計画はむしろ有望でさえあった。バルザックは新しい印刷術の噂を聞いていた。それはフォンテレオ版と呼ばれ、ピエール・デュルーシャイユとかいう人が発明したものだった。これを使うと、「活字母型の鋳造のために坩堝を使わないし、また鋳造されたページを裏返したり校正したりする必要がない」ので、ステロ版よりもっと好結果が得られるという話であった。バルザックはすぐ魅惑された。人より一〇年ほど先が見える彼は、生産の単純化と価格の低廉化の方法は工業時代の始まっている現在、決定的なものであり、そしてこの世紀において各製品の最大の利益は、生産費を引き下げ生産速度を促進させる発明から生れるに相違ないという、少し早すぎた結論を下した。彼の小説が証明するように、この発明という問題は、常に彼の関心を呼んでいた。「幻滅」には彼自身の印刷業時代の経験が反映しているが、そのなかで一〇〇万の利潤をもたらすはずの用紙製造の一過程を発明させようと、ダヴィッド・セシャールに努力させているのは偶然ではない。「絶対の探求」のバルタザル・クラース、「トルコ王妃の練白粉」の発明者セザール・ビロトー、画家フレンホーフェル、音楽家ガンバラなど、彼のこれらの人物はすべて新たに力を配置し直すことによって活動力の向上を求めているのである。この時代のあらゆる作家のうち、ゲーテこのかたバルザックほど科学の進歩に好奇心を抱き、関心を払ったものはない。したがって彼は、印刷物に対する需要が嘘のような割合で激増する結果、手による植字と鋳造では追いつかず、近い将来かならず機械の改良をしなければならなくなることを予見した。このフォンテレオ版の印刷機はとにかく甚だ有望な出発点のように思われた。バルザックは楽天家のあせりと破産者の捨鉢をごっちゃにしながら、新しい可能性に跳びついた。

一八二七年九月十八日、印刷所がすでに断末魔の苦しみにあえいでいたころ、新しい会社が設立された。彼の協力者のバルビエもその一員となった。更にガランシエール街四番地に住む破産した活字鋳造業者のジエ・フィス氏の清算人ローラン某も加わった。十二月に開店披露の最初の回状が発送された。恐らくローランが設備材料を提供し、バルビエが管理を引受け、バルザックがその新しい工程の宣伝を受け持ったのだろう。今やささやかな印刷業のこまごました骨の折れる仕事はしないで済むようになった。新しい事業を大規模にやらなければならないバルザックは、素晴らしいアルバムの用意を始めた。彼の店が提供し得る新活字のすべての見本を、今度の新しい鋳造方法のお蔭で印刷業者や出版業者に供給できるカットや装飾文字と一緒に綺麗に並べたものだった。この新しいカタログが商品見本として準備がととのうかととのわないうちに、三人目の有限責任社員バルビエが突然もうこれ以上協力したくないと宣言した。船は早くも港で難破に瀕した。この危険な瀬戸を乗り切るため、誰よりも忠実なベルニー夫人がもう一度助け舟を出した。彼女は夫にすすめて財産の全権を委任してもらい、突如脱退したバルビエの義務を引きついだ。彼女がすでに失った金に更に追い銭として投げ出した現金九〇〇〇フランのお蔭で、船は一時沈没を免れた。

しかし遅すぎた。買い手と印刷注文を誘うはずであった新しい活字見本の素晴らしいアルバムは、ちょうどな時に出来上らなかった。そして債権者は、この男だけはまず信用できると思っていたバルビエが脱退したので不安になり、店に押しかけてきた。紙屋と本屋は勘定の支払いを要求し、高利貸は手形を回収しようとし、職工たちは賃銀の支払いを望んだ。バルザックが新しい事業で数千いな数万フランは確実だと慰めても、誰一人耳を傾けるものはなかった。誰一人もはやバルザック・バルビエ商会またはバルザック・ローラン商会またはオノレ・バルザック自身のいずれからも借用証書を受けとろうとしなかった。一八二八年四月六日、向う一二ヵ年事業続行のはずで設立された第三回目の企業組合は、破産の声明をしなければならなかった。バルザックは破産した。しかも出版業者として印刷業者として活字鋳造所の所有者として三度破産した。

*

さてその悪い知らせをもはやこれ以上隠しておくわけに行かなかった。息子の失敗と、バルザック家の名前に破産の烙印を押されたというニュースを新聞で初めて知るような羽目に追いやりたくないなら、さっそく両親に説明しなければならない。印刷所と活字鋳造所が挫折した知らせは、雷のように両親の家に落ちかかった。母親は八十二になる夫に、投資金の損失を隠しておこうと思ったが、初めのうちはうまく行った。しかし失敗した息子をきっぱり見棄てるか、それとも更に犠牲を払って商人としての倅の面子を立ててやるかという問題が否応なしに起ってきた。

バルザックの母はつましいねばり強い貪欲なプチ・ブルジョワで、貯えた金は一スーでもぷりぷり言って出し渋った。かつて息子が銅版画を部屋にかけたとき、金づかいが荒いといって激しく叱ったことがある。息子が塾に入っている時でもわずかな小遣銭さえ送ってやらなかった。そういう女がここで財布の紐をとくだろうと当てにするのは、よしんば一家の蓄えがまだ相当豊かだったにせよ、もともと無理な話だろう。しかしバルザックの母は他の意味でもまたブルジョワで、よい評判を落とすまいとして万全の注意を払い、世間の噂話にビクビクする女だった。バルザック家の名前がすべての新聞の「破産」の欄に現われはしないかという考えは隣人や親戚の手前、彼女の市民としての誇りにとって耐えがたい重荷となった。そこで彼女は破産宣告という不名誉を避けるために、もう一度金銭上の犠牲を払う用意があるといった。

どれほどの落胆と一緒にそれをいったか、察しもつくというものだ。いとこのセディヨ氏が彼女の願いに応じて清算の困難な仕事を引受けた。事実それは容易なことではなかった。というのもバルザックがいろんな事業を債務で紛糾させていたから、貸借の状態を確認したり少くとも部分的だけでも債権者を満足させたりする仕事に、セディヨ氏は約一年従事しなければならなかった。彼の最初の甚だもっともな行為は、バルザック自身を清算事務から完全に締め出すことだった。空想家と計画屋はこのような精密で骨の折れる仕事には役に立たないのだ。一年後の一八二八年の半ば頃になってようやく陰鬱な仕事が終った。一〇万フランを少々上回る負債を背負い込んだ印刷所は、免許状づきの六万七〇〇〇フランでバルビエの手に帰したので、バルザック家は正味四、五万フランの損害を蒙ったことになる。やはり同じように四万五〇〇〇フランを愛人に投資したベルニー夫人は、甚だ不十分な最初の支払いとして活字鋳造所を抵当に受けとると、息子のアレクサンドル・ド・ベルニーにそれをゆずって経営を続けさせた。バルザックの事業上の天分を信用した人たちは、いずれもさしあたり少なからざる金額を失った。しかし作家が関係しなくなり、商売に必要欠くべからざる実際的な、現実的な、時宜に適した辛抱づよいやり方で経営され出すと、運命の奇妙な皮肉といおうか、二つの事業はさっそく儲かり出した。そしてバルザックは、彼の想像をみのり豊かに繰り拡げることのできる唯一の世界、つまり芸術の世界に再び帰った。

＊

いとこのセディョがバルザック・バルビエ商会とバルザック・ローラン商会の清算を辛うじて終った今、貸借の清算をするのはバルザック自身の番だった。物質的な意味では清算は甚だかんばしくなかった。彼は二十九歳になったのに、これまで以上に自由がきかなかった。十九歳の時は無一物ながら借金はなかった。それが二十九歳のいま、家族と愛人に約一〇万フランの借金がある。一〇年ぶっ続けに気晴らしも楽しみもなく営々と働いたが無駄だった。ありとあらゆる屈辱を身をもって味わい、匿名で何千枚何万枚の原稿を書いた。お得意を探しまわったり債権者と争ったりする時のほかは、実業人として朝から晩まで事務机に釘づけになっていた。みじめな部屋に住み、親がかりのほろ苦いパンを受けとらなくてはならなかった。そしてティタンのような努力の末が、以前より百倍も貧しく千倍も不自由になってしまった。商売に従事していた三年間に積りつもった一〇万フランの負債はまさにシジフォスの岩だった。彼は一生、筋肉を引き裂かんばかりに苦労してそれを押し上げるが、山の頂きに達しないうちにまたそれは谷底へ押し戻されてしまう。人生の最初の失敗は、彼を永久に債務者として終始する羽目に陥れた。独立して自由に創作できるようになろうと考えた若き日の夢は正夢とはならなかった。

しかし営業簿のこの味気ない帳尻と向い合って、比類ないプラス面があった。実業家として失ったものを彼は詩人として物語作家として、世界中どこでも流通するもっと高尚な別の通貨で儲けた。以前はただ人生に縁遠い清新味のない性格だけを猿真似のようにスケッチしていたにすぎないこの浪漫主義者は、現実の抵抗に対する不断の努力と苦闘に明け暮れしたこの三年の間に、毎日がありとあらゆる劇で彩られる現実界を見ることを学んだ。その現実界の劇はいずれもシェイクスピアの悲劇のように哀れをそそり、ナポレオンの戦闘のように激烈だと後年の彼は言っている。彼はわれわれの唯物主義時代における金銭の巨大な、悪魔的な意義というものを知った。手形や借用証書をめぐる闘いや、パリの大銀行といわず小さな商店といわずそこでいつも演じられる計略や小細工には、バイロンの海賊やウォルター・スコットの名門の騎士が発揮したのにも劣らないほどの大きな力を賭けなければならないということを知った。また職工と一緒になって働いたり、高利貸と闘ったり、商人と必死になって交渉したりしているうちに、浪漫的なもの、高揚されたもの、壮大なものだけを求める偉大な同輩のヴィクトル・ユゴー、ラマルティーヌ、アルフレッド・ド・ミュッセなどよりもっと豊かな社会的関係、社会的対立の知識を獲得してしまった。彼らと違って人生のケチ臭い残忍さ、いやしい醜悪さ、人間の隠れた力というようなものを見たり描いたりすることを学んだ。若い理想主義者の想像には、現実主義者の澄んだ眼と欺かれたものの懐疑が加わった。もはやどんなに壮大なものも彼を威圧するわけに行かず、どんな浪漫的緞帳も彼を欺くことはできないだろう。というのは借方をしばる縄とか逆に債権者の手からすり抜ける手段とかを見知った彼は、社会というからくりの奥の奥まで覗いてしまったのだから。金はどんなふうにしてできたり消えてなくなったりするか。訴訟や出世はどんなふうに行われるか。人はどんなふうに浪費したり貯蓄したりするか。どうやって他人をだまし、どうやって自分を欺くか、彼には分った。若いころ種々雑多な職業に従事してそれら相互の関係をはっきり見抜いたればこそ、その時代を本当によく描写することができたのだと後年いっているが、その言葉は正しい。市民階級と株式取引所と実業界の大叙事詩ともいえる「幻滅」「あら皮」「ルイ・ランベール」「セザール・ビロトー」など彼の最大傑作は、商業時代になめた失望落胆の体験なしには考えられない作品だろう。彼の想像が現実と融け合い限なく滲みわたると、初めて写実主義と想像の最も完全な混合物たるバルザックの小説のあの不思議な実体が生み出される。現実の世界で難破した今となって初めて彼のうちに芸術家が成熟し、彼独自の世界を現実世界のかたわらに、またその上に築くことになる。

第六章　バルザックとナポレオン

彼が剣で始めたことを自分はペンで成しとげよう。

かくも見事に失敗した以上、その軽率な投機者らしい自信を彼のあらゆる突飛な希望の残骸の下に葬り去ったに違いないと考えるのが自然であろう。しかしかねての計画がもろくも画餅に帰した時、バルザックが感じたことはただ一つ、これで再び自由を取り戻して新たに再出発できるということだけだった。彼の生活力は父親から伝わり、また恐らく先祖代々の頑強不屈な百姓の血筋から遺伝したものだが、こんなカタストロフにあってもビクともしなかった。そして彼は金を失ったことをじだんだ踏んでくやしがり悲歎にくれる気など少しもなかった。なくしたのは結局自分の金ではなかった。おまけに負債はその額がべらぼうに多いので、夢に見た財宝と同じように終生実感が伴わなかった。どんな不運も決して彼の根源的な楽天主義をくつがえすことはできなかった。ほかのもっと弱い人なら背骨を折られかねない大打撃にも、この意志の巨人はほんの少し皮膚をひっかかれるぐらいですんでしまう。

　生涯のいかなる時も私の勇気はどんな不運にあってもビクともしなかった。

それにしても当座しばらくは単に世間の手前からもあまり出歩かないことが必要と思われた。おまけにバルザックは、債権者という好ましからざる訪問者に自分の住所を教えたくない重大な理由があった。そこで大いに愛読するフェニモア・クーパーの小説に出てくるアメリカン・インディアンのように、足跡をくらます術をしばらくのあいだ使った。生計の資を得るためとベルニー夫人のそば近くにいるためパリに踏みとどまりたかったから、住所を変えてしかも警察に知られないようにしておくことが必要だった。

最初の隠れ家を、ここ数ヵ月前から親しく交際するようになったアンリ・ド・ラトゥーシュのところに見出した。ラトゥーシュはパリの新聞界ではわりに顔が売れているほうだったので、自分より年少でしかもまだまったく無名のバルザックに対して保護者の地位に立った。ラトゥーシュは女性的な性分で、独創よりむしろ理解と識別に長けていた。大した才能に恵まれない連中と同じく、成功している間は親切で愛想がよかったが、落ち目になると気むずかしくなり、やがて孤立してしまった。彼自身は比較的才能に乏しいにも拘らず、かように他人の素質に対する特別するどい勘に恵まれていたので、他の人々が得た不滅の名の分け前にあずかることになった。アンドレ・シェニエの詩を後世のために掘り出したのは彼の功績であった。これは嫉妬深いシェニエの兄弟が四半世紀も机のなかに隠しておいたものである。またラトゥーシュ自身これといった詩を書かなかったけれど、フランス抒情詩の最も美しい数篇、すなわちマルスリーヌ・デボルド・ヴァルモールの驚嘆すべき詩句は彼にあてて書かれた。彼はマルスリーヌの不実な恋人であった。三十路をすぐ目の前にしてまだ世に認められるようなものを何一つ書いていない破産した投機的印刷者をさも仲間のように迎え入れ、文学でもう一度運だめしをするよう他の何人にもまして熱心にすすめ励ました事実は、少なからず雄弁に彼の慧眼を物語っている。

バルザックは、親切は親切だが甚だおしゃべりなこの朋輩の家に、もちろんそう長くは隠れていられなかった。彼流に働くために、――つまり休まず邪魔されず昼夜を分かたず働くために、完全な孤独が必要だった。たとえどんなに小さくてもいいから全く自分のものといえる隠れ家がほしかった。足もとから追い立てられているような彼に、新しい出発に必要なそこばくの平静を得させてやろうというので、彼の妹と義弟がシュルヴィルというその名前を自由に使わせてくれた。というのは自分の名義で家を借りようものなら、朝から晩までベルが鳴って債権者やその使者や執達吏がのべつ押しかけてくるだろうから。こうした次第で一八二八年三月、シュルヴィル某という世間の誰も知らない人がカシニ街に小さな家を借りた。ここがこれから九年にわたるバルザックの本営となり、そこの四つか五つの部屋に彼の想像から生れる無数の人物がひしめき合うことになる。

このカシニ街の位置からいって有利な点が多々あった。パリ天文台に近く、市街のはずれの場末町だった。作家などが住んでいるとは誰も思わない、しがない人たちの住む町筋だった。

パリはもはやそこにはないが、しかしパリはまだそこにある。この場所（リュクサンブール公園南側の柵とパリ天文台北側の柵とで限られた場所）は広場、街、大通り、城塞、庭園、並木通り、国道、地方、首都のいずれにも同時に似通っている。そこにはたしかにそれらのすべてがあるけれども、それらのどれでもない。それは沙漠だ。（「フェラギュス」）

中世の剽盗騎士が自分の城から打って出たように、バルザックもそこから夜な夜な「余が征服せんと欲する眼下のパリ」に猛然と突進することができたし、また好ましからざる来客に不意に驚かされないよう跳ね橋を高く引きあげることもできた。彼がそこに巣を構えている秘密を知っているのは、そこの一階に住んでいる友人の画家オーギュスト・ボルジェと愛人《ディレクタ》ベルニー夫人だけだった。この住居を選ぶについては彼女も相談に乗ったに違いない。というのはここは彼女の家からちょうど角を曲ったところにあったばかりでなく、ほかにもひどく好都合なことがあった。中庭のほうから狭い裏口の階段をのぼると、壁掛けで隠した扉からじかにバルザックの寝室に抜けられるので、どんなに足しげく訪ねても人の噂にのぼる気遣いはなかった。

今度の住居はレディギエール街の場合と比べさえしなければ、別に高くつくアパートではなかった。あの屋根裏部屋は六〇フランだったのに、ここは小さな部屋が三つ、――サロンと仕事部屋とそれになまめかしい小さな浴室付きの寝室があって年四〇〇フランであった。しかしバルザックは、もともと安かったものをうんと金をかけて高いものにしてしまうあぶない芸当の達人であった。他人名義でこのアパートに入るとすぐ彼は、部屋を豪奢に飾りたてたいというやみがたい情熱のとりことなった。リヒャルト・ヴァグナーは全生涯をいつも負債に明け暮れしたが、バルザックも同じようにひと財産こしらえようとあくせくする一方、早くも自分の身のまわりを豪華に飾りたがった。ヴァグナーはどこにいてもまず第一に室内装飾師を呼びよせて、びろうどのカーテンをかけたり家具に緞子の覆いをかけたり重くて厚い絨毯を敷いたりして、創作にふさわしい雰囲気をつくり上げたものだが、同じようにバルザックもその閉じこもる僧院的仕事場には豪奢な、――この点ヴァグナーも同じだが、豪奢にすぎ華麗にすぎて実はひどく趣味の悪い環境が必要だった。

彼は終生、部屋にいろんな家具をそなえつけて楽しんだ。また彼はその小説人物の住む部屋や家や城館《シャトー》を自分でもはっきり思い描けるようにと、建築家、表具師、仕立屋、蒐集家の渾然たる知識でそれらを小説中に極めてこまかに組立てたが、同様に彼自身のためにも彼独特の様式の環境を必要とした。そうした環境もしばらくの間はまだ後年のように高価なものではなかった。のちにはそれがイタリアの青銅像とか黄金製の嗅煙草入れとか紋章で飾った馬車とか、つまり娼婦式の豪奢な贅沢品となって、それに二〇年のあいだ彼は夜の睡眠と健康の最良の部分を捧げるのである。カシニ街にはさしあたりちょっとした不急不要の品物しかなかった。当分バルザックは古物商や骨董屋をあさり歩いて、全くいりもしない装飾品を買った。置時計、食卓用の枝つき燭台、小さな立像、女もちのガラクタ道具の類で、彼はそれらを、債鬼の眼をかすめてこっそりマレー街から救い出してきた若干の家具につけ加えた。今や家族ばかりでなく友人のラトゥーシュも、彼が懐中無一文のくせに無くもがなの品物にそんな女々しい好みを示すのを見て馬鹿げたことだと思った。

　君は折角カシニ街を選んでおきながらそこに住んでいない。どこへでも出て行くくせに、飯の種になる取引にぶつかるようなところへは行かない。絨毯やマホガニー材の書棚や、阿呆者の家に飾ってあるような立派な本や、役にも立たない置時計や、版画など、金目のものを背負い込んでウンウンいってる。燭台を手に入れたいなどといって僕をパリじゅう駆けずりまわらせておきながら、さて一度もそれを使わない。そのくせポケットには病気の友達を見舞うための三〇スーのはした金さえ持っていない。君はそういう男だ。いつだってそういう男だ。

しかしこの外的な無駄は恐らく、あふれるような心情の豊かさと釣合いをとるために必要だったのだろう。仕事部屋は僧院の観があり、永遠にそうあるに違いない。すなわち迷信的な愛着を抱いて転居のたびに持ちまわった小さなテーブルと、燭台と（バルザックは主に夜仕事をした）、書類や原稿を入れる戸棚と、書斎にはそれしかなかった。しかしサロンは小綺麗でなくてはならず、寝室、ことに浴室はなおさら逸楽的な気分を生み出さなくてはならなかった。禁欲的な労作の幻想世界から抜け出して暗い僧房のそとへ一歩踏み出す瞬間には、温い官能的な色彩や繊細な織物や、富の天国の黄金の雲や、超市民的な何か異常なものを感じとりたいと思うのだ。現実世界にあまりにも不意に目覚めたくないからである。

バルザックはかような品物を買う金をどこから手に入れたか。彼には一文の収入もなかった。年に一割の利子のつく六万フランの借金を背負っていた。かつてレディギエール街ではギリギリの暮しをしていた。当時は部屋の拭き掃除も自分の手でし、水汲み人夫にやる一スーの金を惜しんで、六つも先の通りから水を汲んできたものだった。その彼が今や法外な借金で首が回らないのに、どうして突然、必需品のほかにこんな無くもがなのものを買うことができるのだろう。ド・マルセー、ラスティニャック、メルカデといった彼の小説の主人公たちが、彼に代ってこの矛盾を説明するだろう。人は借金がまったくないかもしくは少ししかない時には倹約家になり、巨額な借金を背負い込むと浪費家になるものだという主張を、これら小説人物は何度でも繰り返すだろう。一月一〇〇フランでまかなっていたレディギエール街時代の彼は、金を使うときには一々その裏おもてを改めてから使ったものだ。ところが彼にとっては天文学的数字ともいうべき六万フランの負債に悩む今、愛読書を製本させるのに安いクロースを使おうと赤いモロッコ革を使おうと、そんなことはどうでもよかった。数百フランの金を返済しようが数千フランの借金を新たに重ねようが同じことだった。彼の小説の主人公たちは次のように論じたが、バルザックもまたそのように理屈をつけて生活した。——有名になるか、金持の女性と結婚するか、株式取引所で投機に成功するかして難局を切り抜ければ、それで万事取り戻る。たとえうまく行かずに少々借金が増えたって、債権者は大して気にしないだろう。いずれにしろ二つに一つだが、バルザックは成功しようと決心した。本当の戦いが今こそ始まったということに彼は気がついた。もはやケチな小競合いでわずかばかりの報酬を求めたり、はかない勝利を狙ったりすることではなく、決定的な大勝利をめざした本格的な戦いだった。彼のみすぼらしい小さな仕事部屋の煖炉棚には、ナポレオンの石膏像がただ一つ装飾におかれてあった。誰かの贈物か、どこかで掘り出してきたものだろう。そしてバルザックは、世界征服者の眼つきを自らに対する挑戦と感じた。激しく自分を鞭うつため、彼は紙きれにこう書いた。

彼が剣で始めたことを自分はペンで成しとげよう。

そしてそれを立像の台座に貼りつけた。この刺戟を絶えず眼の前において最善の努力を払い、世紀最大の偉人に断じて引けをとらないよう、われとわが身に言い聞かせる訓戒とした。ナポレオンもまたパリの狭い屋根裏部屋で長年待機し、剣を手にようやく時代の支配者となったのだ。オノレ・バルザックも同じような決意を胸に机に向い、ペンを武器とし数連の白紙を弾薬として、わがために世界を征服しようとした。

*

二十九歳のバルザックが十九歳のバルザックに比べてはるかに勝っている点は、どんな仕事ができるか、どんな仕事がしたいか、自分で知っていることだった。浮世の荒波にもまれて初めて彼は自分の力を感じ、同時に決定的な成功を収めるための確実な予備条件がなんであるかを認めた。すなわち彼の意志をただ一つの目的に集中し、しかもそれをただ一つの方向に向けなければならないことに気がついたのだ。意志が動揺せずに強力に働き、種々雑多な傾向で消耗されない時、初めて奇蹟を完成することができる。無二の狂的偏執、ひたぶるの情熱への献身、――バルザックは作品中に彼の心理学のこの根源的理念を種々違った形で詳しく論じているが、――これのみが力の源泉であり、これのみが否応なしに事を成就させるのだ。彼の過ちや事業に失敗した原因は、事がすんだあとになって彼にはっきり分った。全身全霊で事業に打ち込まなかったからであった。それに掛りきりにならなかったからであった。本当の商人の熱烈な貪欲でどんなわずかな金でも追求したり、どんな注文にも狂奔したりしなかったからであった。彼は印刷所の経営の向上をはかって肉体の全神経を緊張させ脳のあらゆる思考を傾けるというようなことはせず、片手間にはやはり物を書いたり本を読んだりしたものだった。さてもう一度文学で運だめしをするというのなら、前よりはるかに情熱的かつ精力的にそれに打ち込まなくてはならない。予備条件はととのった。匿名で沢山試作をしたから、手ならしはすでにできていた。さんざ現実生活に接触し、多くの人間を知悉し観察し、現実のあらゆる緊張状態を身をもって味わった今では、生涯それらの描写に没頭できるだけの材料は十分あった。彼は弟子として一〇〇人の師匠に仕え、命じられた仕事はどんなことでもやってきた。三十歳を迎えようとする今、徒弟時代は終った。彼にしてその意志をすべて仕事に打ち込むならば、自らの主人になれるかもしれなかった。

自分自身に対し、また自己の作品に対し責任を負おうと断乎たる態度をとったが、そのことはバルザックが今度の新しい本を自分の名前で出そうと決心したことによく現われている。匿名の影に隠れ、さっさと印税を取りこむために只今の世間にしか通用しない多量の印刷物をできるだけ速かに供給するよりほか他意のなかった間は、気軽に構えていて差支えなかった。この急いで共同制作した売文がもたらしたあらゆる毀誉褒貶は、架空のサン・トーバン氏とかヴィーレルグレ氏とかにだけ関係のあることだった。しかしオノレ・バルザックの商標であくまで押し通そうとする今、そして立錐の余地もないほど沢山いる作家や夥しい本の間を押し分けて通ることが問題である今、彼はもはやアン・ラドクリフの文体で行くもぐり小説やまずい歴史物を書くケチな売文業者と混同されたくなかった。一八二八年のバルザックは兜の面頰《めんぽほ》をあけて戦いを挑む決心をしていた。歴史小説で最も有名な最も成功した作家ウォルター・スコットと勝利の栄冠を争い、しかも対等になろうとするどころか打ち負かそうと決心していた。新しい本への彼の序文は、試合開始を告げるラッパの吹奏であった。

作者は事実を一つ一つ味もそっけもなく書いて行く義務を負うつもりはない。一つ一つの骨がすべて念入りに番号が打ってあるあの骸骨の標本、――歴史というものをあの骸骨の状態でどの辺まで到達せしめることができるかを示すような工合に事実を書いて行く義務は負いたくない。歴史がその開かれたページの上で述べる偉大な教訓は、今日当然一般大衆のものとならねばならない。ここ数年来この方式は才能ある人々に守られてきたが、作者もまたこの方式によって調書よりはむしろ論議を採り、戦闘詳報よりはむしろ戦闘そのもの、物語よりはむしろ劇を良しとして、一つの時代、一つの事実の精神を本書のなかに盛り込もうと試みた。

　若き日のあの早すぎた試作「クロムウェル」以来初めてバルザックは、全力を傾けて取り組まなくてはならない仕事を自分に課した。そして世界はやがて間もなくそれがどれほど激しい勢いで生み出されたかを知って、びっくり仰天することになる。

バルザックは彼が初めて書いたほんとうの小説の主題を腹案のまま長いあいだ練っていた。彼が残した夥しい草稿のなかに、小説「若者《ル・ガー》」の草案があるが、これはフランス共和国に対するヴァンデ州の農民一揆のエピソードを描いている。一方また彼はスペインを背景とした匿名の作品のために二、三のエピソードを用意していた。しかし責任感が強くなってきたせいか、彼の以前の歴史小説には史的引証に虚偽と欠陥があるのに気がついた。またおよそ現代に近づこうとするときは、登場人物のまわりに単に色を塗った書割を並べておくだけでは不十分で、人物の環境が真に迫り、しかも溌溂と見えるように描写しなければならないということを認めた。以前、中世を背景とする小説を書きなぐった時、その欠点を指摘することのできたのはせいぜい大学の先生か専門家にすぎなかった。ところがヴァンデ州の百姓一揆となると何も遠い昔のことではなく、共和国軍の中隊やカドゥーダルの率いる農民軍に参加して戦ったことのある事件目撃者が幾百人となくまだ生きているのだ。バルザックはそこで今度は徹底的に仕事にとりかかった。図書館から当時の回想記の類をいくつも借り出した。軍事報告を研究し、手広い抜き書きをつくった。ちょっとした、一見無意味な、しかしほんとうの細部こそかえって偉大な小説に説得的な迫真性を与えるものであり、外国の作家を真似て荒い筆で壁画を描いても問題にならないということを初めて彼は発見した。真理と真実なしには芸術は生れない。人物が直接の環境すなわち土地と風景とその時代の特別な空気と結びついて描写されないなら、迫真性は決して得られない。この最初の彼自身の個性的な作品とともにリアリスト・バルザックが始まった。

＊

バルザックは二月も三月も読んだり研究したりした。入手可能な記録は残る限なく探した。軍隊の移動や個々の軍事的エピソードをできるだけ正確にあとづけるために地図を手に入れた。しかし印刷されたテキストはこの最大の想像的才能の持主にさえ、決して実地観察による直接の感じを伝えることはできなかった。間もなくバルザックはヴェルヌイユ嬢の旅行を正確に描くためには、この小説の女主人公が通った道を自分もやはり同じように郵便馬車で通ってみなければならないということに気がついた。また自分の恐らくあまりにも激しい幻想を現実と比較しないかぎり、その地方の空気と雰囲気といきいきした色調は表現することができないだろうと考えた。

　仕合せにも、対ふくろう党戦に参加した共和派の老戦士の一人がまさに当時戦域であったフージェールで恩給生活をしていた。その上この男爵ポムルール将軍はバルザック家の古い友達でもあった。それこそたとえ旅費を借りるか、もしくは闇の仕事で金を工面しなければならぬにせよ、バルザックが利用せずにはいられないような、二つとない偶然だった（バルザックのことに最も通じている学者でもバルザックが本当の仕事のほかにこのような闇の労働をどれだけしたか知らない）。彼はひたすら率直にポムルール男爵にことわって、財政状況が不如意だから勝手ながら招待していただきたいといった。そしてポムルール男爵は、恐らく僻遠の田舎ずまいでひどく退屈していたことであろうし、また彼の忘れられた手柄話に耳をそばたて、情熱的に関心を払おうとする相手が見つかったので、老いたる剣士のように喜んで、折返し歓迎のむね返事をした。

　二十九歳のバルザックは荷物を沢山持っていかなかった。まだ後年のように、キザなしゃれ気から一三〇着ものチョッキのなかから最も素晴らしい高価なものを選び出すといったような無理なことはしなかった。お仕着せをきせた従僕を伴って自家用馬車で旅行するようなこともまだしなかった。彼は非常に質素な、みすぼらしくさえ見える旅支度で郵便馬車の一番安い席によじ登った。しかもこの贅沢すら最後の目的地までつづけるわけにはいかなかった。倹約するために、最後の行程では短い足でテクテク国道を歩いて行かねばならなかったのだ。そしてこの青年作家の身支度はすでにいい加減乱れていたが、この徒歩行進でいよいよきちんとしなくなった。びっしょり汗をかき、埃まみれになってポムルール将軍の戸口を叩いたとき、最初は浮浪者と間違われた。しかし将軍家に一歩踏み込むか踏み込まないうちに、そして青春のあらん限りの潑溂さでここ数週間か数ヵ月寝台と結構な食事を保証されるという幸福感にひたるかひたらないうちに、その痛ましい最初の印象は消えてしまった。ポムルール夫人は後年この初対面の記録を残している。これはその時分の青年バルザックの眼光や言葉やすべての行動に放射していた生気の一目瞭然たる絵図である。

まるまると太った小男でした。着物の仕立てが悪いので、ただでさえ不恰好なのが一層不恰好に見えました。手は実に綺麗でした。随分お粗末な帽子をかぶっていましたが、さてそれを脱いだとなると、ほかはみんなどうでもよくなって、ただもうあの方のお顔にばかり見とれてしまいました。あなたは御覧にならなかったのですもの、あの額とあの眼がどんなだったか、とてもお分りになりませんわ。広い額にはランプの反射のような輝きがありましたし、一面に金砂子の散っている茶色の眼は、口ほどにも物をいう眼でした。角ばった大きな鼻、大きな口、その歯並びの悪い口もとがいつもニコニコ笑っていました。濃い口髭を蓄えて、長く伸ばした髪の毛はうしろへかきあげてありました。その時分、それも私どもへお着きになったばかりの時はどちらかというとやつれていて、なんだかひもじそうな様子でした。……

身振りから話し方から立居振舞いから何から何まで、ほんとに打ちとけていて善良であどけなくてざっくばらんなので、存じ上げれば存じ上げるほど愛さずにはいられない人でした。それにひどく変っているというのは、いつも上機嫌なことでした。しかもそれが噴きこぼれそうな勢いなので、はたのものまでつい感染して上機嫌になってしまうのです。

彼は御馳走攻めにあって改めて太り、血色もみずみずしくなったが、その肉づきと血色はパリに戻っても数週間は消えなかったほどだった。
予定の二週間を越えて二ヵ月も逗留した。懐旧談をしてもらい、そこら中さまよい歩き、書いたりノートを取ったりした。パリや友人たちを忘れ、その上ベルニー夫人のことさえ忘れてしまった。実は毎日の印象を日記に書いて送ると、おごそかに約束してきたのだ。彼の場合それはいつも良い結果を生む予備条件であるが、あの偏執狂的な強烈さで仕事に専心して暮した。そして数週間後、早くもパリでラトゥーシュに小説の大部分を仕上げて提出することができた。

他人の才能を発見する魔法の杖のような本能が唯一の取柄であったラトゥーシュは、ただちにバルザックのうちに大作家の萌芽を見抜いた。その確信はいかにも誠実で固い信念から出たものであったけれども、遺憾ながら物質的な形で表わされた。彼はこの未来の人気作家に「金を出そう」と決心し、バルザックの窮境を知ると、まだ完成しないその小説の著作権を買うために一〇〇〇フラン出した。バルザックは選り好みをしなかった。以前それほど骨を折らずに書きなぐった作品で一五〇〇フラン、いや二〇〇〇フランさえすでに儲けたことがあるけれども、現金一〇〇〇フランの話をことわることはできなかった。取引は成立した。そして例によって友情の破滅となった。ラトゥーシュは不愉快な驚きを経験した。彼はバルザックといえば、約束どおりの枚数で血なまぐさい小説なり毒殺物語なりセンチメンタルな対話なりをきちんと締切日に手渡す筆の早い、性急な筆者と見なすくせがついていたのだが、今度は前と違って督促しなければならないので怒ったに相違ない。バルザックは自分でも心から納得がゆくまでは原稿を渡さなかった。遅れる原因が更に重なった。本屋が奪うようにしてやっと原稿をバルザックから受けとって印刷所に送ると、今度は校正刷が新たに組み変えなければならないほど完膚なきまでに訂正されて戻ってきた。こんなにしょっちゅう直されては時と金の損失だとラトゥーシュは大いに憤慨したが、――そのような苦情を言わなければならない出版者は彼が最後ではあるまい。しかしバルザックはもはやどんなにせき立てられても聞かなかった。以前の三文小説作家の胸に、芸術家としての責任感が頭をもたげたのだ。永世不滅のものにしようと決心したオノレ・バルザックという名前に対して自分は何をしなければならないか、彼は初めてそれを考えてみた。あらゆる物質的債務なぞ終生殆ど気にもとめなかっただけに、それだけこのほうは論議の余地ない義務だと感じたのであった。

*

一八二九年三月半ば、ついにオノレ・バルザック作の、――従ってまだド・バルザック作ではない「最後のふくろう党員、または一八〇〇年のブルターニュ」がカネル書店から四巻物として出版された。評判らしい評判にはならなかったが、それも間違っているわけではない。組立てがよく、首尾一貫し、初めて偉大な叙事詩人のいかにも巨匠らしい腕前を示していることはいる。舞台となった地方の風景は素晴らしく見事にくり拡げられているし、軍隊の活動は目もあやにくっきり描かれている。ユロ将軍やスパイのコランタンの風貌は、活きた人間から直接型どられたものであることがわかる。そして後年の小説に無比の時代的刻印を与えることになる政治的背景に対する彼の感覚は、いつもバルザックを魅惑していたフーシェの姿を、このナポレオンの最強の敵役が終生身を隠すことを心得ていた暗闇から明るみに引き出した。ただしかし小説の筋そのものが、通俗小説という彼の出身の怪しげな素性をおのずと漏らしているのである。

この小説の女主人公ヴェルヌイユ嬢は、バルザックが数年前に名も知れない注文主のために制作した匿名の三文小説「ゲリラ戦士」から転用したものだが、彼女はどの場面でも真に迫ることはない。ラトゥーシュとバルザックのあらゆる煽動にも拘らずかなりなまぬるい態度をとったパリの評論家たちは dévergondage du style（文体の締まりのなさ）を指摘したが、それは正しかった。そしてバルザック自身も、多年にわたる無頓着な濫作で筆致に締まりがなくなったことを認めざるを得なかった。五年後、新版のためにできるかぎり配慮を払って文体を改めた時でさえ、彼はジェラール男爵にその「修復したまずい絵」を送るに当ってこう書いている。「どんなに手を入れようと、やっぱり初心者の作だということが分りすぎるほど分りはしないか、それが心配です。」世間の人もこの新しいフランスのウォルター・スコットあるいはフェニモア・クーパーに対して別に熱中はしなかった。まる一年間の売上げがそれも大骨折って四四五部だった。バルザックを早計にも信頼した人は、またしてもその信頼を多大の失費でつぐなわねばならなかった。

偶然がこの失敗の埋合せをしてくれた。バルザックがまだ「ふくろう党」を書いている頃、運よくその住いを探し当てた出版業者のルヴァスールがすでに一年前「事業家必携」のために二〇〇フラン前払いしてあるということを、有無をいわさず思い起させた。これは当時金に困っていたバルザックが書くことを引受けていたあの法典《コード》ものの一つであった。バルザックはとっくの昔にそんな契約は忘れていたが、ルヴァスールはあくまでもその権利を主張した。バルザックは、今の仕事を中絶して目下真剣に考えている小説と競争の形になるつまらない際物作品を制作するのが嫌でたまらず、しぶしぶ次のような提案をした。古い原稿のなかに一つ、「夫婦法典」というのがある。これはかつて自分が経営していた印刷所で「結婚の生理」と題してすでに印刷にもかかっていたものだ。ルヴァスールが同意するなら、この古い本を改作して「事業家必携」の借金を返したい。――この一文なしの文士から現金を取り立てる見込みは恐らくあるまいと思ったルヴァスールは右の提議を受け入れた。

　バルザックは仕事に着手した。原作は殆ど完膚なきまでに改作されてしまった。最近数年間ラブレーを沢山読んでいたので、以前お手本にしたスターンの冷たい機知のかわりに今度はラブレーふうの奇想と熱気のみなぎった文体を用いた。愛人ベルニー夫人、それに新しく知り合ったダブランテス公爵夫人も一役買って、面白い逸話を伝えてくれた。そこで借金を払えないという窮境から、しかもその窮境のお蔭で機知にとんだ円転滑脱の本が生れた。この本は無遠慮なパラドックスと魅力ある犬儒主義とユーモラスな懐疑によって、さまざまな論議をかもし出した。上機嫌で、または不機嫌で戦わされるそうした議論の対象に瞬く間になったということが、この本の素早い成功を保証した。後にバルザックの最も熱心な支持者となるのだが、この作品に苛立ちと同時に興味を感じたのは特に婦人たちであった。彼女らは賞讃もしくは非難の手紙を送って感激を述べたり苦情をいったりした。しかしいずれにせよこの本だけが、次の数週間すべてのサロンの会話の中心となった。バルザックはまだ苦境を切り抜けることもできず有名にもならなかったが、しかし一つだけ確実に手に入れたものがあった。すなわちパリがこの若い作家に好奇心を抱きはじめたということである。方々から招待されるので、馴染の仕立屋に立派な服と派手なチョッキを注文しなければならなかった。ダブランテス公爵夫人は彼をレカミエ夫人に紹介した。夫人のサロンは当時パリでも第一の文学作品取引所であった。これと競争する取引所ソフィー・ゲーならびにデルフィーヌ・ゲー夫人のサロンで彼は、一足先に有名となった同業者のヴィクトル・ユゴーやラマルティーヌやジュール・ジャナンと知合いになった。もうひと押し最後の努力だけが必要であった。そうすれば人生に課した第二の希求、愛されたいという望み以外になお有名になりたいという望みも成就するだろう。

*

道はまだ開けていなかったが、しかしダムは一ヵ所破れた。せきとめられた満々たる水が落下する激しい勢で、バルザックの際限もない制作力は滝のようにほとばしりはじめた。

歴史小説のような手がたい料理と、「結婚の生理」のような辛いパイを同時に同じかまどで焼くことができるこの若い作家の融通の利く才能がパリで認められて以来、彼は「成功と無数の原稿依頼で殆ど途方にくれて」しまった。しかしそうしてバルザックに原稿を注文した連中でさえ、この多芸多能の新人がどれほどの分量の、またどれほど多方面の作品を供給できるものか予感することはできなかった。かつまたそれほど急でもないこの最初の呼びかけに、彼が雷鳴のとどろくような大声で返事をしようとは夢にも思わなかった。

彼の名が多少知られるようになった一八三〇年と一八三一年のこの二年間にバルザックが発表したもの、――短篇小説、規模の小さな長篇小説、新聞雑誌の論説、閑談、小話、文芸雑記、政治考察などの分量は、文学の年代記に殆ど例がない。一八三〇年の本人作と保証できる作品七〇篇と（恐らく片手間に別にも匿名で書いていたろうが）、一八三一年の七五篇を、単に分量だけを問題として合計すると、校正の際の改訂分を勘定に入れなくても一日にざっと一六頁組み印刷全紙一台分を書いたに相違ない。雑誌や新聞で彼の名前が突如として現われないようなものは一つもなかった。「ヴォルール」とか「シルエット」とか「カリカチュール」とか「モード」とか「パリ評論」とか、その他夥しい雑誌に手当り次第雑然と寄稿した。そしてあの古い法典《コード》ものの雑文的文体で「服飾の生理」や「美食の生理」についてしゃべり、きょうナポレオンのことを書いたかと思うと、あすは「手袋による風俗研究」を書いた。「サン・シモン及びサン・シモン主義者」に関する考察で哲学者ぶったかと思うと、「私の香料商人の意見」を発表し、「常雇いの喝采屋」とか「銀行家」を研究し、「一揆の起し方」について、更にまた「シャンパンの酒壜の教訓」とか「葉巻の生理」とかについて冗談口を叩いた。

かような融通自在と当意即妙はそれ自体パリのジャーナリズムでは特別注目すべきものでもなかろう。驚くべきはそうしてきらびやかな花火が上っている最中、完全な傑作が生れたことである。さしあたりそれは小型の傑作で、右のかげろうのようにはかない作品の群と同じテンポで一晩で書かれたにも拘らず、光栄にも世人から忘れられることなくすでに最初の一世紀を生きながらえている。「沙漠の情熱」や「恐怖時代の一挿話」や「エル・ヴェルデュゴ」や「サラジーヌ」は、このまったくの無名作家が短篇小説の並ぶものなき巨匠であることを一挙に明らかにした。そしてバルザックは前進すればするほど、ますます自己の能力を豊かに発見した。Vires acquirit eundo——進むにつれて力が加わった。「女性研究」「三十女」「家庭の平和」などのパリ社会の風俗画で、彼は女性の完全に新しい型をつくった。すなわち結婚が幻滅に終って期待と夢をことごとく破られ、夫の無関心と冷淡のお蔭でちょうど神秘的な病気にでもかかったように次第に衰えしぼんでゆく「理解せられざる妻」の型である。これらの物語は感傷的であり、リアリズムと客観的真実に欠けていてわれわれ現代人の趣味にはあまりにも病的な感じがするけれども、かえってそれが一般読者の感激を買った。幻滅を感じる一方誤解されていると思うフランス内外の幾千、幾万、いな幾十万の女性は、バルザックのうちにこの病気に初めて病名をつけてくれた医師を発見した。バルザックはおよそ恋愛に端を発する過失ならすべて見逃してくれた。また三十女ばかりでなく四十女も、――ことに後者は世間を知ること深く分別にも富んでいるから、恋愛に対して最高の権利があるとあえて主張してくれたので、婦人たちは彼をこよなき理解者だと思った。彼はまた女性の側に立つ弁護士で、国家の法律や市民の道徳を向うにまわして彼女たちのあらゆる行過ぎを弁護した。無数のデーグルモン夫人（「三十女」のヒロイン）が、彼の理想化された小説人物のなかに自分の姿を見たような気がした。一八三〇年四月発刊された「私生活場景」はフランスばかりでなくイタリアやポーランドやロシアでも同じような感激をもって読まれた。バルザックは「三十女」という合言葉で女性の新しい恋愛年齢を広く世界に知らせた。

しかしお気に入りの作中人物といつも自分を一緒にして自己憐憫に耽るナルシス的傾向の婦人読者よりもっと高級な読者層でさえ、大衆文学の暗黒の檻から一躍文学の闘技場に侵入したこの作家の多才と激しさには目をみはったに相違ない。一足先に有名になった同世代の他の作家たちにしても、無駄のない簡潔な描写力の点で「赤い宿屋」と甲乙ないといえるほどのものは殆ど誰も書いていない。そしてこれまでもっぱら才能の幅でのみ批評家を驚かしていたにすぎないバルザックは、「知られざる傑作」では彼の天才の深さを示した。芸術の奥底にひそむ秘密であるところの完成欲が、かつてこれほどの激しさで悲劇的なものに高められたことはないと感じたのは、ほかならぬこれら同時代の芸術家たちだった。バルザックの天才の一〇の切子、否一五もの切子は、それぞれその限られた狭い表面に内部の光をいくらか反射しはじめた。しかし彼の天才はいつもその広い幅と充満と多方面の点から計らなくてはなるまい。彼のもつあらゆる力を合計してみて初めて彼の途方もない身の丈の寸法が分る。

バルザックはその寸法を彼の最初のほんとうの小説「あら皮」で初めておぼろげながら見せてくれた。彼らしい最初の小説というのは、そのなかで彼の将来の目標を示しているからだ。それは上流階級と下層階級を併せ描き、貧富、窮乏と浪費、天才と俗物、孤独のパリとサロンのパリ、金銭の威力と無力というふうに、全社会の横断的研究としての小説である。偉大な観察家と眼のするどい批判家が、このセンチメンタルなロマン派作家に有無をいわさず真実を押しつけはじめたのだ。「あら皮」のまだロマンティックな点は、千一夜物語の東洋風な童話を一八三〇年のパリで実現させようとする意図にあった。恋愛よりも贅沢を愛する冷たい心のフェドラ伯爵夫人や、どこまでも愛他的に愛することのできたその対立的人物のポーリーヌなどにも恐らくロマンティックな傾向が見られる。しかし同時代人を驚かしたあの騒々しい宴会の叙述の写実主義と学生時代の描写は、もとをただせばバルザック自身の生活体験から直接に出たものであった。作中の医師たちの議論や高利貸の哲学はもはやサロンの談話ではなく、人物の性格がそのまま言葉に現われたもの、昇華された性格だった。無駄な模索と探求をつづけること一〇年、バルザックはやっと本来の天職を発見した。すなわち彼自身の時代の歴史家となること、パリとかフランスとか世界とか呼ばれる巨大な有機体の心理学者、生理学者、画家、医者、裁判官、詩人となることだった。彼の最初の発見がその素晴らしい創作力だったとすれば、最初に劣らず重要な第二の発見はその創作力の向うべき目標だった。その目標を得てバルザックは自己を発見した。これまでにしても彼は、どうにも抑制し得ない力が自己の内部に閉じこめられていて今にも爆発しそうだという気がしていた。結局その力が同時代の陰惨な喧騒から彼をはるかに高く引き離して、宇宙の軌道を駆けらせるだろうと思っていたのだ。

> 天職の自覚には、それに文句なく従わなくてはならないようなものがあります。何かしら抵抗しがたいものが僕を名声と権力のほうへ駆り立てます。

しかしゲーテが「ウェルテル」や「ゲッツ・フォン・ベルリヒンゲン」の成功のあとでさえ彼独自の唯一の才能が文学にあることをあえて認めようとしなかったように、バルザックも「あら皮」までは、いやその後でさえ文学が彼の天職だとは信じなかった。バルザックは事実、どんな形式を選ぶにせよ間違いなくその独創性が現われるようなあの偉大な天才の一人であった。彼を第二のミラボー、タレーラン式の人物、第二のナポレオンとして、また偉大ないかさま師、あらゆる画商のなかの王侯、あらゆる投機師中の巨星として考えてみることもできよう。したがって彼も若いころ文学がおのれの天分にぴったり合うものだというふうには全然感じなかった。そして彼をよく知っているゴーティエが次のように言うとき、それは恐らく間違ってはないだろう。

> バルザックは文学的天分を持っていなかった。彼の場合、思想と形式のあいだには一つの深淵が穿たれていた。初めの頃はとりわけそうだったが、彼はその深淵を跳び越せる見込みはまずないと思っていた。

文学的創作は彼にとって必然ではなく、彼は決してそれを使命だとは感じなかった。ものを書くということを、頑張り抜いて金と名声で世界を支配するための多くの可能性の一つと見なしただけであった。

彼は偉大な人物になりたいと思っていたが、電気よりも一層強いあの流動体を絶えず放射することによって事実望みどおりの偉大な人物になった。

彼の真の天才は意志にあった。その意志がほかならぬ文学に適用されたという事実を、人は勝手に偶然とか運命の戯れとか呼んで差支えない。彼の最初の本はすでに世界のすみずみで読まれていた。八十一歳のゲーテでさえこのすぐれた才能に対する好意的な驚きをエッケルマンに述べていた。「一回の郵税、一回の乗合馬車代でも私には容易ならない出費です。着物が擦り切れないようになるたけ外出も控えています。」などと、一年前にはまだ人に馬鹿にされる苦力《クーリー》みたいなことを書いていた男を、新聞や雑誌は今や最高の稿料で誘惑しようと努めた。しかるにバルザック自身は作家として十分な才能があるかどうか、確信が持てなかった。文学をもって唯一無二の必然とはまだ考えず、単に運命を打開するためのいろんな可能性の一つと見なした。

　遅かれ早かれ文学か政治かジャーナリズムか結婚かそれとも例の大仕事で僕は、ひと財産築きあげるでしょう。

と彼は、一八三二年になってもやはり母にこう書きおくっている。しばらくのあいだ政治が、抵抗できない魅力を彼の上にふるった。おのれにそなわっていると思う人間支配力を、目下の好都合な情勢を利用して実現するほうがいいのではあるまいか。一八三〇年の七月革命で、市民は主権を取り戻した。今こそ精力的な青年には登場の余地がある。代議士は今ではナポレオン時代の二十五歳から三十歳の陸軍大佐と同じくらい早く出世ができる。

一時殆どバルザックは、文学を政治の犠牲にしようときめたほどだった。彼は政治熱の暴風圏に身を投じ、カムブレーとフージェールで代議士候補に推してもらおうと試みたが、それはただもう権力の舵を握って「世紀そのものの生活を生き」、責任と指導の地位につきたいためだった。選挙民がもっと好意的だったら、多分バルザックの野心と天才は別の軌道をたどったことだろう。ティエールに代ってフランスの政治指導者となったか、恐らく新しいナポレオンにさえなったかもしれない。

　仕合せなことにどちらの町でも選挙人たちは別の候補者を選んだ。しかしまだ一つ危険が残っていた。「妻と財産」、つまり彼が一生探し求めた「大金持の未亡人」を見つけるかもしれない。そうなればバルザックのうちに巨大な労働者ではなく享楽主義者が出現するだろう。なぜなら自分でもまだ知らないことだが、彼から無理やりその素晴らしい業績をしぼりとるためには環境の大きな圧迫が必要となるだろうから。三万フランなり五万フランなりの年金をもつ金持の寡婦のためとあれば、バルザックは労作のガレー船につながれるかわりに、いつ何時でも、——たとえ名声の絶頂にあっても、ブルジョワ的で安易な運命に身売りすることであろう。

　家庭の幸福には僕は苦もなく身を任せてしまうでしょう。

と女友達のズュルマ・カローに告白しているが、この永遠に追いかけられている男は、田舎暮しをすること、道楽に文学をやること、時たま半ばぞんざいに本を書いてみることという年来の夢を彼女に描いて見せた。

運命はしかしバルザックの内心の願いよりずっと賢明で、もっと多くを彼に期待していたから、彼が早まって満足することを許さなかった。彼のうちにある政治思想家に、折角の天分を大臣席で切売りする可能性をふさいだ。実業家バルザックに、待望の財産を投機ででっちあげる機会を拒んだ。彼の追求してやまない金持の後家をすべて彼から遠ざけた。彼がジャーナリズムに対して抱きはじめた情熱を、およそ新聞雑誌への執筆を不快がり嫌悪する気持に変え、彼を机のそばへ押し戻してそこに釘づけにし、そこから彼の天才が単に下院とか株式取引所とか粋で金づかいの荒い社交界とかいった狭い場所ばかりでなく、全世界を支配できるようにした。運命は刑吏のように無慈悲で、もともと生の享楽者であり愛と権力と自由をかぎりなく求める彼を、いつも労作の徒刑場へ追い返した。脱獄はすべて失敗に終らせ、逃亡を試みるたびに二倍の重さの鎖でつないでしまった。そろそろ有名になりかけた時分早くもバルザックは、その使命と一緒にどんな重荷を負わねばならないか、どんな苦しい奉仕を果さなくてはならないか、暗い予感におそわれたに相違ない。彼はその予感と戦い、それから逃れようとした。牢獄から自分を一挙に救い出してくれる奇蹟を絶えず祈ったし、大きな投機とか金持の妻とか何か魔術的な運命の転換とかをあくまで夢みつづけた。しかし逃避は許されず、創作することが彼に課せられた仕事だったので、彼の隠れた途方もない力は、文学において前代未聞の規模でその活動の幅をひろげることになる。寸法に合わないということが彼の寸法になり、限界のないということが彼の限界となった。ところで仕事にとりかかるや否やすぐ彼は、彼のうちから流れ出る豊かなもの、ありあまるものを適当に組織立てなければならないことに気がついた。彼なり読者なりがそれらを一目で見渡せるようにである。もし文学が彼の活動分野でなければならないとしたら、その文学は一冊の本がただあてずっぽうに別の一冊と並ぶというふうなものであってはならず、この世のあらゆる情熱と生活のあらゆる形式の正しい序列に従って段階的に配置されなくてはならないと考えた。最初の小説をある友人に送ったとき、彼はそれに添えて早くもこう書いている。

私の作品の全体系は正体を現わしはじめました。

彼は自分が生み出した小説人物を一作品から他の作品へと再登場せしめ、かような典型人物が方々に顔を出すことによってあらゆる身分、職業、思想、感情、相互の関係などを包含する完全な文学的現代史を書こうというみのり豊かな着想を抱いたのであった。「哲学的長篇・短篇集」の序文は、彼に頼まれてフィラレート・シャールが書いたものだが、

それには今後の彼の作品を受け入れるにあたっての読者の心がまえが説かれている。包括的な時代像が計画されていて、本巻は単に

一連の壁画の最初の画面である。作者はこの壁画において過度の思想と各個人の利己主義によって衰退したものと考えられる現代の社会と文明を描いてみたいと思う。やがて作者がそのパレットの絵具を変え、……社会のあらゆる階層を順次へめぐり、農夫、乞食、羊飼い、市民、大臣を次々と示す姿が見られるだろう。……彼は国王や司祭の前でも尻ごみはしないだろう。

芸術家がバルザックのなかで頭をもたげ出した途端、早くも彼の眼の前には『人間喜劇』の大きな幻が浮んだ。しかしそれに形を与えるには二〇年にわたる類を絶した測りしれない労働でもまだ十分だとはいえなかった。

第二篇　仕事部屋のバルザック

第七章　三十男

一八二九年三十歳、本当の第一作で世間に現われたときを境にバルザックは決定的にオノレ・ド・バルザックとなった。長たらしい回り道の発展も最後的に終った。人間としての、芸術家としての、また性格としての彼の風貌人品は、精神的にも芸術的にも人相学的にもまったく出来上った。この上もう決定的な変化は起らなくなった。無類に蓄積された力は向うべき方向を見つけた。創造的作家は果すべきつとめを自分に課した。規模の雄大な建築家はごく大まかな輪郭にすぎないにせよ、将来の仕事に対する計画を立てた。そしてバルザックはライオンのように勇ましく仕事にとりかかった。彼の腕に脈が打っているかぎり、毎日の仕事の絶え間ないリズムはとまりもせず弱まりもしない。節度というものを知らないこの男は、もともと到達できそうもない目標を立てていたのだ。で、死だけがひとりこのプロメテウス的意志を抑えることができるのだ。執筆中のバルザックは、近代文学に知られているかぎりの連続的な創作活動の、恐らく最も素晴らしい例であろう。大地の永遠の力に養われる巨木のように、斧で切り倒されるときまでその太い幹を直立させ、作品というこんもり茂った枝をいつも空高くのばしていた。そしてしっかり根を張ったまま、そのいつも花をつけ、成長し、よく熟した実を世に送り出すという運命から与えられた務めを、まさに組織的な根気強さで果した。

かように絶えず新しいものを生み続けて行ったにも拘らず、その後のバルザックはいつも同じだった。顔つきも性格学的な骨組と同じくもはや殆ど変らなかった。五十歳の肖像と三十歳の肖像を並べてみてもほんのわずかな点しか違わず、本質的な変化はどこにもない。髪の毛に幾分か白いものがまじり、眼の下が少し隈どられ、以前の豊かな色艶がやや黄ばんだ程度で、風采はまったく同じであった。彼の外貌の独自かつ個性的なものは、三十歳をかぎりに究極の形をとった。思春期の彼は「蒼白く痩せたずんぐりの青年」で、その見栄えのしない顔かたちの唯一の取柄といえば、「まだ栄光に包まれない頃」の若いボナパルトに「どこか似て」いると噂されたことぐらいだが、その彼が奇妙にもいつか昔の「まるい頬っぺをしたデブの子供」に戻って立ち現われた。机に向うや否や、神経質なところ、あやふやな気持、あせり、移り気は、力と充実にはちきれんばかりの幅のある快適なものに席をゆずった。こんな文章があるが、これはダルテスの姿を借りて、彼自身その映像を描いているのだ。

かつてダルテスの眼に宿っていた高貴な燃えるような野心の色は、成功を収めたがためにやわらげられていた。額のうしろに満ちていた思想はすでに花咲き、顔の痩せた線が今ではふっくらと丸味を帯びていた。青年時代には、貧困のために、不断の苦闘を支うべく精一杯の力を出している人らしい黄色味がかっていた顔色も、豊かな暮しのせいで生々と輝いていた。

（「カディニャン公妃の秘密」）

彼の顔の第一印象は大抵の芸術家の場合と同じくあまり当てにならないものだった。健康で愉快に人生を楽しんでいる男、お人好しでいつも上機嫌な男、ただそれだけの感じだった。平素あまり綺麗でないたてがみのような髪の毛を、固くてつるつるした額の上に逆立てているにも拘らず、この顔を形づくるやわらかな素材、――脂ぎったやわらかな皮膚や、うすくてまばらなちょび髯や、幅ひろのぶよぶよの輪郭は、享楽者の締まりのなさ、十分眠り、沢山食べ、少ししか働かないものの印象を与える。荷かつぎ人夫のような幅の広い肩、彼の小説人物ヴォートランのあの肩、疲れを知らずに一二時間も一四時間もぶっ通しに机の上にかがみこんでいられるねばり強くて筋骨たくましい牡牛のような首、闘技者のような胸、彼のそういう肩や首や胸を見る段になって初めて人は、彼の本体が実はどっしりと充実したものではあるまいかと思いはじめる。彼の力強さは、やわらかでブヨブヨの顎の下から始まるのだ。彼の体は粗金のかたまりだった。彼の体の特質はその作品と同じように質量と横幅と名状すべからざる活力にあった。さればバルザックの天才性を彼の顔から説明しようとする試みはすべて無駄であり虚偽である。彫刻家ダヴィッド・ダンジェは思い切って広い額にすると同時にそこを膨らませ隆起せしめて、あたかも思索の仕事が頭脳の外殻からほとばしり出るかのような印象を与えようと試みた。画家ブーランジェは腹の突き出た肥満体を白い僧服で包んで、よく太った小男の姿勢をひきしめようとした。ロダンは悲劇的な幻覚から覚めぎわの、恍惚とした眼ざしをバルザックに与えた。バルザックの天才をはっきり人目につくようにするためには、もともとあまり見栄えのしないこの顔を人相的に引き立たせなくてはならないというふうに三人が三人とも漠然と考えて、魔神的あるいは英雄的な要素をこっそり持ち込もうと努めたのだ。そしてＺ・マルカスの肖像におのれの姿を描いたとき、バルザック自身も同じように自己本体のかかる強調を試みたものであった。

　髪の毛はたてがみに似ていた。鼻は短く、低く、横に広く、ライオンの鼻のように縦に割れ目がついていた。額はライオンの額のように縦皺が一本深く入っていて、左右二つの力強い出っぱりに分れていた。

　しかし真の観察者が仮借なく認めるに相違ないことは、トルストイとかルッテルとかいう民族のほんとうの代表的天才と同じくバルザックがいかにも庶民臭く、その顔はいわば彼の郷土の無数の名もない顔の縮図だということである。しかもかかる特別の場合において彼の顔は、——再び言うがルッテルやトルストイの場合と同じように本当に民衆的で卑俗で、まったくブルジョワ的でおまけに下層民的でさえある顔だった。特にフランスでは国民の精神的業績は二つの型で現わされる。すなわち貴族的に高尚で洗練純化された型、——たとえばリシュリュー、ヴォルテール、ヴァレリーと、国民の力と健康を表わしているもう一つの型、ミラボーとダントンの型に分けられる。完全にバルザックは卑俗だがしかし基本的な階級に属し、貴族やデカダンの徒ではなかった。どこか南フランスの居酒屋のスタンドのうしろに青いエプロンでもつけて立たせれば、上機嫌で陽気なこの男は、客に葡萄酒をついだりおしゃべりしたりする無学な酒場の主人と区別できないだろう。鋤のうしろにいる百姓、通りの水はこび、税関の小役人、さてはマルセイユの娼家に遊ぶ水夫といっても、その物腰とその顔なら結構似合うだろう。百姓やプロレタリアのように、つまり彼自身もその一員である民衆のように上衣なしのだらしない恰好をしているときに限って、バルザックはいかにも彼らしくあったし、自然であった。貴族的に粋に振舞うつもりでポマードをつけ髪をかきあげても、それからフォーブール・サン・ジェルマン区のダンディたちと張り合うために例の一切を見通す眼に猿真似の柄附単眼鏡《ロルニョン》をあてがっても、まるで変装しているとしか見えなかった。彼の強みは彼の芸術と同様、人為的なところにあるのでなく、また柄にない哲学的もしくはセンチメンタルな分野にあるのでもなく、ただ彼が庶民的に振舞った場合にだけ見られた。彼の肉体の特性もまた、彼の活力と激烈さと力のうちにのみ存した。

　ところでこれらの性質を視覚に訴えるようはっきり表現することは肖像画の本質ではない。肖像画はいわば生けるフィルムの断面、静止しているもの抑圧されているものの一秒間であって、中断された運動にすぎない。彼の作品のたった一ページから、多方面で無類に生産的な彼の充実した天才を感じ得ないのと同じように、現存している一二枚の肖像画からは、彼が人間としてしかあったに相違ないあふれるばかり豊かな精神と活気《ブリオ》と明朗さと旺盛な生活力を感じとることはできないのだ。ほんの上面の一瞥はバルザックについてなんにも教えてくれない。彼の同時代の人たちのあらゆる報告は次の点で一致している。——少々太った小男がボタンのよくかかっていない上衣、紐もろくに結んでない靴、だらしない長髪といった恰好で、懸命に階段を昇ってきたためにまだ喘ぎながら部屋に入ってくる。八五キロか九〇キロもある体を重そうに肘掛椅子に投げかける途端、椅子が気づかわしげに呻吟する。初印象はがっかりものだった。なんですって？　安香水の匂いをぷんぷんさせているこの無骨な脂ぎった平民が私たちのバルザックかしら。私たちの心の奥の奥の感情を歌ってくれる吟遊詩人かしら。これがどうして私たちの権利の弁護人なのかしら。淑女たちはこう不審がって目をみはる。そしてその場に居合せたほかの作家たちは満足してひそかに鏡を覗き、自分たちのほうがずっと淑女たちによい印象を与え、ずっと聡明に見える次第を確かめる。沢山の扇子の蔭ではほほ笑みが隠された。紳士たちは文学上甚だ由々しいこの競争相手の一貫してプチ・ブル的なもの、呑気そうな庶民性について、お互い意地の悪い眼ざしを交わし合う。しかし一旦バルザックが話しはじめたとなると、その痛ましい初印象はたちまち電光のように変ってしまう。というのは機知と精神のひらめく「奔流」が突如形づくられ、部屋の雰囲気がみるみる電流を通じたようになり、彼の一身がみんなの注意を磁石のように引きつけるから。彼は夥しい事柄について話した。ある時は哲学を論じ、ある時は政治的計画の大要を説いた。数かぎりない逸話を知っていた。実話もあれば作り話もあった。作り話は空想の翼に乗って、語っているあいだにますます信ずべからざるものとなった。彼は大言壮語し愚弄し笑った。小さな黒い瞳からは上機嫌の金色まばゆい火花がひらめいた。彼は自分で自分の力に酔い、聴き手を酔わせた。おのれの充実ぶりを披露できるときの彼はまことに比類がなかった。

　この大きな力は作品において読者を幻惑したが、同様に肉体的にもバルザックの発散する独特の魔力だった。彼のなすことは何事も他の人に比べると十倍も強力であった。笑うと壁の絵が揺れた。話をすると言葉が口を突いて出た。歯並びの悪いことなど忘れられてしまった。旅をすると、半時間ごとに郵便馬車の御者にチップを出して、もっとスピードを出すよう馬に鞭をあてさせた。金勘定をすると何千フラン何万フランという金が上になり下になってころがり出た。仕事をすれば昼夜の別がなかった。一〇時間、一四時間、一六時間と机にかじりつき、一ダースもの鵞ペンの先をチビらせた。食べる段になると、

――ゴズランの述べるところによれば、――

　山のように積み上げた梨とか綺麗な桃を眺めて唇はピクピク動き、眼は楽しそうに輝き、手は嬉しさのあまりブルブル慄えるのだった。……ネクタイをはずし、シャツの胸をはだけ、果物ナイフを片手に声を立てて笑い、水を飲み、汁気たっぷりの梨をまっ二つに切るなど、彼の菜食主義の健啖ぶりは見事なものだった。

彼は万事陽気に気違いのようにやった。何事につけても程合いを超えていた。彼の性格に何よりもそぐわないのはケチ臭い気持というものだった。バルザックには巨人の善良さと子供っぽさがあった。いささかもくよくよせず、ただもうエネルギーを浪費するだけだった。何人も彼の上機嫌をぐらつかせることはできなかった。他の作家たちが彼のあまりにも充実した存在に悩まされて、あいつには文体がないとか、その他いろいろ蔭でこっそり悪口をいってることを彼は知らないわけではなかった。しかしすぐ熱狂するたちなので、どの作家にも親切な言葉をかけ、作品を献呈し、『人間喜劇』のどこかに彼らの名前を引合いに出した。彼は人に敵意を持つにしてはあまりに偉大すぎた。彼の作品のどこにも特

定の個人に対する論戦は見当らない。勘定をする場合あまりにも大きな尺度を持ち出すので、いつも勘定を間違えた。出版者をいじめたり抑えつけたりするのは何も数フラン余計に出させるためではなく、彼らとふざけたり自分の方が主人だということをみせてやりたい気持からだった。嘘をつくのは人をだますためではなく、空想に耽ったり狂言を楽しみたい気持からだった。子供っぽさを蔭で笑われているのを知っていたが、隠さずにかえってそれを誇張した。友達に埒もない作り話をする。誰も自分のいうことを信ぜず、翌日はパリ中に尾ひれをつけてふれまわるだろうということを彼はその素早い眼で見抜くが、しかもそれにもっと露骨な嘘で味をつけた。馬鹿だの型に合わない奴だのと思われるのを面白がった。いずれ漫画の種になるだろうことを思い、それに先立って自分で自分の漫画をラブレー風に描いた。彼にどんな害が加えられたろう。彼は、皮膚の下の筋肉と額のうしろの筋肉にかけては自分が誰よりも強いことを知っていて、彼らに勝手にさせておいた。

かような力の自意識はバルザックの場合その肉体と精神とエネルギーにもとづいている。いわば筋肉と血液と体液と力の自意識、全生命を目標とした自意識で、決して区々たる名声とか成功にもとづくものではなかった。なぜなら文学的にはバルザックの自信は、「ゴリオ爺さん」「あら皮」その他一二篇ほどの不滅の傑作を書いたあとの三十六歳になってもまだぐらついていた。彼の生命感は熟慮や内省から生れたものではなく、他人の意見から出たものでもなく、まったく根源的なものだった。彼の内部にはある充実感があり、彼はそれをビクビクもので批判的に解剖し分析することなく、ただ味わい楽しんだ。

僕の一五七センチの体のなかにはあらゆる不統一、あらゆる対照が詰まっています。僕のことを下らない男、無駄遣いの好きな男、頑固で軽薄で考えることに連絡がなく、自惚れ屋で投げやりで怠けもので不勉強で考えなしで、およそ堅実味のないおしゃべりな男、のろまで、躾けが悪くて無作法で癇癪もちでお天気屋だと思う人もあるでしょう。反対に倹約家、控え目な男、活気のある男、ねばり強く精力的で辺幅を飾らない男、勤勉で堅実で無口で才気にあふれた男、礼儀正しくていつも快活だといってくれる人もあるかも知れません。どちらももっともなのです。僕を意気地なしだ、無学無能だという人は、いやひどく勇敢だ、学問もあるし才能も十分だという人と同じく間違ってはいないのです。なんといわれようと僕はもう驚かなくなっています。しまいには僕は自分のことを、四囲の状況が勝手に動かす道具にすぎないのだと思うようになりました。

ほかの人たちが考え込もうと褒めそやそうと愚弄しようと委細構わず彼は、まっすぐに勇敢に明朗に呑気に、あらゆる不運と不安を物ともせず、持ち前の無頓着ぶりで思いのままに彼の道を進んで行った。心にこのような力を感じているものは無頓着であって差支えない。彼の虚栄心は子供じみていたが、しかしこせついてはいなかった。彼の態度には、軽く酒のまわった男の落ち着きと気楽さがあった。

かように太っ腹で幅のある性質の持主は当然金づかいが荒いはずで、バルザックもあらゆる意味でそうだった。やむを得ず倹約するように自分を躾けた面がただ一つだけあった。つまり人との交際である。かつて彼も言ったが、彼のように「世間に与える時間が一日に一時間しかない」人なら誰だってその生活に社交の余裕などない。だから彼と実際に結ばれていたのは十指で数えるほどしかなかった。彼と本当に親しくつき合ったものは恐らく全部で一〇人以上はなかったろう。しかもそれらの人たちも、——最も重要な人物をのぞいて、——彼が三十歳の時にはすでに彼のまわりに集まっていたのだ。世間知や芸術的完成の面でと同じく友誼の面でも、三十をすぎるともはや特につけ足すべきものは殆どなかった。吸収しなければならないものは三十歳までのあいだに吸収し、わがものにしてしまった。それを境に彼はもはや何人のためにも存在せず、もっぱら自分の作品に没頭した。彼が創造する人物だけが彼にとって現実であり重要であった。

狭いがしかしいつも変らない友達仲間で首位を占めていたのは女性であった。彼の手紙の九割、いや恐らくそれ以上が女性あてに書かれている。いつもはちきれんばかりの心情を時々告白の形で吐露したい抵抗しがたい欲求につい負けることがあるのは、ただ女性を前にしたときだけだった。女性の前でだけ彼は裸になることができた。そして時々、何かを訴えたい凄じい欲求のお蔭で、彼が守っていた数ヵ月間の沈黙が不意に破られた。相手が一面識もない婦人や、ちょっとしか知らない婦人の場合でさえ、しばしばそんなことがあった。男性にあてて親密な手紙を書いたことは一度もなかった。ヴィクトル・ユゴーやスタンダールのような、同時代の最も偉大で有名な人たちに対してすら、内心の葛藤とか芸術制作上の問題とかについて語ったことは一度もなかった。実生活では何かにとり憑かれたようにしゃべりまくる彼、相手の言葉に殆ど耳を貸さず、ただ空想のままに大風呂敷をひろげる彼は、同輩の作家たちと文通したり話し合ったりすることにはろくに重きをおかなかった。あふれんばかり充実しているので友情の刺戟はいらず、むしろ反対に息抜きを必要とした。したがって主として女性からの手紙に返事を書いたのは、テオフィル・ゴーティエに冗談半分いったように「それは文体をつくる。」という理由ばかりではなく、彼を理解してくれる女を見つけたというもっと深い、しかも恐らく自分でもよく分っていない欲求からであった。仕事でクタクタに疲れ、義務に忙殺され、借金に責め立てられ、幾度か「人生の急流」に押し流されて、彼は発展時代のベルニー夫人のように同時に母であり姉妹であり愛人であり助け手である女性に絶えずあこがれていた。彼を再三この種の探索に駆り立てたものは、恋愛の冒険をしたいとか肉欲や色情におぼれたいとかいう気持ではなく、反対に心の平静を得たいという激しい欲求であった。「風流滑稽譚」とそのはちきれそうな、さも自慢そうな、みだらな肉感性に欺かれてはいけない。バルザックは断じてドン・ファンやカザノヴァの徒ではなく色情狂でもなかった。そして小市民的意味で、いやこの上なく小市民的意味で女性を求めた。自分でも正直にいうように「妻と財産」をひたすら望んだのだ。彼ほどの空想家、彼ほどに精神的に興奮しやすい人間は安価な恋の冒険など必要としない。バルザックは自身十分に緊張していたので、改めて他に緊張の種を求めるようなことはしなかった。彼が大抵の場合無意識に、しかし時にははっきり意識して求めたのは、彼の本性の両極を満足させてくれるような女であった。彼の作品をうるさい個人的な要求で邪魔せず、彼の仕事を金儲けのために働かねばならない呪いから救い出してくれるような女であった。彼の性的過剰をやわらげ、同時に物質的困窮をのぞいてくれるような女であった。そしてその上に、できることなら貴族の出身で、彼の素朴な俗物根性を満足させてくれるような女であってほしかった。

そんな女性を見つけることが彼の生涯の夢、しまいまでみたされなかった夢であった。彼の求めるものはいつも断片的にしか与えられなかった。ある時は半分だけ、ある時は他の半分という工合で、両方同時に与えられたことは一度もなかった。たとえあっても遅すぎた。ベルニー夫人との最初の関係から、早くも彼の夢は半ばしか達せられないという呪いをかけられていた。なぜなら彼がかつて言ったように、「悪魔が甚だ残酷にも歳月の時計仕掛けを狂わせた。」のだから。青春時代の教師、困った時に慰めをもたらす人、危険な時の救い手、肉体的過剰に悩む時の情熱的な愛人というふうに、二十三歳の彼は求める一切をたったひとりの女のうちに見出したのであった。しかし最初はとにかく不自然にみえなかった二十三歳の男と四十六歳の人妻との関係も、時がたつにつれ当然奇怪なものになり自然に反するものになった。どんな女にもヘレナを夢みることができる幻想家、バルザックのように性的にパンの神はだしの相手選ばぬ性質の男にとってさえ、すでに三十ともなれば五十四歳の女の愛人になっていることは苦痛の種だった。ベルニー夫人には堪えがたいことだったけれども、——どんなに聡明な女性でも愛しているかぎりは諦めることはできないものだが、——二人の関係が官能的でなくなって、性的なものから単なる友愛と母性愛に段々変って行ったのは如何ともなし得ないことだった。

　しかしかように次第に離れて行く前に、バルザックの官能的な気質は早くもほかにハケ口を探していた。そしてそれが年寄りじみてきたベルニー夫人に激しい嫉妬を抱かせた。しかもその新しい女友達が同じように人生の秋を迎えた肉体的魅力のうすい女だっただけに、夫人の嫉妬はいよいよ激しいものだったろう。ジュノ将軍未亡人ダブランテス公爵夫人がバルザックとヴェルサイユで知合いになったのは一八二六年ごろで、彼女はもうそのころは過去の栄光のかなりガタガタに崩れかけた記念碑といった存在だった。ブルボン王朝の宮廷から除け者にされていたし、社交界ではろくろく尊敬も払われていなかった。おまけに借金で首が回らないので、過去の思い出を売り歩かなければならない羽目になった。虚実とりまぜの古い色恋の醜聞沙汰を年を追って取り出して書き、一巻また一巻と出版業者に売らねばならなかった。そういう状態だったがしかし彼女は、若い作家をベルニー夫人の少し母性的すぎるきずなから引き離すのに大して苦労はしなかった。なぜなら彼女はバルザックの本性の最も強い要素の二つに働きかけたからだ。すなわち一つは現代史を生けるものとして理解しようとする芸術家の貪欲な好奇心、いま一つはバルザックの最も根深い弱点たる飽くことを知らずまた満たされることのないキザな俗物根性がそれである。爵位と貴族の名前はプチ・ブル的バルザック夫人の息子に対して、終生、往々物笑いの種にされるほどの抵抗しがたい魔術的効果を及ぼした。公爵夫人の友達になり情人にさえなること、彼女のベッドで皇帝自身ではないにしても、ナポレオン麾下の将軍でナポリ国王のミュラならびにメッテルニヒ公爵の後継者となるという勝利感は、少くともしばらくのあいだは彼をベルニー夫人から遠ざけたに相違ない。そのベルニー夫人の母親はつまるところマリー・アントワネットの侍女風情にすぎないではないか。

バルザックにおける永遠の平民は、恐らく大してむずかしくはなかったこの恋の冒険に、虚栄心にかられるままに熱情こめて乗り出した。将来の「現代史家」、全地平線を明るく照らすためにはほんのわずかな火花さえあればそれで十分足りるバルザックのような想像家型の男にとって、歴史のあらゆる秘密を知っているこの女と「二枚のシーツの間」で寝ることはどんなに有益だったろう。ダブランテス公爵夫人は母親のペルモン夫人のところでナポレオンと近づきになったのだった。その頃の彼はまだ痩せこけたボナパルト大尉にすぎなかった。彼女はテュイルリー宮殿で、新公爵や新公爵夫人の最前列を占めたばかりでなく、世界史を裏階段や閨房《アルコーヴ》からも眺めたものだ。ナポレオン時代に取材するバルザックの小説、たとえば「暗黒事件」や「シャベール大佐」などはすべて実質的な記録の裏づけがあるが、それはお互いの官能と知的好奇心の方が真実の愛情よりも大きな場所を占めていた二人のこの関係のお蔭であった。それにしても恋愛関係は長くは続かず、二人を依然結びつけることになったのはある種の朋輩関係だった。どちらも負債に苦しめられ、生の享楽に飢え、すぐにも他の情熱に惹かれそうな二人は、短い恋愛のはかない炎がとっくに消え去ったあとでもお互いなお長いあいだ友達として助け合おうとした。公爵夫人はバルザックをレカミエ夫人や、ほかにも数人の貴族の知人に紹介した。一方バルザックも夫人の回想録をできるだけ良い値で出版者に売り込むのに手を貸したし、恐らくその作成にもこっそり参加したらしい。段々と彼女はバルザックの生活から消えていった。そして性こりもなく金を無駄使いしたあげく、何年かたってパリのあわれな屋根裏部屋で死体となって発見された。その最後を伝えるびっくりした調子から、バルザックが彼女のことなどとうの昔に忘れてしまったこと、二人のめぐり会いが彼の青春時代の束の間の情熱的エピソードにすぎなかったことが感じられる。

＊

ダブランテス公爵夫人とのほんの一時の関係が始まったのとほぼ同じころ、ズュルマ・カローという今一人の女がバルザックの生活に入ってきた。彼の友人関係のうち最もよく、最も貴重で高貴で純粋で、しかも空間的時間的にどんなに遠ざかろうと最も永続的なものであった。ズュルマ・トゥーランジャンは彼の愛妹ロールと同じ歳で、一八一六年にカロー砲兵大尉に嫁いだ。大尉は「厳正誠実」の士であったが甚だ幸運に恵まれず、その真価はついに認められなかった。ナポレオン時代、この健気で勇敢な士官は同僚が戦場や官省で戦争景気を利用してまるで嘘のような栄達をとげるあいだに、不幸にも幾年か英国の俘虜収容船に禁錮されていた。俘虜交換の機会がきたときはすでに遅すぎた。捕われの身だったので、然るべき縁故関係を結んだり戦争で勲章をもらったりする機会にも恵まれず、士官にふさわしい勤め口はどこにもなかった。初めは地方のささやかな守備隊で埋もれていたが、しまいにやっと国立火薬製造所の所長に任ぜられた。カロー夫妻はこうして人から忘れられてもの静かな狭い生活を送っていた。別に美人ともいえず、おまけに少しびっこのズュルマ・カローは、夫を心から愛しているというわけではなかったが、彼の高潔な性格に無上の尊敬を払い、野心と生きる喜びをあまりにも早く立ち切られた彼の不運に深い同情を捧げていた。忠実に夫と息子の面倒をみていたが、甚だ聡明で生れつきひどく機転の利く女だったので、草ぶかい田舎町のこととて大して才能のすぐれた人物がいるわけではないが、誠実で礼節をわきまえた小数の人たちを自分のまわりに集めることができた。そのなかにペリオラス大尉がいた。後年バルザックは特にこの人と親しく交わり、戦争小説を書く上に重要な教示を仰いだ。

バルザックは妹ロールの家で初めてズュルマに会ったのだが、このことはそのどちらにとっても思いがけない幸福だった。ズュルマの知的水準は周囲の誰よりも高かったばかりでなく、バルザックと同輩の有名な作家や評論家よりも優秀だったとさえ言えるのだが、教養に富む上に温い心の持主だったこの女性にとって、彼女のささやかな世界でバルザックにめぐり会ったことは深い精神的体験となった。ズュルマは相手の心の、光り輝いてあふれ出るような人間味を認めると同時に、その詩人としての天才性をもすぐ見抜いたのであった。一方バルザックも仕事に疲れ、債権者に追われ、金銭上のごたごたで嫌気がさしているときに、俗物どもから無闇に感心されたりつまらない見世物にされたりする心配なしに逃避できる家を一軒知ったことは物怪の幸いだった。邪魔されずに仕事のできる部屋がいつも準備されていた。夕方には誠実で気立てのよい人たちと自由にお喋りして、完全になごやかな雰囲気にひたる仕合せを味わうことができた。ここならば人に迷惑をかける心配なしに、いわばシャツ一枚でくつろぐことができた。激しい緊張のあとで休養を必要とする際いつも自由に使用できる隠れ家があると思えば、カロー一家の任地がサン・シール、アングーレーム、フラペールというふうにいろいろ変ろうと、その衛戍地行きの遠足をいつも数ヵ月前から楽しく夢みるのだった。

　間もなくバルザックは、世間には全く知られていないこの無名の女性の精神的意義を認めた。彼女のうちに秘められた天分は、献身と誠実に対する驚くべき能力であった。そこでこれ以上清く美しいものは考えられないような交際が始まった。ズュルマ・カローも女として、相手の人格の独特の魅力に動かされたことに疑問の余地はない。しかし彼女は自分の心をしっかり抑えつけた。この落ち着きのない男に対して自分ほど性に合う女はひとりもいないということを彼女は知っていた。彼女こそこの優れた男の前でおのれを完全に消し去ることができ、しかも同時に彼の肩からあらゆる重荷をそっと取りのぞいたり遠ざけたりすることができる女だった。

　わたくしはあらかじめあなたのために選ばれていた女でした。

ある日彼女はこう書きおくったが、彼のほうでもそれにこう返事をした。

　できればあなたのような人、私欲のない女が僕には必要なのです。

彼は次のように告白する。

あの美人とともにする一夜のあらゆる幸福よりも、宵にあなたのそばですごす一五分のほうがよい。

しかしズュルマ・カローは同時にあまりにも聡明だったから、彼女が誰よりも偉いと思っている人物を末長く満足させるためには自分のほうに女らしい官能的な魅力が欠けていることを知っていた。ことに彼女のような性質では、心から自分を信頼してくれる夫を欺いたり棄てたりすることはできなかった。そこでおのれの功名心を、彼に友情を示すことだけにかぎった。それはバルザックの言葉を借りると「善良で神聖な友情」であり、どんな虚栄も功名心も私欲も伴わず、そして性的色調に曇らされることも悩まされることもない友情だった。

わたくしたちのつきあいには利己主義のほんの一とかけらも入れたくありません。

かつてのベルニー夫人のように指南役と愛人という一人二役を兼ねることができないと

ころから、彼女はバルザックが苦境に陥った際いつでも助け手となれるようにと、この二つの分野をはっきり区別していきたいと思った。そこでこう叫んだ。

ああ、あなたがどうしても住む必要のあるパリに、運命はなぜわたくしを連れていかなかったのでしょう。そうすればわたくしは、あなたがちょうどお考えになるとおりの情愛の深い女になって差し上げられたでしょうのに。同じアパートの別のところに住むことになったでしょうのに。……二巻物の幸福というところだったでしょうのに。（他の一巻はかりそめの女の受持ちという意味）

しかしそんなふうに生活を精神と肉体の二つに分けることは到底不可能なので、別に方法をめぐらした。

あなたをわたくしの養子に致します。

彼のために考えたり心配したり助言したりするのを彼女は生涯の仕事にしようとしたのだ。バルザックの生涯においてすべての女性がそうであったように彼女も、自分で自分の生活を始末する術を知らないこの子供のような天才を母性愛でつつみたいと思ったのだ。

事実バルザックには、平凡な結婚をして田舎で埋もれて暮しているこのささやかな無名の女にもまして、彼の芸術と生活のための誠実で良い相談役は決していなかった。その頃の最も有名な評論家や芸術家でさえその点では到底この女に及ばなかった。バルザックの作品が世間の評判になり流行したにしてもまだ少しも理解されなかったころ（一八三三年）、彼女は確乎不動の誠実な調子でこう書いた。彼女の言葉にはいつもその調子が目立っている。

> あなたは現代散文家の第一人者であり、わたくしにいわせれば作家としても第一人者です。……あなたと肩を並べられるのはあなたしかなく、すべてがあなたのそばでは影がうすく見えます。

しかしもちろんすぐこうつけ加えている。

> と申しましてもあなたをほめ立てる幾千という声にわたくしの声を合わせることには、幾分のためらいを覚えます。

なぜなら彼女は極めて確かな本能から、バルザックの成功のなかに流行的なもの、センセイショナルなものがありはしないかどうかを恐れたのである。彼の心情の偉大さを知っていればこそ、そして彼が並べ立てるモスリンのカーテンやカシミヤのショールや青銅の胸像のうしろにひそむ「根は善良で心の温いバルザック」を愛すればこそ、サロンで俗物紳士として成功したり著作の出版で物質的に成功したりすることが、彼のような才能や性格にとって危険となりはしないかどうかを気づかったのだ。それは無理もなかった。誰よりも早くこの天才の例外的な独自性を認めた彼女は、彼自らその至高至上の可能性を展開することを望んだ。それが彼女の功名心であった。

　わたくしはあなたが作家として完成するのを見たくて見たくてたまりません。

と告白した。――その完成は、

　サロンとか流行界でのあなたの成功とは「まったく別のもので、」そういうものはあなたの将来を傷つけるものですからむしろ遺憾に思います。わたくしが申し上げるのはあなたのほんとうの名声、あなたの将来の名声なのです。まるでバルザックという姓を名乗ってでもいるような、――というか、あなたの名声がわたくしのまわりにも照りかがやくほどぴったりあなたに寄りそっているような気でいるので、なおさらそれを重視します。

彼女はバルザックがやたらに無駄遣いをしたり、子供じみた虚栄心で俗世間の好意にいい気になったりする危険な傾向のあるのを知っていたが、同様に彼の偉大さと良さを知っていたので、彼の芸術的良心となる義務を自分に課した。バルザックとの友情は彼女にとって人生最高の財宝だったが、その友情を失う危険を冒してまで疑問とすべき点、賛成すべき点を驚くほど誠実に述べた。その点で彼女は、流行作家とあれば無選択に持ち上げる公爵夫人や社交界の婦人と自分を意識して区別した。

彼女の判断と批評にもまして至当なものはその時代どこにもなかった。しかもこの知られざるアングーレームの大尉の妻のあらゆる賞讃と非難の言葉は、一世紀後の今日なおサント・ブーヴや職業的評論家のどの判断よりも核心にふれるものがあって優れている。彼女は「ルイ・ランベール」「シャベール大佐」「セザール・ビロトー」「ウジェニー・グランデ」に感心するが、一方「三十女」の香水の匂いがプンプンするサロン物語には激しい不快を覚え、「田舎医者」を「あまりにも固く捏ねすぎてあり、観念が詰め込みすぎてある。」といみじくも言い、「セラフィタ」のいかにもわざとらしい擬似神秘説に嫌悪の情を抱いた。彼の向上を脅かすあらゆる危険を、いつも驚くべき明敏さで察知した。政治に手を伸ばそうとすると、必死になって諫めた。

「滑稽譚」のほうが一大臣の職よりずっとましなのです。
王党派に参加しようとすると、こう呼びかけた。

王族を守護することは宮廷奉仕者たちに任せておおきなさい。あなたの至極当り前な評判をそんな連帯関係でけがさないようにして下さい。

彼女は、「富めるものの欲念によって大いに搾取され誹謗されている貧民階級」に対する愛情をいつまでも忠実に守りつづけるだろうと、反抗的に宣言する。

わたくしも庶民なのですから。貴族的にはなっていますけれども、抑圧に悩むものにはいつも同情を寄せる庶民なのですから。

性急に書きとばすことによって作品がどんなに毒されるかを見て、彼女は警告する。

絶えず責め立てられながら書く、――それでも書くといえるでしょうか。そして書くひまさえろくにないような作品を完成することができるでしょうか。「それになぜそんなに急ぐのか。成上りのパン屋には似合うかもしれないが、天才にはふさわしくない贅沢な品物を手に入れるためにすぎない。」ルイ・ランベールのような人物を描いた人は、英国産の馬なんて必要がないはずです。……オノレ、あなたの偉大さが見られないとしたら、わたくしは辛いんです。……ああ、……『金さえ出せば、あの男はいくらでもいうことを聞くよ。』などといわせる権利を阿呆者に与えるくらいなら（それはいうにきまっています）、いっそのことわたくしは馬や馬車やペルシャ織の壁掛けさえ売り払ったことでしょう。

彼女は彼の天才を愛し弱点を恐れた。それで彼が阿修羅のように書きまくったり、甘んじて貴族のサロンのとりことなったり、彼女の軽蔑するその「上流社会」に一目おかせるために不必要な贅沢品を身辺に集め、そのためまたもや借金する羽目になったりするのを、心配しながら見ていた。そして先見の明があったので、――事実それは当りすぎるほど当ったが、彼に折入って頼んだ。

そんなに早まって身も心もすり減らさないで下さい。

自由というものに対してフランス風の激しい感覚を持っていたので、彼女は世紀最大のこの芸術家が賞讃や非難や一般世間や金銭から独立している姿、要するにあらゆる意味で独立している姿が見られたらと思ったのだろう。ところがそのバルザックが再三新しい隷属関係に落ち込んでしまうのでがっかりした。

　徒刑囚、——あなたはいつだって徒刑囚でしょう。なみの人間の一〇人分にも当るあなたの生命は、欲望を燃やすことですりへらされるでしょう。そしてあなたの運命は一生涯タンタロスのように永遠の飢渇の苦しみにあうことでしょう。

予言的な言葉だ。
大貴族の夫人たちにチヤホヤされながらも、一方こうした手きびしい、しかも往々痛烈な非難を甘んじて受けたばかりでなく、この真実の女友達に繰り返しその誠実さを感謝したということは、そのつまらない虚栄的行為から想像されるより実はずっと賢明だったバルザックの心の実直さを、雄弁に物語るものだ。

　あなたと知合いであることを僕は実に誇らしく思っていますが、僕が大成するのをそばから励まして下さるあなた、あなたこそ僕の公衆です。

これまでお会いしたり、お話を伺ったりするたびにかならず何かしらいいものを僕に得させて下さいましたが、僕が自分の畑から雑草を引き抜くのに、手を貸してくれることを感謝した。

バルザックは、彼女が警告するのはいやしい動機とか嫉妬とか知的自惚れからではなく、彼の芸術の不滅の精神をひたすら誠実に憂慮するためにほかならないことを知っていた。そこで彼女には、彼の生活のなかに特別に一つの席を設けてやった。

僕があなたに対して抱いている愛情は他のどんな愛情とも違いますし、これに匹敵するもの、類似するものもあり得ません。

のちに彼がいま一人の女性すなわちハンスカ夫人に愛を告白したときでさえ、「僕のあらゆる感情を越えた不変の先取特権」は微動だにしなかった。ただ彼は、このかつての女友達に前ほど打ちとけて喋らなくなった。恐らくある種の不快と、ひそかな羞恥の念からであろう。ハンスカ夫人や他の女性たちに打明け話をするときには自己を夢幻化したり劇化したり、負債の総額とか、ひどくせかされた仕事の枚数などいつも誇大に吹聴したものだが、この夫人にはどんなに小さな嘘もすぐ感づかれてしまうのを知っていたのだ。そしていつかしら打ちとけた話はますますしにくくなってしまった。彼女の家に静かな仕事場を求めに行くこともなくて幾年か過ぎ去ったが、これは恐らく彼にとって損害だったろう。彼女がパリに一度だけ出てきたとき、――パリ旅行に彼女がどんな犠牲を払ったかは神のみぞ知るだが、彼はちょうど仕事に没頭していて彼女の手紙を開封しなかった。お蔭で彼女は彼の家からわずか一時間行程のところにいたのに、いつまでたっても届かない彼からの招待の返事を待って二週間も無駄にしてしまった。しかし死の直前、すでに医者から匙を投げられた彼が苦闘一六年の果てについにハンスカ夫人を妻として家に連れてくることのできた年に、彼はほんのしばらくのあいだ心をひそめて全生涯を回顧したことがある。そしてズュルマが女友達のなかで一番貴重で一番誠実で一番よい友だったことを今更のように認めた。彼はペンをとってこう書いた。

あなたのことを考え、あなたを愛し、当地（ウクライナ）でさえあなたの噂をするのを、かつて一度もかかしたことはありません。（死の一年前の手紙）

＊

いつも大げさに仰々しく話すことの好きなバルザックは、ズュルマ・カローとの関係を彼の友情関係のうち最も純粋なものとして他のすべてから別格扱いにして高く評価したが、これだけは誇張でもなんでもなかった。その他の関係はすべて、晩年の生活を支配したハンスカ夫人に対するあまり誠実でない関係をのぞき、多かれ少なかれいつもエピソード風だった。彼の心理的感覚の確かさは、あらゆる有名婦人をさしおいてあの気高いマルスリーヌ・デボルド・ヴァルモールと特に結びついた親しい友情に如実に現われている。彼はこの女性に最も美しい作品の一つを献じているが、パレー・ロワイヤルの屋根裏部屋に彼女を訪ねるため、一〇〇段もの階段をあえぎあえぎ登っていったものだった。これは体重の重い彼のような人間には並々ならぬ大仕事であった。ジョルジュ・サンドとは一種の心からなる朋輩関係を結んで「兄弟ジョルジュ」と呼んでいた。この交友関係には性的親密さの調子はまったくなく、その頃では珍しい例外であった。彼女の愛人目録で一四、一五番目の場所を占め、アルフレッド・ド・ミュッセやサンドーやショパンやサント・ブーヴといったパリの文学界の半数と彼女の寝台をともにすることは、彼の誇りが許さなかったのだ。なお殆ど影のように遠く背後にかすんで、彼のかりそめの相手がいる。つまり彼と短い交渉をもって、恐らく彼の子を生んだあの知られざる「マリー」や、また同じように苗字も分っていない「ルイーズ」のような女である。生涯のあらゆる決定的な状況においてバルザックは、問題が女性との親密な関係ということになると、見かけはお喋りで呑気そうに見えても巧みに秘密を守ることを心得ていた。

　男性との交友関係はなお一層まれだった。彼が心からの愛情で結びついた殆どすべての人たちは、世間的には全くとるに足りない無名の人たちであった。女性のあいだからは途方もない製作の緊張をときほぐしてくれる人を求めたが、男性のあいだでは信頼できる人を探したのだ。たとえばゲーテ、ベートーヴェンといった、包括的な作品の制作に一身を捧げた大抵の創造的人物と同じく、バルザックはおのれを刺戟し励まして芸術的創作や競争に駆り立てるような優れた精神の持主を友人として選ばなかった。ただ困ったときに心おきなく頼みこむことができ、また彼の仕事のほんの合間合間に、どんな時でも進んで面倒をみてくれたり、喜んで話し相手になってくれたりする人たちで満足した。彼の求めたものは一種の家族的関係であった。マルゴンヌ氏は一二回ほど、バルザックがパリから逃避してくるたびにサッシェの城に迎えて快適な部屋を提供したが、それ以外この人については殆ど何事も知られていない。バルザックはヴィクトル・ユゴーとかラマルティーヌ、ハイネやショパンとみな面識があったけれども、本当の友人はそういった型の同時代の人たちではなくて、甚だ奇怪なことに金物商、医師、ヘボ画家、仕立屋といった面々であった。金物商の「ダブラン小父さん」は、レディギエール街以来いつもなくてはならない人物だった。まったくつまらない画家のオーギュスト・ボルジェとはしばらくのあいだカシニ街で共同生活をした。ナカール博士は臨終まで彼の主治医で、小説をつくる際に時々専門的な助言で彼を助けたばかりでなく、バルザックが一生涯重そうに背負っていた負債の袋に絶えず次々とあく新しい穴を数百フランの金でつくろうことがほんとうに必要になると、そのたびに彼を助けた。この種の系列で最後にあげられる人物は、リシュリュー街の仕立屋ビュイッソンである。彼はパリの評論家たちよりもっと早く、バルザックを尊敬することを心得ていた。バルザックに対して数年にわたるクレディットを設けたばかりでなく、時々金を立替えたり、甚だ目先のきかない他の債権者につかまってバルザックが絶体絶命になったときなど、自宅にかくまったりした。しかしバルザックのような恩義の厚い人に金を貸すのは決して悪い商売ではなかった。バルザックはこの律儀な燕尾服の仕立屋に対する大小の負債を、とにかく『人間喜劇』のなかの次の一、二行で綺麗に返してしまった。

> ビュイッソンの仕立てた服ならサロンの王者となるのに十分である。

このちょっとした広告で、ビュイッソンはさっそく上流社会の御用商人に昇格した。偉人は毎日の小銭のほかになお特別の金を思いのままに使う。すなわち「不朽不滅」という金で支払うことができる。

＊

バルザックの身辺を取りかこむこの小さな群は、彼がその本当の仕事にとりかかったとき、本質的にはすでに出来上っていた。三十歳になると彼の受容の時代は終った。もはや新たな刺戟も討議も読書も知識も人間もいらなかった。準備万端ととのって、精神と天才、熱と強さの形で供給し得るものは、もはやあげて将来の作品にのみ属することになる。彼はかつてある小説で「大木はまわりの地面を乾かしてしまう。」と言った。大木は花を咲かせ実を結ぶためにその周辺からあらゆる力を吸いよせる。バルザックは数かぎりない人たちとこれからも知合いになるけれども、三十歳のとき早くもこしらえた親密な人々の群を、もはやそれ以上拡げないだろう。なお後年加わる例外はハンスカ夫人ただ一人であって、これがやがて彼の生活の中心となり、心臓そのものとなる。

第八章　書斎のうちとそと

急激な個人的成功は芸術家にとって常に危険である。一八二八年二十九歳のバルザックはみじめな文学の小苦力《クーリー》で、匿名で他人のために書き、営々と働いていた。借金で首の回らない、破産した商人だった。一、二年たつとその同じバルザックがヨーロッパで最も名の聞えた作家の一人となり、ロシア、ドイツ、スカンディナヴィア、イギリスで読まれ、新聞や雑誌から寄稿をせがまれ、すべての出版者に追いまわされ、讃美の手紙の山に埋まるようになった。若いころの希望の一つが一夜にして叶えられたのだ。すなわち全世界を圧倒する偉大な素晴らしい「名声」が手に入ったのだ。バルザックよりずっと冷静な人でもかような成功には酔いしれるに相違ない。まして彼ほどの熱狂児、幻想的で楽天的な性格の持主は、いよいよもって陶然とならずにはいられなかった。彼はあまりにも長いあいだ世に知られることなく、貧しく、焦躁と絶望にかられ、空き腹を抱えながら小さな部屋にくすぶっていた。よその人に時々チラリと羨望の眼を向けた。財産と女を手に入れ、成功し繁昌し、贅沢な生活の思いがけない喜びを味わうのは、いつもよその人なのだ。官能的な男だっただけに、彼の名前をめぐって起きる囁きと熱狂を、彼自身の生活の喜びとしてつぶさに味わおうとしたことに不思議はない。彼は名声を呼吸し、味わい、そのあとを追い、感じようとした。自分の眼と皮膚で、人々の快適な暖みとお世辞の甘い息を見たり感じとろうとした。今や世間の期待に添うために、世間のものである公人として世間に立ち現われようとした。屈辱と挫折と長年の苦役と、金勘定と節約と借金とに倦み疲れて、彼自身の名声の誘惑と贅沢と富と浪費の楽しみに耽ろうとした。世の中の檜舞台が眼前に開かれたが、彼にもそのことが分った。そこでバルザックは読者の前に現われ、社交界で一役演じようと決心した。

　作家として甚だ天分に恵まれていただけに、バルザックは社交界の花形としての役割を演じるには才能と適性に欠けていた。人間の頭は変なふうにできているもので、持って生れた欠点は、当人がどれほどはっきりそれを意識しようと、どれほど豊かに経験を積んでいようと、やはり克服できないものである。心理学はわれわれの素質の欠陥認識には役立つが、自分で自分の場合にあてはめても、心理学はわれわれの欠陥除去には役立たない(これが精神分析の疑わしい点の一つである)。認識することは克服することと同じではない。そして最も賢明な人間でさえ、世間のだれもがあざ笑うような、ちょっとした愚行をせずにはいられない図が一再ならず見られる。バルザックは、その最悪の性癖であるキザな通人気どりが実に子供らしく馬鹿らしいことだとは十分承知していたけれども、ついにそれを抑えることができなかった。世紀の最大の作品を生み出して、ベートーヴェンのように王侯を尻目にかけて歩きまわることもできたこの男は、奇怪な貴族マニアに悩んでいた。サン・ジェルマン区の公爵夫人からの手紙のほうが、ゲーテの讃辞よりもまだありがたかった。ロスチャイルドのような金持となって宮殿のような邸に住み、大勢の従者や自家用馬車や傑作を陳列した画廊をもつことのほうが、彼にとっては恐らく不滅の名声をかち得ることより好ましかっただろう。そしてあの愚直なルイ・フィリップ王が署名した本物の貴族免許状を手に入れるためとあれば、大事な魂も売りかねなかった。彼の父が百姓小屋から大股に富裕なブルジョワ階級に足を踏み入れたからには、彼だって一歩を進めて貴族に成り上って悪いはずがあろうか。うなぎ上りの立身出世時代が終ったのは、ついきのうのことだった。なぜそれは完全に終らなければならないのだろう。かつて職人の息子のミュラや御者の息子のジュノや旅館の主人の孫のネーのような人たちが騎兵の攻撃や銃剣の突撃で公爵となり、そして今では金融資本家や株式取引所の奸商や実業家が貴族に列せられているとしたら、どうして彼だけ「上流」社会に栄達してはならないのか。六〇年前バルザックの父をラ・ヌーゲーリエのみじめな小屋からパリへ駆り立て、今またその息子を「一段上の」世界へ無意識に駆り立てるものは、多分同じ力だろう。奇怪なことに彼はこの上層階級への栄達を彼の業績に求めず、これまで近づけなかった上流社交界への仲間入りによって果そうとした。これは理性では理解できないことだ。不可解なパラドックスだが、彼は上流社会に「よじ登る」ために生涯、品位を落とした。豪奢な生活をするために、仕事のガレー船の鎖にわが身をつないだ。垢抜けした姿を見せようとして、物笑いの種となった。そうやってこの場合彼は、一つの領域の巨匠でも自分にふさわしくない他の領域に首を突っこむと不手際なことをしでかすという、彼がその小説のなかで何百回となく述べた法則を、知らない間に証拠立ててみせた。

社交界へのデビューとあってバルザックは大いに身支度をととのえた。まず第一に単にバルザック氏として打って出るわけにはいかなかった。それだけだとサン・ジェルマンの貴族区ではあまりにも粗末にあまりにも市民的に響くのである。そこでバルザックは自己の絶対権力で貴族の称号をつけ足した。彼の全著作は「あら皮」以後オノレ・ド・バルザックの名で出版された。この称号に異議をさしはさむ人に禍あれ。疑惑の眼を向ける連中に対して彼は、自分はダントレーグ侯爵の後裔なのだから、単に「ド・バルザック」と名乗るのはむしろ謙虚な気持からだと言い聞かせた。そしてこのことをなお一層もっともらしくするため、ダントレーグ家の紋章を道具類に彫りつけさせたり、馬車の胴体に描かせたりした。それから徹底的に生活様式を変えた。地位にふさわしい姿で現われて初めてオノレ・ド・バルザックは大作家だと世間から信じられるだろう、こう彼は理屈をつけた。「有てる人はなほ与へられて豊かならん。」（マタイ伝十三章十二節）そして見かけだけが通用する世界では、多くを得るためには多くを持っているらしく見せかけねばならない。シャトーブリアン氏のような人が城館《シャトー》をもち、ジラルダンが遠乗り用に馬二頭をもち、ジュール・ジャナンとかウジェーヌ・シューのような連中さえ車をもつなら、オノレ・ド・バルザック氏たるものいよいよもってお仕着せ姿の従者をうしろにのせた軽二輪馬車をもって、三文文士と間違われないようにしなければならない。彼はカシニ街のとある家の三階を借りて豪奢な家具を買った。どんな伊達者だろうと、かりにもその男にオノレ・ド・バルザックより金持で高価な衣服を自分は着ているなどと言わせてはならなかった。青い礼服の飾りに、彫りのある金ボタンを特別に注文して作らせた。高価な絹や錦のチョッキは、律儀なビュイッソンが信用貸しで作ったものに相違ない。かようにして新進作家はライオンのたてがみのような長髪にポマードをこってり塗りつけ、小さな柄附単眼鏡《ロルニヨン》をあだっぽい恰好で持って、あたかも作品による世界と後世の征服がまだ果されていなかったかのように、「評判になろうとして」パリのサロンに乗り出していった。

*

しかしなんという幻滅だろう。バルザックがパリの社交界に親しく乗り出して得た「評判」は、作家としての本当の名声にとってまさに致命的なものだった。伊達男として登場しようというバルザックの試みは、生涯を通じていつも失敗に終った。まず第一に、彼が出入りを許されたのはサン・ジェルマン区のサロンや大国の大使の公館ではなく、デルフィーヌ・ゲー夫人とその娘ジラルダン夫人の文学サロンやレカミエ夫人の雑談のサロンにすぎなかった。要するに正式の貴族階級はかけ離れたところにあるので、文学的貴族階級ということでこれと対抗しようとする婦人たちのサロンであった。しかしこの貴族的にそう気むずかしくないサークルでさえバルザックのケバケバしい、わざとらしい、無理なお洒落は破局的に作用した。バルザックは百姓の孫で、町人の息子で、お里を隠し得ない庶民《ロテュリエ》だったから、体つきだけでも貴族的な姿勢や態度のとれる見込みはなかった。大声を出し、絶えず懸河の弁をふるい、どんな群のなかへもまるで砲弾のように飛びこんで行くこの頑健で太っちょで赤い頬っぺたをした庶民には、宮廷御用の仕立屋ビュイッソンでも黄金のボタンでもレースの襟飾でも、貴族らしい外見を与えることはできなかった。控え目な行儀作法に慣れるにしては、あまりにもはちきれそうな気質の持主だったのだ。二〇年後にハンスカ夫人がまた、食事の際ナイフを口に突っこむとか、騒々しい自慢話のお蔭で彼を心から讃美しようとする人たちでさえ神経を苛立たせるといって、不平をもらすことになる。夫人はやがて彼の鳴りひびくような高笑いと、他人の言葉を圧倒してしまう「嵐のような滔々たる弁舌」に文句をつけるだろう。いつも伊達な姿で人前に現われたい、――これも一つの芸術だが、そう思って身支度に辛抱づよく時間をかけることのできるのは、外面的なことにだけ熱心なのらくら者ばかりである。仕事の合間にやっと一時間だけ差し繰ったバルザックのような男はその身支度に、急いでやったということをはっきりサラケ出す。彼の礼服とズボンの配色はドラクロワを絶望させた。金縁の柄附単眼鏡《ロルニョン》も、それを操る指の爪が汚れていたらなんにもならない。ろくに結んでもない靴の紐が絹靴下の上にぶらさがっていた。長髪にぺったり塗りつけたポマードが熱狂のお蔭でしたたり落ちるとしたら、折角のシャツの胸飾がなんの役に立つだろう。召使が仕着せ《リヴレ》を着るように、バルザックは彼なりの伊達姿をしたのだ。趣味が俗っぽいので、控え目よりむしろ突飛やケバケバしさに傾いたのだ。彼が身につけると高価なものも安く見え、豪奢なものも挑発的に見えた。そしてそれらが一緒くたになると、無数の漫画が証明するように、往々女性の讃美者でさえ扇子の蔭で忍び笑いを漏らすということになる。

しかしバルザックは、ほんとうにハイカラになろうとしてもうまく行きそうもないと気がつけばつくほど、ますますそれに輪をかけた振舞いに出ようとした。すっきりした風采が駄目だというなら、少くとも世間にセンセイションをおこすようなことをやってみたかった。目立たない上品な態度で人に快い印象を与えることが駄目だというなら、作品で名声を得たのと同じように少くともその突飛な行為によっても有名にならなくてはならない。人に嘲笑されるからには、少くとも大いに材料を与えてやりたかった。そこで最初の失敗のあと、バルザックは二、三奇怪な品物を考え出した。小説よりむしろこのほうが自分を有名にするだろうと、彼は笑いながらいった。彼は棍棒のように太いステッキをあつらえ、それにトルコ玉をちりばめると、甚だ奇妙きてれつな噂を撒きちらした。たとえばそのステッキの握りの内部には、上流貴族階級に属する謎の愛人の、イヴのようにまる裸の肖像が入れてあるといった種類である。ヘラクレスでも持ちそうなその棍棒（値段は七〇〇フランだが、支払いの済んでいないもの）を手にしてテアートル・デ・ジタリアン座の常連《ティーグル》のボックスに入ってゆくと、なみ居る観客はみな魔法にかけられたようにじっとそれを見つめた。そしてジラルダン夫人はこのへんてこな品物に創作欲をそそられて、「バルザック氏のステッキ」と題する長篇小説を書いた。しかし淑女たちは相変らず幻滅を覚えた。だれもこの女性の吟遊詩人をひいきにし保護しようとはしなかった。そしてパリのサロンのライオンたち、――彼がひどく感服しているラスティニャックやド・マルセーのモデルともいうべき人たちは、まるで象や河馬のような猛烈な剣幕で登場したこの新参の候補者と社会的名誉を争う必要はないと感じた。

バルザックは同じように文壇の同輩のあいだでもろくろく成功しなかった。彼らはすごい遣り手に突然割り込まれたことをいささかも愉快だとは思わなかった。相当数のものは、この突如として有名になった文士がきのうまではまだ下請け代作の「くろんぼ」の身の上で、報酬や趣味傾向にはお構いなく、最もあわれむべき三文小説を書いていたことをちゃんと覚えていた。しかし彼の才能に驚かされ、嘘のような多産ぶりに不安を覚えて、しぶしぶ「仲間」に加える気になったのであろう。不幸なことにバルザックはこの歓待をはねつけた。心底から好人物で、他人の業績にはすぐ熱中するたちだったが、――彼は同時代の大抵の作家には『人間喜劇』のなかで朋輩らしく一言したり、作品を献呈したりしているが、――文学の同僚たちに対してはわざと高慢な態度を装った。妥協するかわりに無愛想な態度に出た。部屋に入るときも帽子を脱がなかった。話が芸術創作の苦心ということになると、「われわれ」という言葉を使うことを差し控えた。そして外交的に振舞ったり他人の虚栄心をいたわったりするかわりに、アレクサンドル・デュマやポール・ド・コックやウジェーヌ・シューやサンドーやジャナンのような人たちと決して同じに見られないよう、声を大にして主張した。彼は印税の点で法螺を吹いて他の作家たちの気持を傷つけ、ジャーナリストを怒らせた。――「彼くらい賞讃の記事や広告に無関心な作家はなかった。」彼はジャーナリストの好意を必要としないことを彼らに思い知らせた。そして社交界に対し、誇大でケバケバしい粋姿によって「特別な存在」という印象を、あまり上品でないやり方で与えたのと同じに、例の世馴れしない軽々しい率直さから、他人と同じ尺度で測定されては閉口だと再三力説した。それを最も無頓着な形で、――笑いながら、いとも陽気に、幼児のようにあどけなく言ったのだが、パリ人は彼の態度をやはり挑戦と感じた。

今やバルザックの弱点があまりにもはっきりしたので、機敏な才人や悪意をもつ人たちに無数の攻撃点をさらけ出すことになった。あらゆる新聞に、悪意の愚弄がピカピカ光りパチパチ跳ねた。いわゆる「社交界」は、社交界を軽蔑するくせにそれなしには夜も日もあけない人間に、一番ひどく復讐した。バルザック自身はこの失敗を大して感じなかった。彼はあまりにも活気にあふれ、あまりにも熱情的で、あまりにも優越感がありすぎたので、チクリチクリ針でさすような毒舌には気がつかなかった。そして退屈な伊達男や流行を追う女流作家の微笑や作り笑いや嘲弄には、もっぱらラブレー風の誰はばかるところのない高笑いで答えた。立腹したジャーナリストや能なしのヘボ文士連の悪意につまらぬ論戦で報いるかわりに、「幻滅」において文学的堕落の壮大な壁画を描いてしっぺい返しをした。――怒った時でも大掛りで独創的なのだ。一方彼の本当の友人たちは、かねがねその天才に感嘆している男が下らない通人気どりでおのれを辱かしめ、愚弄する人たちの言い分の正しいことをしばしのあいだでも認めざるを得ないような立場に身をおくのを見て悲しんだ。とるに足りない田舎女のズュルマ・カローは遠いところに住んでいたが、社交の世界で彼がつみとろうと夢みている楽園の木の実がもうじきまずくなり、苦くなるに違いないことを彼女自身よりも早く感づいた。彼女は、

　　与えるよりか求める方が百倍も多い世界で

「俳優」とならないよう切に願った。

そして親愛の情をこめて彼に呼びかけた。

オノレ、あなたは注目すべき作家です。しかしあなたが特別に召し出されたのはそれよりもっとましなことのためだったのです。名声など、あなたの目的ではありません。もっと高いものを望むべきだったのです。思い切ったことがいえる女なら、こう申し上げるでしょう、――どうしてそんなにも数まれな知能をそんな無駄なことに使いすてるのでしょうと。さあ、粋でハイカラな生活なんぞ、誰かほかの人に任せておきなさい。

しかしバルザックは、最初の名声に陶酔したあとで幻滅の悲哀を味わい、彼自身の法則の真理を認めるに至るが、それまでにはなお若干の苦い経験をなめなければならなかった。彼の法則とは、人が巨匠になれるのは一分野にかぎられ、同時に二つの分野では不可能だということであり、また彼の運命の意味は無常かつ健忘症の上流社会で華やかな存在になることではなく、この世界をその高所も低地もすべて描写と造形によって永遠に後世に伝えるにあるということだった。

＊

その当時のバルザックについて同時代人の手で書かれたものは実に夥しい数にのぼっている。あるものは面白く、あるものは意地悪く、あるものは如才なく、あるものは機知に富み、あるものは毒舌であった。しかしどれもこれもパリの社交界とジャーナリズムのあまりにも盲目的な焦点から見たものばかりであった。彫りのある金ボタンのついた青い上衣に高価な棍棒のようなステッキのバルザック、書斎でくつろいだバルザック、馬丁と従者をしたがえて軽二輪馬車に乗るバルザック、小説の主人公のために適当な名前はないかと店の看板を片っぱしから読んで歩くバルザック、七フランでレンブラントを探したり、一二スーでベンヴェヌート・チェリーニ作の皿を見つけようとして骨董屋を軒並にあさりまわるバルザック、出版業者の恐怖の的であり、印刷業者の悪魔王《バールゼブブ》であったバルザック（印刷屋は原稿一頁ごとに数時間の難行苦行をしなければならなかった）、純潔不犯が創作の唯一の条件だなどと説教したかと思うとシャツより繁く女を取り換えた嘘つき、ホラ吹き、いんちき師のバルザック、一気に三ダースも牡蠣をむさぼり食ってからビフテキや鳥肉をたいらげた健啖家バルザック、彼の経営するであろう鉱山や果樹園や事業からは数百万フランの利潤があがるはずだと皮算用してみせるが、一〇〇〇フランの勘定が支払えず偽名を使って数週間雲隠れしなければならなかったバルザック、——ざっとこんなものであった。

　こんにち伝わっている画像の四分の三が戯画であって肖像画でないのは偶然ではない。また彼の同時代の人たちが二〇〇〇の逸話を記録したが、正確かつ重要な生活描写を何一つ書かなかったことも偶然とはいえない。これらの事実はすべて、バルザックの人物がパリ人に天才ではなしに奇人という印象を与えたことをはっきり示している。そしてある意味では彼の同時代人の見解は正しかったろう。仕事をやめて書物机から離れ、部屋から外に出かけるとすぐバルザックは、言葉の最も真実な意味で彼の中心から離脱してしまったから、一般社会には風変りな人間という感じを与えたに相違ない。真実のバルザック、すなわち世界文学の知るかぎり最も勤勉な労作家バルザックは、のらくら者でブラつき屋のゴズランやヴェルデやジャナンのような輩にはすべて見えずじまいだったに違いない。というのも彼らは、「バルザックが世界に与えなければならない一日の一時間」だけしか知らず、創作に従事する孤独の二三時間のことは何も知らなかったから。彼が人なかに出るのは牢獄の中庭でひとときか半時、新鮮な空気を吸うのを許される囚人のようなものであった。幽霊が午前二時を告げる最後の鐘の音を聞くと暗黒の大地に帰るように、彼もこのほんのひとときをこよなく上機嫌で過してから再び彼の獄屋ともいうべき仕事に戻ったに違いない。のらくら者や皮肉な三文文士たちは、この仕事の大きさときびしさをうすう感じることさえできなかったのである。真のバルザックはどんな人であろうか。それは二〇年間に無数の戯曲と短篇小説と論文のほかに、その殆どが傑作といえる七四篇の長篇小説を書き、そしてその七四篇のなかに幾多の風景と家々と街路と二〇〇〇の人物とからなる彼独自の世界を創造した人、これがまことのバルザックなのである。

ただこの尺度でだけバルザックを測定することができる。同時代の人たちに阿呆と思われた男が実はその時代の最も規律正しい芸術的叡智であった。止まるところを知らない浪費家と嘲笑された男が、実は孤独世界に閉じこもる修道者の侵すべからざる不抜の精神をもった苦行者であり、近代文学の最も素晴らしい労働者であった。このホラ吹きは人前で大言壮語するので、中道をたどる世間普通の手合には軽蔑されたが、実はパリの同じ作家仲間すべてが束になっても及びもつかないものをその頭脳から創造したのであった。彼は恐らく、働きすぎて死んだといっても過言ではない唯一の人物であろう。バルザックのカレンダーは彼の時代のカレンダーと決して同じでなかった。彼と他人とは昼と夜が逆であった。彼の真の存在は日常の世界になく、彼特有の、しかも彼自ら創造した世界にあった。真のバルザックを一番よく知り、観察し、耳をそばだてて聞いたものは彼の仕事部屋の四つの壁であった。彼のほんとうの伝記を同時代の人はだれも書くことができなかった。彼の作品がそのかわりを果したのである。

＊

そこでバルザックのほんとうの生活から一日だけ取りあげて見よう、――他の千日、万日もみなこの一日と同じようなものであった。

午後八時。ほかの人々はとうに仕事を終り、事務所や店や工場から立ち去って仲間や家族と一緒に、――でなければただ一人で食事を済ませてしまった時刻である。今や彼らは娯楽を求めて町に出かけて行く。大通りをぶらついたりカフェーで休んだり、芝居やサロンに行くためとあって鏡の前でおめかしをしている。ところがバルザックだけは一六、一七時間の重労働でブチのめされ、暗くした部屋で眠っている。

午後九時。劇場はすでに始まっている。舞踏場では二人組がめまぐるしく踊っている。賭博場では金貨がチャリンと鳴っている。恋人同士は並木道の木蔭深く隠れていく。――相変らずバルザックは眠っている。

午後十時。あちこちの家では灯火が早くも消えている。中年の人たちは床についた。舗道をきしる車も一段と少なくなり、町の騒音も静かになった。――バルザックは相変らず眠っている。

午後十一時。劇場ははねた。パーティーやサロンでは最後の客が従僕と一緒に家路についた。レストランはあかりを消した。散歩する人の姿も見えなくなった。帰宅を急ぐ最後の人々の波が大通りに騒がしくあふれ出して、それが小さな横町に消えて行く。——バルザックは相変らず眠っている。

ついに、——真夜中。パリは沈黙した。幾百万の眼は閉じてしまった。幾千幾万とも知れない灯火は消えた。ほかの人たちが安らかに眠る今こそバルザックにとって仕事の時である。ほかの人たちが夢みるときこそ彼にとって起床の時間である。今や世界にとって一日が終ったから、彼の一日が始まるのだ。今や誰も彼のところへ押しかけてきて邪魔することはできない。苦手の訪問客も悩みの種の手紙もこない。彼を追いかけまわす債権者も扉を叩くことはできないし、印刷屋の使いも仕事をせき立てることはできない。途方もない時の拡がり、孤独な八時間、一〇時間が彼の行く手にあった。そしてバルザックはその巨大な仕事のために、かような途方もない時の拡がりを必要としていた。冷たくもろい鉱石をとかして何物も破砕することのできない鋼鉄にする熔鉱炉を冷却してはならないのと同様、バルザックは幻想的緊張を中絶してはならないことを知っていた。彼の幻覚ほど完全な幻覚は、熱火のように高揚しているあいだは途中で休んではならないのだ。

ちょうど水が泉から流れ出るように、思想も自然と私の頭から流れ出なくてはならない。その辺のことは自分でも一向に見当がつかないのだ。

あらゆる偉大な芸術家と同様、バルザックはその作品の法則以外の法則を知らない。

外出しなくてはならない際には、仕事をすることは僕にとって不可能です。わずか一、二時間の仕事というのは決してやりません。

続けざまに仕事ができるのは夜だけしかないということ、――限界も中断もない夜だけだということを彼は知っていた。そして彼が時計の針を狂わせ、彼自身の世界の神として夜を昼に、昼を夜につくり変えたのはその仕事のためであった。

召使が扉を静かに叩く音に彼は眼をさます。バルザックは起きあがり、いつものダブダブの僧服を着る。多年の経験がこうした服を、仕事に一番適したものとして彼に選ばせたのだ。軍人が武具を、坑夫が皮の服を、それぞれ職業の要求に応じて選ぶように、彼も冬は暖いカシミヤ織の白くて長い僧服を、夏は薄いリンネルの僧服を選んだ。というのはどんな動作にもたやすく従い、首すじがあいているので呼吸しやすく、一方暖くてしかも圧迫感がなかったから。それに次のような理由もあったろう、――修道士にとって僧服がそうであるように、この服を着ているかぎり自分は一つのより高い命令に従うことを誓約したのだ。そして現実世界とその誘惑を絶って勤行中なのだということを、僧服は彼に想起せしめたのだろう。ドミニコ会の白いこの僧服の帯としては、組紐（のちには金鎖）がお腹の上あたりでゆるく結んであった。そして僧侶が祈祷の武器として十字架をさげ袖無肩衣《スカプラリオ》を着るように、彼は仕事道具として鋏とペーパーナイフを並べてその紐にぶらさげておいた。眠気の最後の影を追い払い、血のめぐりをもっと活発にするためになお五、六歩、その柔かいしなやかな服で行きつ戻りつすると、それでバルザックの準備はととのった。

その間に召使は机の上の銀の燭台に六本の蠟燭をともし、あたかも外界を遮断しようとするかのように、カーテンをぴたりと閉ざしてしまった。それはバルザックが時間を実際の物差で測らずに、彼の仕事の物差で測ろうとしているからだった。彼はいつ東天がしらみ、いつ夜があけ、いつパリやほかの世界が目覚めるか知ろうとしなかった。周囲の現実にもはや眼をとめようとはしなかった。壁ぎわに並べられた本、壁板、扉、窓、そしてそれらの背後にある一切のものは暗黒の空間に没していた。彼の脳裡から創り出される人物だけが今や語り、行動し、生活しようとしていた。彼の世界、彼だけの世界が出現し、存続した。

バルザックは机に向って腰かけた。

「錬金術師が坩堝に黄金を投じるように、わが生涯を投じる」その机にである。

小さなみすぼらしい長方形の机であったが、彼は一番貴重な持ち物よりもこれを愛していた。トルコ玉入りの金の握りのステッキ、四苦八苦して買い集めた銀のうつわ、豪華な製本をした書籍、自分の名声、そういうものもこの四脚の物いわぬ机ほどには愛さなかった。彼は兵士が傷ついた戦友を戦いの混乱の最中から救い出すように、この机を転々と住まいを変える最中にも持ちあるき、いくたびもの破産と破局から助け出したのであった。それというのもこの机は、彼の至上の喜びと痛ましい苦悩の唯一の腹心であり、彼のほんとうの生活のただ一人の声なき証人だったから。

> 私の机は私の災難や不幸を残らず見てきたし、私の計画を残らず知っているし、私の考えをみんな聞いている。書くとき右腕があんまり行ったりきたりしたので、少し擦り減ったくらいだ。

いかなる友人も、地上のどんな人も、この机ほど彼をよく知ってはいなかった。どんな女性もこの机ほどたびたびバルザックと灼熱の夜をともにすごしはしなかった。バルザックが生き、そして過労の果てに死んだのはこの机に向ってであった。

準備万端ととのったかどうか確かめるために、最後に彼は今一度見回す。ほんとうに熱狂的な労働者と同じように、バルザックは仕事にあたってはちょっとのことにもやかましかった。兵士が武器を大切にするように、道具をかわいがった。戦いに飛びこむ前に、道具がよくとがれ光っていることを知っている必要があった。左手に、まだ何も書いてない原稿用紙が積んである。同じ大きさの、よく選ばれた一定の紙である。原稿用紙は、まぶしくないように、また長時間の労働にも眼が疲れないように、ちょっと青味がかっていなければならなかった。鵞ペンを走らせるときにひっかからないように、とりわけスベスベしている必要があった。それに薄いことが必要だった。というのは今夜もまた何枚書かねばならないことだろう。一〇枚、二〇枚、三〇枚、四〇枚もだ。紙とまったく同様にペンも念入りに準備をととのえた。カラスの羽軸のペンの用意をしたのだ（彼はほかのペンを使おうとはしなかった）。インキ壺、――崇拝者から贈られた孔雀石の高価なものでなく、学生時代の簡単なもの、――のほかになおインキ壜が一つ二つ予備にとってある。いつも仕事がはかどってとぎれないように、事前にありとあらゆる準備をする必要があった。狭い机の右側に小さなノートをおいて、後々の章のために役立てようと、時たま思いつきや考えをあらかじめ書きとめておく。そのほかには参考書も覚書も調査資料もなく、要するに何もなかった。仕事にとりかかる前に、バルザックの心中では一切が終っていた。

　バルザックは背を椅子によりかけて、きき腕の右手をもっと楽にして書くために寛衣《クッテ》の袖をまくりあげた。それから御者が馬に鞭をあてるように、冗談半分自分で自分に呼びかけながらわれとわが身を励ました。あたかも泳ぐものがまっさかさまに水に飛びこむ前、腕を高らかにのばしたり関節を動かしたりするようなものだった。

バルザックは一瀉千里、書いて書いて書きまくる。彼の想像力は一旦焚きつけられると、炎々と燃えさかって止まるところを知らない。その光景たるや、さながら火焔が幹から幹に飛火してますます熱く、いよいよもって猛火となり、みるみる燃えひろがってゆく山火事になぞらえることができる。ペンが女のようにやわらかな手に握られて疾風迅雷の勢いで紙上を突っ走るので、言葉は殆ど思考に追いつきかねた。バルザックは書けば書くほどますます綴りを省略し、ためらわず、ぐずつかず、ひたすら書き進める。中休みも、内心の幻を消すことも、できないのだ。手が書痙を起して動かなくなるか、または疲労で眼がくらみ、書いたものが見えなくなるまでペンをおこうとしない。

一時間、二時間、三時間、四時間、五時間、六時間、そして往々七時間、八時間。通りにはもはや車の往来もとだえ、家も部屋も静まり返って音もなく、聞えるのは紙上をいだてん走りに走る鵞ペンのかすかな軋りと、書きあげてわきにおいた原稿に時々紙を重ねるときのサラサラいう音だけである。いつしか外は白んでくる。バルザックは知らない。彼の昼は、蠟燭がほのかな光を投げるこの小さなまるい環だけである。今しも創り出した人物をおいてほかに人間は誰もいない。書きながら創造した運命よりほかに、いかなる運命もない。空間も時間もない。彼自身の宇宙という一つにしてただ一つの世界以外、世界は存しない。

*

往々機械がとまりそうになる。とてつもない意志の持主でさえ、体力の自然の限界を超えて頑張るわけにはいかない。四時間か六時間、のべつ書きまくり創作し続けると、バルザックはもうこれ以上にっちもさっちもいかないのを感じる。手はしびれ、眼は涙でうるみかけ、背中は痛み、血は燃えるように熱いこめかみのあたりで威嚇するようにピクピクと脈打ち、神経は緊張にもはや堪えられなくなる。こうなると、ほかのものなら仕事をやめて休息し、大いにはかどった仕事にわれながら満足し感謝するところだろう。しかし意志の魔物ともいうべきバルザックは、まいったとはいわないのだ。競馬で馬を乗りつぶしてしまっても、あらかじめ決めたゴールには是が非でも馬を走らせなければならない。無精な馬が前進しようとしないときは鞭をくれるのだ。バルザックは椅子から立ちあがると、テーブルのほうに歩みよってコーヒーわかしに火をつける。これこそ仕事の最中での唯一のわずかな中休みである。

コーヒーだけが、想像力豊かなこの労働機械の活動を再三促す黒い油であった。バルザックはただ一つ労働にはいささか意義を認めていたので、コーヒーは食事や睡眠やほかのあらゆる享楽よりも貴重であった。煙草は、彼の唯一の物差である例の「過度」に誘う刺戟物ではないのでひどく嫌って、「煙草は体をそこない、知性をいため、国民を遅鈍にする。」と言ったが、これに反してコーヒーには、およそ詩人がうたったコーヒー讃歌のうちの極美の歌をものしたのである。

そういう（強烈で濃厚な）コーヒーが諸君の胃の腑に落ちてゆく。……すると一切がざわめき出す。戦場におけるナポレオン大軍団の各大隊のように、いろんな観念が行動を起す。そして戦闘がはじまる。記憶は軍旗を振りかざしながら襲歩の速さで到着する。比較の軽騎兵が素晴らしい駆け足で散開する。論理の砲兵は行李や薬嚢と一緒に駆けつける。警句も散開しながらやってくる。作中人物がすっくと立ちあがる。原稿紙はインキで蔽われる。なぜなら徹夜というものは、戦闘が黒い火薬によって保たれるように、黒い液体のガブ飲みによってはじまりそして終るからだ。

コーヒーがないと仕事ができなかった。言いかえると、少くともバルザックが献身的精進を誓ったあののべつ幕なしの仕事はできなかった。彼は紙とペンのほかに、第三の仕事道具のコーヒーわかしをいたるところへ持っていったが、これは例の机と僧服のように彼にとって馴染の品だった。彼はコーヒーの調合を人まかせにはしなかった。というのは、ほかの誰もそんなに黒く、そんなに強く、そんなに人を興奮させるようにはこの刺戟性の毒物を調合してくれなかったろうから。彼は呪物崇拝の迷信からある種の紙と、きまった形のペンしか使わなかったが、それと同じように、特別の処法によって幾種類かのコーヒーを配合して作った。「そのコーヒーはブルボン、マルチニーク、モカの三種類の豆から成り立っていた。ブルボンはモン・ブラン街から買ってきた。マルチニークはヴィエイユ・ゾードリエット町のさる香料屋から買っていたが、今でも店の人はあの有名なお得意をまさかに忘れてはいまい。モカはサン・ジェルマン区のたとえば大学通りといったところの香料屋から買っていた。私も一、二度バルザックが上等なコーヒーを探しまわるのにつきあったことがあるが、もうどんな店だったか覚えていない。パリ中そうして駆けまわるのは半日仕事では済まなかったものだ。しかしいいコーヒーにはやはりそれだけの値打がある。」（レオン・ゴズラン「スリッパのバルザック」）

　コーヒーは一切の刺戟剤と同じく、てきめんに利かせるためにはますます強力にしなければならないから、神経が過度の緊張にまいりそうになればなるほど、バルザックはいよいよもって多量にこの殺人的霊薬を服用しなければならなかった。彼はさる作品について、それがひとえに「コーヒーの河」のお蔭で書きあげられたものだと言っている。一八四五年、二〇年近くこの刺戟剤をやたらに常用したため全身中毒になったと告白し、利き目が段々うすくなったことをこぼしている。

コーヒーが生み出す創作の感興は以前ならば相当長い間つづいたものですが、それが減ってきています。いまはもう一五時間しか私の頭を興奮させません。しかもそれは致命的な興奮です。なぜといえば私の胃に恐ろしい痛みを起させるのですから。

そして五万杯の特別濃厚なコーヒーは（ある統計家が、そう見積ったのだ）、『人間喜劇』という巨大な作品の成立を促進したけれども、同時に彼の素晴らしく強壮な心臓をあまりにも早くぶちこわしてしまった。友人かつ医師として終生彼を観察しながらその身辺にあったナカール博士は、後年彼の死の真因として特に次の事実を認めている。「持病の心臓病が徹夜の仕事と、コーヒーの摂取というより濫用のためにしばしばひどくなったが、睡眠への人間本来の性向と戦うためにはどうしてもコーヒーに頼らざるを得なかったのである。」

＊

ついに八時になる。扉が軽く叩かれる。下男のオーギュストがお盆に質素な朝食をのせて入ってくる。バルザックは机から立ちあがる。真夜中の十二時からペンをおいたことがなかったが、ここでちょっと一息いれるのだ。下男はカーテンを引く。バルザックは窓辺にゆき、自分が征服しようと思っているパリを一瞥する。数時間たてつづけに仕事をしたあとのこの一瞬、初めて自己の世界のほかになお別世界があり、彼の想像のパリのほかに現実のパリ、すなわち彼自身の世界がしばし終った折しも仕事にかかるパリの存することに今更のように気がつくのだ。今や店は開かれ、子供たちは学校へ急ぐ。車が動きだし、方々の夥しい部屋では役人や商人がめいめいの机に腰をおろす。幾十万の人々のうち、ただ一人彼だけが早くも仕事を片づけたのである。

疲れはてた体をくつろがせ、彼を待っている新たな仕事を前に再び気分をすがすがしくするため、バルザックは熱いお湯に入る。たいてい湯船に一時間つかっているが、この点彼の偉大な敵手ナポレオンと似ている。そこは邪魔されずに瞑想にふけることができる唯一の場所である、――即座に書きおろさずに瞑想し、まる裸で造形的創作と夢想との快楽に没入する一方、肉体労働をしないですむ場所はそこをおいて他にないのだ。しかし彼が寛衣を身にまとうかまとわぬうちに、早くも足音が扉の前に聞える。彼の仕事を同時にやっている方々の印刷所の使いのものがきたのである。それはちょうどナポレオンの騎馬伝令が戦闘中、司令部とその命令を実施する諸大隊のあいだを駆けまわって、よく連絡を保ったのと似たりよったりだ。最初の使者は、昨夜仕上ったばかりでまだ十分に乾いていない原稿を要求した。というのも新聞や出版業者は、返済期のきた負債の返還を待つように、

——彼は書きもしないうちに、いつも小説を売りとばして抵当に入れてしまうのだ、——彼の原稿を首を長くして待っていたばかりでなく、バルザックにしても神がかりの恍惚状態で幻想的に創作するので、何を書いているのやら、はたまた何を書いたのやら自分でもさっぱり分らないのだから、——自分の書いたものは一切合財ただちに印刷する必要があったのである。書きあげたばかりの原稿のジャングルは、当人の眼で調べても奥まで見通すわけに行かないのである。原稿が印刷され欄に組まれて一節また一節、一大隊また一大隊と整然と行進するとき初めて、バルザックのうちなる将軍は戦闘がすでに勝利を収めたか、それとも今一度突撃を繰り返す必要があるかどうかを知ることができるのだ。

印刷所や新聞社や出版社からきた他の使いのものは、バルザックがおととい書き、きのう印刷にまわした原稿の真新しい校正を持参し、同時に前の校正の校正も抱えてきた。印刷したてでまだ湿っている校正刷の山、——二ダース、三ダース、いや往々五、六ダースにもなる校正刷が潮のように殺到して小さな机一面に氾濫し、再三再四の校閲を要求する。九時、休息が終る。「わたくしは仕事の疲れを別の仕事で治す。」バルザックは途方もなく性急にぶっ続けに創作したが、その力の源泉は仕事の種類を適当に取り換えることだった。

しかし校正刷を読むのはほかの大抵の著者にはわりと楽な仕事であるが、バルザックは誤植を訂正したり語句を少し改めたりするばかりでなく、原文をすっかり直したり新たに書きおろしたりするので大仕事だった。校正刷を読むこと、いやむしろその書き直しは、彼にとって最初の草稿をつくるのとまったく同程度の決定的な創作行為を意味した。なぜなら本当いってバルザックは棒組のゲラ刷を校正するのでは毛頭なく、ただ最初に印刷された形を手掛りとして利用するにすぎないのだから。幻想家が熱狂のあまりすさまじく性急に下書きしたものを、今や責任感の強い芸術家が観察し評価し改変するのである。バルザックは彼の散文のもつこの可塑性を一歩々々漸進的に作りあげたが、彼がこれにもましてその偉大な努力と情熱とエネルギーを傾けたものはない。平素は贅沢で太っ腹な性格ながら、彼の内心の課題たる仕事にかかわりあることにはすべて暴君的でこやかましかったから、印刷所は特別の指定通りに校正刷を印刷して渡さなければならなかった。何はさておき用紙は幅の広い大型の、ダブル・フォリオ判を使用しなければならなかった。これは印刷面がトランプの一の札の図柄のように紙の真ん中に収まり、左右上下に四倍から八倍の余白があっていつも変更と改訂を可能にするためである。おまけに校正刷はどんな活字もくっきり紙面から浮びあがって眼が疲れないように、ありきたりの安いクリーム色の紙を使わないで純白の紙に印刷しなければならなかった。

さて仕事だ。バルザックがひと睨みすると、――六、七行をいちどきに読むルイ・ランベールの才能を彼も持っているが、――もう手にもったペンは怒ったように突っ走っている。バルザックは満足しない。きのう書いたものもおととい書いたものも駄目だ。みんなろくな出来ばえではない。いかにも意味があいまいで、文章が乱雑で、文体ときたらアラだらけで、おまけに組立てがぎこちなさすぎる。全部やりなおして、もっとよく、もっとはっきり、もっと澄んだものにしなければならない。彼は一種の狂熱におそわれる、――引っかかってインキをハネかしたペンのあとや、紙が乱暴に引き裂かれたところ、紙上一面ななめに引かれた線などから、それが如実に感じられる。彼は騎兵攻撃の重圧をかけて校正刷の方陣を襲撃する。ペンのサーベルで斬りつけて文を一つぬきだすと右に投げつけ、左に一語をつきあげ、節という節はことごとくライオンの前脚でえぐりとるように取り出し、他の節をかわりに詰め込む。間もなく植字工に馴染の普通の記号では足りなくなる。そんなにも多量に直したのだ。新しい指示記号を工夫しなければならない。やがて場所も狭すぎて困るようになる。というのは印刷した本文よりふちの余白の書き込みの方がとうの昔にずっと多くなったからである。削られたところから上に下に左に右に、魔術的記号づきの追加が飛びだす。初めは綺麗で一目で見渡せた頁が、縦横に交叉する改訂の朱線でおおわれて蜘蛛の巣のようになる。そこで新たな余白を見つけるために紙をひっくり返し、更に裏面に書きくわえる。ところが、それでもまだ足りないのだ。もはや書き込む余白がない。運の悪い植字工を指示すべき記号や数字が足りない。そこで余計な節を鋏で数ヵ所切りとる。最初の原稿とはっきり区別するために、今度はもっと小型の新しい原稿用紙を取り出して糊ではりつける。最初の書出しは真ん中辺に移され、新たに書出しの文句が書きくわえられる。それはあたかも土地がまるごと鋤や鍬でほりかえされるようなものである。このようにして一重ねまた一重ねと棒組のゲラ刷は、あいだに生原稿を挟まれたり、番号を打たれたり、塗りたくったりされて混沌のかぎりをつくし、前の原稿より百倍も分りにくく読みずらくなって印刷所へ返される。

　編集部や印刷所では、その汚い書き散らしが届くと、みんな笑いながら押し寄せてきてそれを取りかこむ。最も熟練した植字工でさえ、「できない」と宣言する。そして給与を倍額支払うといわれても、一日に「バルザックの一時間」以上を植字することは不可能だとことわる。幾月かたってようやく一人二人がこの象形文字を解読する学問を身につける。それから特別校正係が植字工の往々甚だ仮説的な試みを、もう一度検査しなければならない。

　しかし彼らがこれで能事おわれりとするなら、それこそとんでもない間違いだ。なぜなら翌日か翌々日、面目を一新したゲラ刷がバルザックのもとに返されると、彼はこの新規に印刷された本文に、初校のときと同じように熱狂的に取り組むからである。苦労して接ぎ合せたものを改めてまた引きちぎり、いま一度上から下までぎっしり書き込んで紙面を汚くし、新しいのを前のものと寸分違わぬくらい読みにくく滅茶苦茶なものにして送り返す。そしてこんな調子でしばしば三回、四回、五回、六回、七回とやっている。ただし今度はいじくったり、ぶちこわしたり、書き改めたりするのはもはや節全体ではなく、主に行ばかりで、しまいには主として単語ばかりである点が違っている。バルザックは作品によっては棒組ゲラ刷を一五、六回校正したことがある。二〇年間に七四篇の長篇小説と、短篇や小品の全部をただの一度で書いたのではなく、事実その決定稿は、それだけでも巨大な業績の七倍から十倍の仕事の結果だという尺度で評価するときだけ、地上では何物にも比較し得ないバルザックの生産力について、おぼろげながらある観念が得られるのである。

*

バルザックはどんなに経済的に困っても、また出版業者からどんなに哀願されても、この費用のかさむ方法をやめる気にはなれなかった。出版業者は親切まじりに叱ったり、告訴の手段で迫ったりしたものだ。文章を改めたり挿入したりするために要する巨額の費用を自分の懐から出したから、彼は印税や稿料の半額、ときには全額さえフイにすることが何度あったかしれない。しかしバルザックはその心の最も奥の芸術的モラルに関しては一歩もゆずらなかった。ある雑誌の発行者があるときこの夥しい校正の終校と最後の決定的な印刷許可を待ちきれないで小説のつづきを掲載したが、バルザックはこれと永久に関係を絶つむね通告した。他の点では軽薄、性急、拝金家らしく見えるが、こと作品の完成と芸術家の名誉に関する場合には、最も良心的で最もねばり強く、最も強情で最も精力的な現代文学の闘士だった。作品の完成のためには想像もつかないほど夥しい精力と犠牲と狂熱を捧げたわけだが、それを知っているのはバルザックただ一人だけだった。またこの五回、一〇回の改作の過程は、出来上った作品しか見ない読者にはまったく知られずに、暗黒の実験室で行われた。それゆえ彼はこれらのゲラ刷を唯一の忠実な信頼すべき証人として大切にした。それは彼の誇りだった。彼のうちにある芸術家の誇りというよりむしろ労働者、疲れを知らない職人の誇りであった。そこで彼はどんな作品でも、初回、二回、三回目から最終の状態までの苦心の校正刷をひとまとめにして元の原稿と一緒に製本し、どっしりした一冊の本に仕立てるのだった（決定版がわずか二〇〇頁しかないのに、そのほうは往々二〇〇〇頁にもなることがあった）。彼のお手本のナポレオンがプリンスの称号や公爵の紋章を部下の元帥や忠勤をはげんだ家来に授けたように、バルザックもその巨大な帝国、『人間喜劇』の帝国の原稿を、彼の最も貴重な贈物としていつも友人に送った。

> 僕を愛している人にしか差し上げないことにしています。これらの品は長いあいだの僕の労作と、いつかお話したことのあるあの忍耐との証拠品ですから。僕が幾晩も徹夜を重ねるのはこれらのページに向ってなのです。

その大部分はハンスカ夫人がもらったが、カストリー夫人やヴィスコンティ伯爵夫人や彼の妹もかような叙勲の沙汰の考慮にあずかった。彼は贈与の有資格者を、これら比類のない記録を正当に評価できる少数の人々だけに限っていたが、その間の事情はナカール博士が多年にわたる医療と友情の奉仕に対する謝礼として、「谷間の百合」の校正刷全一巻を贈られたときの返事を読めばよくわかる。ナカール博士はこう書いている。

> およそ芸術作品なるものはなんの苦もなく即興的に出来上るものだなどと思い込んでいる人たちに、かような記念物こそよく見せてやる必要があるでしょう。公衆は、彼らがひどく軽薄な態度で歓迎する精神的作品を、同じように造作なく思いつかれ完成されるものと信じているようですが、この校正刷はまたそういう公衆にとってなんという教訓でしょう。あなたの天才を愛する人たちが同時にまたあなたの良心的なねばり強さのよき理解者となるために、この校正刷を納めたわたくしの書架の一区劃を、できることならヴァンドーム広場の真ん中へ持ち出したいくらいです。

実際ベートーヴェンのスケッチブックを別にして、何らかの記録で、芸術家のヤコブの戦い（粘り強く戦って困難に打ち勝つこと）をこれらのゲラ刷合本以上にはっきり示すものは殆どない。そこにバルザックの始源的な力、仕事に注ぎ込むティタン的エネルギーがどんな肖像よりも強烈に、また同時代人の語るあらゆる逸話よりも印象深く認められる。これらの合本を知っている人だけが、ほんとうのバルザックを知っているのだ。

＊

バルザックは三時間、四時間つづけさまに校正の仕事をして、字句を変えたり訂正したりする。自分でも冗談半分に言うこの「文学の台所仕事」はいつも午前いっぱいかかり、夜の仕事とまったく同じように休みなしに猛烈かつ情熱的に行われるのである。バルザックは正午になってようやく山のような校正刷をかたわらに押しやり、卵かバタつきのパンか小さなパイで簡単な食事をとる。彼は天性享楽的な男だから、故郷トゥーレーヌの胃にもたれる油っこい料理、風味のいいリエット（油でいためた豚の細切れ肉、トゥーレーヌの名物）や、ほどよく固く焼いたニワトリや、ふっくらした血のでるような肉が好きで、また郷里の赤葡萄酒や白葡萄酒をさながらピアニストが鍵盤を知悉しているように知っていたが、仕事中は享楽的な飲み食いは一切御法度だった。食事をたっぷりとると疲れることを知ってもいたし、疲れてぐずぐずしている余裕もなかった。休憩してはならなかったし、またあえてしようともしない。いつしかまた肘掛椅子を小さな書き物机の前にずりよせて働きつづけた。校正だったり草案だったり覚書だったり手紙だったりさまざまだが、しかしいつも仕事仕事で、手を休めたり中止したりはしない。

バルザックは五時頃になってようやくペンをおく。推進役の鞭を手からはなす。これで十分だ。バルザックは終日誰にも会わなかった。窓から一度も外を見なかった。新聞も読まなかった。――こんな調子で数週間ぶっつづけにやることも間々あるのだ。今や過労の肉体とのぼせきった頭脳に、やっと休息の権利が与えられる。下男が夕食の給仕をする。かねて呼んであった出版屋か友人が時々半時間か一時間訪ねてくる。しかし大抵はひとりで、あす生み出さなければならないものに思いをめぐらし、早くもそれを前もって夢想する。町へは決して、いや殆どまったく出ない。途方もないことをやってのけたあとなので、疲れきっているのだ。今やほかの人たちが羽根をのばしはじめる八時に寝床に入って、ものの一分もたたないうちにぐっすり夢も見ないで深い眠りに落ちる。一事が万事そうなのだが、途方もない熟睡ぶりで、しかもほかの誰よりも猛烈に眠りこける。これまでやってきたあらゆる仕事も、所詮あすあさって、そしていまわのきわまでせざるを得ない仕事から自分を救い出してはくれないだろうという事実を忘れるために眠る。真夜中まで眠ると、下男が現われ、蠟燭をとぼし、またもや仕事が始まるのである。

＊

バルザックはかように何週間も何ヵ月も間断なく働き、作品が完成しないかぎり少しも休まなかった。そのまた休み時間がいつもわずかなものだった。「一つの戦いが他の戦いに引き続き、」彼の一生の仕事である巨大な織物には次々と刺繍の針目が入って、一作はすぐ他の作品のあとを追った。

　いつだって同じことです。幾晩も幾晩も、そしていつも幾冊もの本です。私が打ちたてたいと思うものは実に高く、実に広いのです。……

と絶望的に呻いている。彼はしばしば、こうした仕事のお蔭で現実世界を取りにがしはしないか、それを気遣い、わが手で鍛えて作った鉄鎖をゆすぶってみる。

　ほかの人なら一年以上かかってもできないようなことを、僕は一月で仕上げなくてはならないのです。

しかし仕事をするということは、いつしか彼にとって必要やむを得ないことになってしまった。もはやそれなしにはすごせなくなった。

　仕事をしていると苦労を忘れます。それで救われるのです。

仕事は多岐にわたったが、そのことは仕事が絶え間なく続くことを妨げるものではなかった。

　原稿を書いていないときは腹案を練っています。腹案も練らず原稿も書かないときは校正をしなくてはなりません。これが僕の生活です。

　彼はこうした労作の鎖で足をしばられたまま、一生をすごした。逃げようとしても、うしろで鎖が音を立てた。旅行にはきっと原稿がついてまわった。恋をして、女のあとを追って旅行していても、愛欲は原稿仕事というこの一段高い奴隷的義務の下位に立たなくてはならなかった。会いたくてヤキモキし欲求に燃えながら、ジュネーヴでハンスカ夫人やカストリー侯爵夫人にやがて訪問する旨を通じた際も、一方手紙で、午後五時前には決してお会いしないでしょうと愛人に予告している。一二時間から一五時間、どうにもならない時間を机に向って頑張ったあと、やっと御婦人たちのために時間を割くのだった。まず仕事で、それから恋愛だった。まず第一に『人間喜劇』で、それから現実世界だった。最初が仕事で、それから享楽だった、――いや厳密にいえば享楽など一度もなかった。

　この熱狂、この自己破壊的偏執狂的な超労働だけが、二〇年足らずで『人間喜劇』が創作された奇蹟を説明することができる。しかしちょっと呑み込めそうにないバルザックのこの生産力は、純粋に芸術的な労作のほかに彼が日常の事務や私用やビジネス処理のために書いたものを勘定に入れると、なおさら理解しにくくなる。ゲーテなりヴォルテールなりはいつも二、三人の秘書を手もとにおいていたし、サント・ブーヴのような人でも予備的な仕事はすべて助手にやらせていたのに、バルザックはひとりで文通と事務の一切を片づけたのである。瀕死の床での最後の記録、――もはやペンを握ることもできず、妻に代筆させた手紙に追伸としてわずかに「僕はもう読むことも書くこともできない。」と書きそえたその悲愴な最後の記録をのぞくと、彼の作品のいかなるページも手紙のどんな行もことごとく自筆である。あらゆる契約、一切の売買、すべてのビジネスとその管理、債務証書と手形、そして彼を相手どった訴訟とその反訴、それらを助手も支配人も顧問もなしに片づけたのだ。毎日の買物にも自分で出かけ、室内装飾の職人や出入りの商人にも人手をわずらわさずに自分で注文した。そればかりか、後年ハンスカ夫人の財政上の面倒さえ見てやり、彼の家族にも何くれとなく助言を与えている。これはエネルギーの浪費であり、病的にまで昂じた桁はずれの労働である。時たま、このような自然にもとる自己消耗は否応なしに自己破滅をもたらすに違いないと感じることもあった。

頭のなかで炎症がおきているように思えることが間々ある。僕は知性の障害にひどく悩まされるだろう。

二、三週間一歩も外出せず、間断なく過度の仕事をつづけたあとで休息する場合、いつもその休息は危険なほど虚脱そのものにそっくりだった。彼は勝利をはくしたあとの傷ついた英雄さながら、すっかりヘタばってしまう。

僕は一八時間眠り、あとの六時間は何もしない。

バルザックが桁はずれの労働のあとで休息する時、その休み方たるやまた桁はずれである。そして作品の完成後に気晴らしをする余力がまだ十分ある場合、仕事や休息とまったく同じに桁はずれの気晴らしをやらかすのだ。無我夢中で酔いしれた仕事から離れて僧房から人なかに出る時、彼の酔い心地はまだそのまま続いている。社交界に戻り、サロンに出かけると、幾週間ものあいだ他人の声はおろか自分の声さえ聞いたことがなかったので、傍若無人に話を進め大言壮語する。さながら蓄積された衝動が堰を切って流れ出すように、嘲弄し哄笑し、口角泡をとばして滔々と弁じる。小説のなかで甲には数百万フランを儲けさせ、乙には数百万フランの損をさせる彼は、いざ自分が現実界の商店に足を踏み入れたとなると、まだ別の数が支配する世界にさまよっているので、勘定も計算もしないで無意味に金をバラまくのである。彼のあらゆる行為はどこかしらまだ小説の幻想と誇張から脱けきれないのだ。何もかも愉快でたまらなかったに相違ない。一年間陸地を見ず、寝台で寝たこともなく、女の肌にふれなかったあげくのはてに、船が幾千の危険を乗りこえて港に帰りついたとなると、はちきれんばかりに膨らんだ財布をテーブルに叩きつけ、鯨飲し、ドンチャン騒ぎを演じ、爆発的な生の喜びを発散させて窓ガラスをブチ割った昔の無骨でたくましくて元気いっぱいの船乗のように、——またあまりにも長いあいだ厩舎につながれていたのですぐにはしっかりしたダク足が踏めず、最初まず電光石火の勢いで飛びだして緊張した筋肉をほぐし自由の空気に酔いしれる純血種の馬さながらに、——バルザックは仕事と仕事の合間のほんの束の間に、禁欲と緊張と蟄居生活のうさ晴らしをする。

するとそこへゴズランとかヴェルデといった取るに足りない、いい気な連中が押しかけてくる。この手合は、乏しい機知のかけらを毎日四、五スーで売りとばしているしがないジャーナリストだが、囚われの身から放免されたこの巨人を、リリパットの小人もどきに愚弄する。そしてちょっとした逸話を書きとめて、せっせとそれを印刷させたものだから、偉大なバルザックはなんという笑うべき、見栄坊の、子供じみた馬鹿者だろうということになり、愚かな連中は勘違いして、やはり自分たちのほうがバルザックより利口だわいと考える。こんな連中のだれにも分らないことは、そのような幻想家がそれほど滅茶苦茶に仕事に精を出したあとで、もしも当り前の行動に出たとしたら、それこそおかしいではないかということである。すなわち彼が一フランごとに慎重に出納簿をつけ、小売商人のように貯金を四分の利回りで投資したとしたら、それからつい今しがたまで夢の世界の支配者で魔術師で命令者であった彼が、現実界でサロンの世俗的な規約にのっとって振舞ったとしたら、――それからまた彼の天才の本質が創造の桁はずれな点にあるのに、こんな手合と同じように器用に外交的に冷静に計算したとしたら、それこそ常規を逸しているではないかということである。こんな連中は、彼の巨大な姿がちょっと通りすがりに時代の壁に投げる奇怪な影だけをとらえて、これを戯画に描くことしかできないのだ。同時代の人たちは彼のほんとうの姿については何も知らなかった。昔話に出てくる幽霊が、もはや彼らの居場所ではない地上をほんの一時間ばかり影のようにさまようことしか許されなかったように、バルザックもほんの束の間しか自由の空気を吸うことができず、いつもきまって仕事の獄舎に戻らなければならなかったのだ。

第九章　カストリー侯爵夫人

バルザックの本当の存在形式は、いまわのきわまで仕事であろう。いや測り知るべからざる量の仕事であろう。彼は仕事が好きなのである。いやむしろ仕事をしている自分自身が好きだと言ったほうがよい。生みの苦しみの最中、彼は自分の魔神的エネルギーと創造力と意志力を、不思議な喜びと一緒に楽しんだ。この意志の力はいつも彼のヘラクレス的な体と弾力に富む精神から最大限の、いやそれを上回る極限の能力を取り出す力である。彼は昼と夜をこの燃える熔鉱炉に投じ、誇らしげに、

僕の放蕩は仕事ですよ。

と言うことができたのである。

しかし暴君的な意志がどんなに力んでも、人間の本性は完全に抑えつけられるものでは

ない。人間の本性は、夢想のなかにだけ満足を見出し仕事に専念して情欲を抑えようとする異常な生活様式には抵抗するものである。バルザックは仕事に没頭している最中、時々、——いや時とともにいよいよしばしば、自分はこの仕事のためにあたら最良の年月を取りにがすのだ、書いて生み出すことはその最も崇高な形でさえほんとうの生活ではなく、その代用品にしかならないのだという恐ろしい予感におそわれた。「僕は僕の生活をただ僕の頭のなかだけに閉じこめようとしております。」とズュルマ・カローに告白しているが、これは大して成功しそうもない。この芸術家はいつもはまた享楽家でもあるので、毎日の仕事の禁欲的な単調さに呻いていた。彼のうちに内在する男は、冷かな紙に書き流される言葉より、もっと燃えるような表現形式を要求した。この性格の造形家は、愛らしい女を何百人も夢みたが、自分でも愛することのできる女を所望し、また必要としたのである。

　しからばこのような婦人をどうして見つけるのか。この場合も仕事が嫉妬深く彼の人生の行路をふさぐのである。バルザックは愛人となる女性を探す暇がない。書き物机に一四、五時間釘づけになり、その他の時間はもっぱら睡眠と緊急の用件に使っているので、女を探しにぶらつく機会に恵まれないのだ。この内心の緊張と悩ましいあこがれから彼を救い出してくれる良縁をどうか見つけてほしいと、本当に頼りにしている二、三の人たち、すなわち妹やズュルマ・カローに再三頼んだ話は感動を禁じ得ない。

　名声が突如としてあがったので、この点に驚くべき変化が起った。望みの女性をいつ見つけることができようか早くも絶望しかけていた矢先、今度は婦人たちのほうでバルザックを求めはじめたのだ。御婦人には、いつも女性の問題を扱ってくれる作家が一番御意に叶うのである。バルザックは、男性に理解されないでその犠牲となる不幸な女性を特に好んで描いた。女性のあらゆる過失を寛大な態度で弁護した。また棄てられた女、追い出された女、よる年波で色香のあせた女に同情を示した。そこでパリジェンヌは申すに及ばず全フランスの女性の好奇心をそそった。まったくの片田舎から、ドイツからロシアからポーランドから、この「貴賤上下に明るい人」に手紙が舞いこんできた。

さて手紙のやりとりではバルザックは概して筆不精である。仕事で疲れきっているので、ろくろく返事を出さないのだ。だから彼の書簡のうちにその時代の一流人と交わした精神的討論を探してみても無駄である。しかしこれら女性読者からの手紙には興味をそそられ、楽しくなり、心を乱された。彼のような空想家はいつも創造者らしい恍惚状態のなかに生きているので、この種のどの手紙も一つの生きた小説として実現される可能性があった。彼は、わが身を捧げたいという欲求のとりことなって、しばしば精神的結合を感激のうちに予感しながら、まったく見ず知らずの女性への手紙に、最も親しい友達にさえ隠していわないことを告白したりした。

ある日、——サッシェの友人マルゴンヌのところへ逃げて行って仕事をしていた一八三一年十月五日、一通の女の手紙が回送されてきた。この手紙はとりわけ彼の注意を引いた。

彼の小説を読めばわかることだが、バルザックの空想はごく些細なことにふれても芸術家らしく燃え立つ力がある。今度も紙の種類だとか筆跡だとか特別な言いまわしとかいったつまらぬ皮相なことから、本名を使わないで英国流の匿名で署名しているこの婦人はきっと上流階級か最上流階級の貴夫人に相違ないという予感を与えられた。彼の空想は電光石火の活動を始めた。てっきり美しい、若い、不仕合せな女に違いない。さまざまな苦悩と悲劇を経てきた女で、おまけに最高の貴族で、伯爵夫人か侯爵夫人か公爵夫人に違いない。

彼は好奇心、――そして恐らく俗物根性にもそそられて、落ち着いていられなかった。取るものも取りあえず、

年齢も生活事情も知らない

その未知の女に六ページにわたる長い手紙を書いた。もともと彼は、右の手紙の送り主が「結婚の生理」を読んで軽薄だといっているので、ただその非難に答えるだけにとどめておくつもりだった。ところが久遠の極端男のバルザックは中道を守ることができないのだ。感心するときは我を忘れて感心するし、仕事をするときはさながらガレー船の罪人みたいに強制労働に従うのだ。誰かに心情を吐露するときは、あふれるばかりの告白の無礼講とならなければならない。彼はこのまったく見ず知らずの匿名の手紙の主に、誰はばかるこ

となく存分に心を開いて見せた。結婚相手は寡婦だけだと打ち明け、半ば感傷的、半ば燃えるような色どりで理想の妻の姿を描いて見せ、それから親友たちをさしおいて早くもこのまるっきり未知の女性をば「彼の最も秘められた将来の考案」の聞き役にしている。

「あら皮」は建築計画中の壮大な記念建造物ともいうべき未来の『人間喜劇』のほんの最初の礎石、——

　たとえ失敗に終ろうと、それを企てたことを誇りとするであろう作品の前提、

にすぎないと語るのである。

　未知の手紙の送り主は愛想のいい返事か、それとも文学的雑談が聞かれると思っていたのに、案に相違して有名な作家のこのような親密な自己暴露に接して恐らくびっくりしたに違いない。彼女が即座に返事をしたためたことに疑問の余地はない。バルザックと夢想の侯爵夫人との間に徐々に文通、——（遺憾ながらごくわずかしか残っていない）——が始まった。しまいには二人ともお互いに相手のことを知りたくなり、個人的にもっと近づきになりたいと思った。未知の女性はとにかくバルザックについてすでに少しばかり知っていた。ゴシップからもいろいろなことを耳にしたようである。彼の肖像はすでにかなりの新聞に乗っていた。しかしバルザックのほうは彼女について何も知らない。彼の好奇心は

満たされないままに、ただイライラと無性につのるばかりだったに違いない。その知られざる女性は妙齢の美女か、それとも慰めを求めている悲劇的な魂の持主であろうか。または単に感傷的な女流文士か、高踏的な教養を身につけすぎた商人の娘か、それとも（大胆な夢想だが）実際に伯爵夫人か侯爵夫人か公爵夫人ではあるまいか。

*

心理学者バルザックの勝利である。すなわち見ず知らずの通信家は実際に侯爵夫人で、公爵夫人の肩書の継承権のある人だった。詳しく言うと、彼の以前の愛人ダブランテス公爵夫人がコルシカ生れの王位簒奪者ナポレオンによって新たに貴族に列せられた成上りの公爵夫人だったのに引替え、これはれっきとした最上流貴族、まったく非難の余地なき貴族街サン・ジェルマン区の出身だった。侯爵夫人で後の公爵夫人アンリエット・マリー・ド・カストリーの父はマイエ公爵で、フランスの退役元帥、十一世紀までさかのぼれる名門の貴族である。母はフィッツ・ジェイムズ公爵夫人、したがってステュアート家の人であり王族である。彼女の夫カストリー侯爵はこれまた同姓の有名な元帥の孫で、ギーヌ公爵夫人の息子である。そこで殆ど病的なバルザックの貴族好みは、父母両系ともまことに堂々と組み合されたこの系譜で申分なく十分に満足させられた。年齢の点でも侯爵夫人は完全にバルザックの理想に一致していた。三十五歳であるが「三十女」とみて差支えない。しかも最もバルザック的タイプの女である。というのは感傷的な女、失意の不幸な女性であって、まさに身をもって過去に恋愛小説を体験しており、そのロマンスはパリの社交界で「あら皮」と同じくらい有名であるばかりでなく、バルザックと同じ商売仲間で一番大物のスタンダールがその第一作「アルマンス」に前もってそれを利用さえしたいわくがあるからである。

　バルザックがその浪漫的な恋物語を細大もらさず知るには大して骨が折れなかった。二十二歳の時、若い侯爵夫人は当時フランスきっての美貌の貴夫人の一人で、赤みがかった金髪のなよやかな華奢な女だったが、全能の宰相メッテルニヒ大公の御曹子ヴィクトル・フォン・メッテルニヒ公子と知合いになった。侯爵夫人はこの青年貴公子に熱烈に惚れこんだ。というのはなるほど彼は、父親からたくましい健康は遺伝されていなかったけれども、男性的な美貌と社交的な魅力を受けついでいたからである。フランスの上流貴族は哲学的に啓蒙された十八世紀の伝統をまだ忠実に守って暮していたから、夫の侯爵は若い二人の情熱的な恋愛関係を控え目な態度で見逃す覚悟でいたらしかった。ところが相愛の二人は、スタンダールばかりでなくパリの社交界をあまねく熱狂させた正直一方の決心で、一切の妥協をしりぞけた。カストリー夫人はその夫の大邸宅を飛びだし、青年メッテルニヒのほうはその輝かしい出世の道を見棄てた。世間や社交界の思惑などどこ吹く風とばかり、二人はひたすらお互いのため、恋愛のため、生きようとした。そこでこのロマンティックな一対はスイスやイタリアなど、ヨーロッパでも一番景色のいいところを気ままに遊牧の民のように旅してまわった。そして間もなく一子をもうけた。二人の幸福の証人となったこの息子は、後年オーストリア皇帝からアルデンブルク男爵の称号を授かった。

しかしこの幸福はあまりにも申分なかったので永続きしなかった。晴天の雷のように、突如として悲劇的な大詰めがやってきた。侯爵夫人は狩猟中に不運にも落馬して背骨を折った。それ以来思うように身動きができないので、一日の大部分を長椅子や寝台に寝そべってすごさなければならなくなった。おまけにヴィクトル・フォン・メッテルニヒにもそう長い間やさしく看護してもらうわけにいかなかった。というのも彼はその後間もなく一八二九年十一月、結核で倒れたからである。その死はカストリー侯爵夫人にとって前の落馬よりもっと打撃だった。二人の恋の反映があればこそ、その景色の美しさが楽しく思われたのだが、もうこれ以上そういう土地にひとりで逗留しかねて、パリに帰った。しかしもはや夫の邸にも、それから彼女があれほど挑戦的にその見解を傷つけた社交界にも戻らなかった。父親が持っているカステラーヌの先祖伝来の御殿に引きこもり、かつての友人たちのかわりに本を唯一の相手として毎日を送っていたのである。

身分と年齢と運命の点で、彼の最も奔放な夢のなかの女とぴったり合ったこのような婦人から手紙を寄せられたばかりか、間もなく友情こめて呼びかけられたので、バルザックの心は早くも文学的俗物的の両面で激しく揺り動かされたに相違ない。侯爵夫人、未来の公爵夫人、「三十女」「棄てられた女」が、農民の孫でプチ・ブルの息子である彼をこのように眼をとめて見てくれたのだ。他のすべての人々、つまりヴィクトル・ユゴー、デュマ、ミュッセといった連中に対して、なんという大きな勝利であろう。彼らはただブルジョワの女をめとり、女優や女文士や娼婦を友達にしているだけである。これがもしうまくいって、単なる友情以上のなにかを誇ることができたら、まあなんという素晴らしい勝利であろう。その情熱が相手の女の肩書だけで早くも燃え立つ彼が、ベルニー夫人のようなただの小貴族やダブランテス公爵夫人のような成上り貴族と交渉をもったあとで、今度は正真正銘の、旧フランス王国の公爵夫人の愛人、もしかしたらその夫にさえなってメッテルニヒ公子のような人の後継者に納まったとしたら、それはなんという勝利だろう。彼はこれより先ダブランテス公爵夫人の場合では、公子の父親メッテルニヒ大公の後釜だったのだ。バルザックはこの著名な文通の相手が直接の訪問を許してくれる招待を、ジリジリしながら待った。とうとう二月二十八日、一通の手紙がこの「信頼のしるし」をもたらすと、即座に彼は、その「寛大な申し出」に応じるために、

親しく知られて大いに損をする危険を冒して、

さっそく参上すると返事した。

そしてオノレ・ド・バルザックは貴族街サン・ジェルマン区からの手紙にそんなにも早く、そんなにも大急ぎで、そんなにも有頂天になって返事を出したので、同じ日に机におかれたいま一つの手紙を見逃してしまった。それは別の女が書いたロシアからの手紙で、「異国の女」と署名してあった。

*

バルザックのようなたちの空想家にとって、カストリー侯爵夫人に夢中になるのは、いうまでもなく自然である。彼はそうなるために彼女に会う必要なんぞまったくなかった。そして夫人が不器量だろうが馬鹿だろうが喧嘩好きだろうが意地悪だろうが、彼の感情はそのためにいささかも損われなかったろう。というのはどんな感情も、——愛情でさえ、彼の支配的な意志の力にかかると圧倒されてしまうからである。仰山に身じまいをととのえ、新調の服をまとってカステラーヌの館に車を走らせる前に、早くもバルザックは断乎としてこの婦人と相思相愛の仲になろうと決心する始末であった。このときまだ開封しなかったいま一つの手紙の婦人にもあとでしたように、一面識もないのにカストリー侯爵夫人を理想の女性に祭りあげてしまい、彼自身の人生小説でヒロインの役につかせようというのだ。

事実この小説の冒頭の数章は、彼があらかじめ想像したところとまったく同じ経過をたどった。こよなく渋く、こよなく高貴な趣味のただようサロンのレカミエ夫人風の長椅子に身を横えている、若いがさりとて若すぎはしない女、心もち蒼ざめて少し疲れたような女、恋愛の経験があり恋愛についてはなんでも知っている女、天涯孤独の境涯に慰めを必要としている女が、彼が姿を現わすのを今や遅しと待ちかまえていた。これまで君公たちばかりと交際してきた貴夫人、すらりとした優雅な大公御曹子を愛人にしていたこの女が、どんな仕立屋の技術をもってしても念入りな伊達姿にするわけにいかない、肩幅が広くてデブの庶民バルザックに幻滅を感じなかったのは不思議である。彼女は相手が猛烈にまくしたてるのを、いきいきした聡明な瞳に感謝の色を浮べながら一心に聞き入った。彼こそ今度初めて知合いになった一流作家、別の世界からきた男だった。できるかぎりの自制をしたにも拘らず彼女は、バルザックが物わかりのよさと、聞き手を刺戟し興奮させずにはおかない迫力の強さの二拍子でもって、身近にやってきたことを感じないわけに行かなかった。話し合っているうちに一時間、二時間、三時間は魔法のように過ぎ去った。彼女は亡き愛人にあらん限りの貞節を守っているにも拘らず、運命の神の贈物ともいうべきこの並はずれた男に驚嘆しないわけにいかなかった。彼ほど多感ではない彼女にとってここに友情が芽ばえ、何事につけ止まることを知らないバルザックにとってはここに恋の陶酔がはじまった。

　実に快くお迎え下さり、実に気持のいい時をすごさせていただきましたので、もはやあなたによる以外わたくしにとっての幸福はないような気が致します。

　二人の関係はますます親密になる。バルザックは次の数週間と数ヵ月、毎晩カステラーヌの館に馬車を乗りつけ、差向いで真夜中までお喋りをした。連れだって観劇に出かけた。手紙を書き、新作を朗読して聞かせ、何かと助言を求めた。贈物としては最も貴重なものを贈った。「三十女」と「シャベール大佐」と「ことづけ」の原稿である。何週間この方、何ヵ月この方ひたすら亡き人の喪に服していたひとりぼっちの女にとって、この精神的友情をきっかけに一種の幸福が芽ばえ、バルザックにとっては恋の情熱が燃え出した。

　不運なことにバルザックは友情だけでは物足りなかった。男性としての見栄ばかりでなく恐らく俗物的な虚栄も手伝って、精神的交際より以上のものを望んだのだ。ますます熱心に、ますます激しく胸の思いを口に出し、素振りにも見せた。いよいよ厚かましく承諾のしるしを求めた。ところでカストリー侯爵夫人はあまりにも女でありすぎたので、その天才を尊敬し感服している男に言い寄られると、不幸な境遇にあったけれども、いつの間にかいい気持にさせられた。相手の言葉に熱心に耳を傾けた。恋に狂ったような男のなれなれしい振舞いを、名門の誇りを盾に冷たく拒むようなことはしなかった。数年後に出版された復讐小説「ランジェー公爵夫人」のなかのバルザックの叙述を全部的に信用するわけにはもちろんいかないけれども、恐らく夫人のほうが挑発さえしたのであろう。

　この女は私を快くもてなしてくれたばかりでなく、私のためにその恐るべき媚態の世にも魅惑的な手段を意識して発揮しました。私の気に入るように振舞おうとし、私の陶酔を強め、いやが上にもそれを高めるために、信じられないほどあれこれと気をくばりました。おずおずした沈黙がちな恋に悩んでいることを私に告白させるために全力を傾けました。（「田舎医者」の主人公の「告白」として書かれ、未刊のままで終った原稿の一部）

　求愛が危険な点に近づきかけると、彼女はその都度いつもきっぱりと押しとめた。それは恐らくつい最近死別したばかりの愛人、――自分が社会的地位や市民としての名誉を犠牲にして愛したわが子の父親にあくまでも貞節を守ろうというのか、不具の身を顧みてためらい恥かしく思ったのか、それともバルザックの風采の庶民的卑俗的なものが実際彼女に自制の気持を抱かせたのか、それとも恐らく（そしてこれは尤も千万だ）バルザックが虚栄にかられてこの貴族的な関係をさっそく公表しはしないか心配したのか、大方そんなところであろう。彼女はバルザックが「ランジェー公爵夫人」のなかで、内気な恋をする男たちがもっぱら楽しみとする些細な漸進的な征服と呼んでいるようなことしか相手に許そうとはせず、「体を任せることで恋慕の情を実証する」ことを頑強に拒んだ。生れて初めてバルザックは、彼の意志が死物狂いで頑張っても全能ではないということを認めざるを得なかった。三、四ヵ月のあいだ世にも強引な求愛をし、連日押しかけ、王党派のためにあらゆる文学活動を試み、誇りもヘチマもあらばこそ卑屈な真似をしてみたが、相変らず文学の友人にすぎず、カストリー侯爵夫人の愛人にはついになれないのである。

*

眼から鼻へ抜けるほど利口な人でも、その行状が彼らしくなくなり出したような場合、それに気がつくのは誰よりも一番遅い。わずかな数のバルザックの本当の友達は、はっきり意識したわけではないが、人前に出るときの彼の態度が以前と変ってきたという感じをもった。彼らはバルザックが伊達男らしくめかしこんで、テアートル・デ・ジタリアン座の「地獄桟敷」（前桟敷、そこの常連が騒々しいので地獄という）から別の桟敷の観客を柄のついた片眼鏡で探したり、王党派のフィッツ・ジェイムズ公爵とかローザン公爵とかのサロンで熱のこもった会談に加わったりするのを不快な念をもって見ていた。そんなサロンでは普通、中産階級出身のものはたとえ作家、画家、音楽家、政治家として大物であろうと、せいぜい仕着せを脱いで平服に着替えた召使ぐらいにしか見られていないのである。友人たちは彼のかような常規を逸した俗物的脱線にはあまりにも慣れっこになっていたから、今度のことも彼の名声や威信を脅かすものとは思わなかった。しかし彼らのオノレ・ド・バルザックが不意に超反動の新聞「改革者《レノヴァトゥール》」の政治評論家として封建制度に熱狂的におもねり、ベリー公妃に公然と敬意を表したとなると、いささか不安になった。彼らはバルザックの性格を十分知っているので、彼が金銭のために自己を売るような下劣な人種の一人でないことは分っていた。何人かの魔手に操られて政治のこの暗い横町にひっぱりこまれたことを本能的に悟った。バルザックはヒタ隠しに隠して教えなかったのだが、最年長の女友達ベルニー夫人は彼がカストリー侯爵夫人と文通したり訪問したりしている事実を嗅ぎつけて、まっさきに戒めている。夫人は自らは一門の伝統により、かつルイ十六世と王妃マリー・アントワネットの名づけ子でもあるので、むしろ王党派びいきであったけれども、バルザックがかくも突然に極右王党派の公然たる鼓手ぶりを発揮するのを見るといい気持はしなかった。そして「そんな人たちの奴隷」にならないようにきびしく諌めた。自分でも経験のあるこの老婦人には、これらの貴族仲間が作家としてのバルザックを本当に尊敬しているのではなく、ただ彼の俗物根性を利用しているにすぎないのだということが、遠くからみていてよく分るのである。

　ああいう人たちはこれまで原則的にはいつだって恩知らずだったのです。それがあなたひとりのために変ることはないでしょう。

当時ベリー公妃はシャルル十世の孫にあたるわが子のために王位を確保しようと努めていたが、ズュルマ・カローはバルザックがその公妃に献げた讃歌を読んで深い幻滅と羞恥を覚えざるを得なかっただけに、ベルニー夫人よりも一層きびしい断乎たる手紙を書いた。

　そういう人たちをかばうことは宮廷の奉公人に任せておいて、あなたは御自分のまさに正当な名声をそういう連帯関係でけがさないようになさい。

ズュルマは、誠実な態度という心の気高さよりもケバケバしい貴族の肩書のほうを重しとする奴隷根性を、バルザックの天才を愛すればこそ自分はどんなに憎むかということを、彼女のささやかな無名の生活の最も貴重な財産にほかならぬ友情を失う危険を冒してまで、容赦なくその偉大な友達にいってやった。

確乎不動の貴族階級、特権に恵まれた貴族階級というものをありがたがっていらっしゃる。その迷いの夢からいつまでも醒めずにいられますように。

何か巧妙な手が背後で糸を引いてバルザックを王党派のかなりのガタ馬車にしばりつけてしまったのだが、それが黄金の鎖なのかバラの花の鎖なのか、二人の誠実な女友達のどちらにもまだ分らなかった。しかし彼が何かに圧迫され、自由を奪われ、自らに不貞をはたらいていることだけは感づいたのである。

*

バルザックはカストリー侯爵夫人にひたすら仕える騎士《チチスベオ》として二月から六月までの五ヵ月、ほぼ半年ばかりを無為にすごした。何事も好意をもって大目に見てもらえるが、肝心のことは叶えてもらえない愛人の役目をつとめていたのである。六月初め彼は突然パリを立って、友人のマルゴンヌ家の人たちの住むサッシェの城館《シャトー》に赴いた。何事が起ったのであろうか。情炎がにわかに消えたかそれとも自信がぐらついたので、この心にもないプラトン的恋愛の実践家は難攻不落の要塞の攻略を断念したのであろうか。全然さに非ずだ。

バルザックは努力しても見込みのないことを芸術家のもつ慧眼で見抜いたけれども、まだ徹頭徹尾、その野望と意志で自ら築きあげた情熱のとりことなっていた。とうとう彼はヤケ半分の率直さで彼の立場をズュルマ・カローに告白した。

　僕はしかしサヴォワのエークスまで登って行かなくてはならないのです。恐らく僕をからかっているのかもしれないある人を追いかけなくてはならないのです。あなたがひどく嫌っておられるに相違ない貴族の女の一人です。さぞ美しい魂の持主だろうと世間の人が勝手にきめこむような天使ふうの美人です。いつも人を馬鹿にして鼻であしらっているような、そのくせいたって情愛が深く、敏感で機知に富んでいて仇っぽい、正真正銘の公爵夫人で、こんなのはまだ見たことがありません。次第に姿を消して行く珍しい人間の一人ですが、それが僕を愛するといい、僕をヴェネツィアの宮殿の奥深く閉じこめておきたいといい、……（あなたには何もかも洗いざらい申し上げることにしているからいうのですが）そしてこれからはもう彼女ひとりだけのためにしか書かないでくれというのです。御所望があったら最後、膝まづいて崇めなくてはどうにも収まりがつかないような、それだけにこれを征服したらさぞ愉快だろうと思われるような女の一人です。誰もが夢に描く女です。……彼女には一切が嫉妬の種なのです。ああ、アングーレームの陸軍火薬製造所でちゃんとおとなしく静かにしているほうがいいのでしょう。水車のまわる音を聞いたり、松露料理を腹いっぱい詰め込んだり、玉突きでポケットに玉を入れるやり方をあなたから教わったり、笑ったりしゃべったりするほうがいいのでしょう、……時間を無駄にしたり命を縮めたりするよりはね。

しかしバルザックがいましばらく吟遊詩人の奉仕を止めてパリを去り、カストリー侯爵夫人に背中を向けたにしても、その理由は鋭い透視力というよりむしろもっと現世的な陳腐なものであった。夏の夕立のように規則正しく彼の頭上に集中してにわかに雷雨を降らせるあの財政上の破局が、またしても彼を見舞ったのだ。バルザックはミダスの反対である。手にふれるものは黄金とならないで、みんな借金にかわる。女に惚れこんだり、旅行に出たり、投機を試みたりするときまって物質上の破局が訪れた。彼の予算はいつも刃の上であぶなく釣り合っているので、仕事から離れると、もともと乱れている財政だけに、一層不足額がかさむのである。彼が書き物机のそばに腰かけずにカストリー侯爵夫人のサロンでむなしくすごした多くの晩と、テアートル・デ・ジタリアン座の桟敷に坐って無駄にした観劇の夕べは、それだけで早くも小説二冊分の時間だった。収入が減った上に支出が増えたので容易ならぬ事態となった。貴族社会に結婚の相手を求めよう、しかも貴族らしい態度で行動しようという不幸な考えを抱いたばかりに、負債は気違いじみた金高になった。カステラーヌの館に乗りつける二頭立の馬車の馬だけでも九〇〇フラン以上の燕麦を食べた。三人の召使を含めた世帯、新調の服装、派手な暮しぶりなど、いよいよ不吉な結果となって現われてきた。未払いの勘定書や弁済期のきた手形が、以前の校正刷と同じように毎日規則正しく舞いこんできた。カシニ街の家を包囲するのはもはやとうの昔に債権者ではなくなって執達吏である。バルザックを救い出せるものはただ一つ、仕事しかない。そしてその仕事のためには心を落ち着けなくてはならないのだから、可能性はただ一つしかない。すなわち逃亡、――パリからの遁走、恋愛からの逃避、債鬼からの逐電、誰にも見つからず、つかまらないところへの逃走である。

　バルザックの目下書きかけの作品が前もって売り渡されていることはもちろんである。彼は出発の前日、二つの契約書に署名して一五〇〇フランを前払いとして手に入れ、それを向う数ヵ月分の小遣いにしようとした。しかしそのうち一四〇〇フランは出発まぎわに取りあげられてしまったので、全部で一二〇フランを懐中にしてやっとサッシェ行きの駅馬車に逃げ込んだ。そこの友人マルゴンヌ家の城館《シャトー》には彼の逗留について万端の用意ができていた。彼は一文も使わずに済んだ。昼は申すに及ばず夜も半ばは部屋に引きこもって書き続け、ほんの一、二時間食事のときに姿を現わすだけであった。しかしそこに静かに坐っていても、パリの贅沢な生活費が追いかけてくるのをどうしようもなかった。誰かがこの際整理に乗り出し、出費を減らし、債鬼とたたかい、商人をなだめる必要があった。このきびしく扱いにくい仕事に対してバルザックは、たった一人だが打ってつけの人間を知っている。それは同じようにきびしく扱いにくい女、彼の母親である。長年その後見から逃れようと企てたあげくの果て、有名な文豪たる彼が今や平身低頭、母親の倹約ぶりと事務的手腕の蔭に逃避しなければならない羽目になった。彼の若き日は、この母親の辣腕のお蔭でいやはや散々な目にあわせられたものだが。

思い上った得手勝手な息子がついに兜を脱いだのは老母にとって一つの勝利だった。彼女は元気に精力的に一旦失われた持場の守りについた。彼女は世帯を切りつめ、余計な召使に暇を出し、商人や執達吏とたたかい、軽二輪馬車と大食らいの馬を売り払った。息子の愚かな恋愛と誇大妄想狂のお蔭で紊乱した財政を一スーまた一スー、一フランまた一フランというふうに、ジリジリ建て直そうとした。しかしさすがの彼女も、いよいよもって嵐のように押し寄せてくる債権者には手をあげてしまった。家賃は未払いである。大家は家具を差押えようとする。パン屋一軒で七〇〇フランにのぼる未払いの勘定書を差し出す、――独身者がこんなに沢山パンを食べようとは殆ど理解しがたいことだ。パリの金融市場で次々と人手に渡ってきたその他の手形や債務証書が、毎日のように差し出され償還を求められるといった塩梅である。そこで彼女は捨鉢になって息子に追いかけ追いかけ手紙を書いた。その息子はというと、まずもって前売り済みの原稿を書かなければならないし、もうそれ以上はビタ一文出版者や新聞から取りこめないのだ。かりに一日二四時間仕事をしたとしても、この半年にわたるキザな俗物的生活とベタ惚れの恋愛に使った金の穴埋めはできないだろう。バルザックは、文学では窮境打開が不可能なのを見抜いた。そこでまたしても例の古い療法を思い出し、裕福な女との結婚を考えた。一方で激しい惚れ方をしているらしい男にしては、甚だ奇妙な思いつきである。バルザックはカストリー侯爵夫人にロマンティックな情熱を燃やすかたわら、早くも春には心と頭の珍しい二刀流で、甚だ論理的かつ真剣にトルュミイー嬢という若い娘に求婚したものだった。そのときちょうど父が死んだので、自由になる財産を手に入れたばかりの女であった。今となっては知るべくもない理由から、この求婚はことわられた。金持の孤児に袖にされたとなると、今度は昔の野心に戻った。すなわち「裕福な寡婦」をめとって心の苛立ちを決定的に落ち着け、後顧の憂いなく仕事に精進しようというのだ。バルザックはヤケ半分、母親ばかりか、年老いた愛人のベルニー夫人にさえ、二度と彼に破産の汚名を着せないよう、できるだけ早く寡婦でもあり高額の金利生活者でもある女を探してほしいと頼んでいる。そして事実、そのような富裕な未亡人が見つかったのだ。ドゥルブルーク男爵夫人といって、おまけに小説家オノレ・ド・バルザックの作品の大の愛好者なのである。バルザックはちょっとした陰謀をたくらんだ。夏、この黄金色のフリゲート艦はサッシェのすぐ近くにある彼女の所領メレに入港する予定だった。そこでバルザックはこの貴重な獲物を捕えんものと、いつでも彼の説得の武器が使えるようにしておいた。突撃を試みる前に未亡人に前もって心の用意をさせておこうというので、ジャルゼの彼女のいま一つの見事な城館《シャトー》へ、切々たる言葉をつらねた献辞を添えて自分の作品をいくつか送った。恐らくそんなふうにすれば、この興味ある若い作家と知合いになりたくてたまらない彼女の気持がいよいよ高まるであろうと考えたのだ。一週に三回、仕事をやめてサッシェから隣の彼女の所領に出かけ、彼女がもう着いたかどうか知ろうとした。

しかし不幸なことに金持の男爵夫人は、いつかなジャルゼの見事な城館《シャトー》から御輿をあげる素振りを見せなかった。バルザックが彼女の年金に惚れこんで躍起になっているのだと睨んだなら、恐らくもっと悠々と構えたことだろう。彼女はさんざん待ちぼうけをくらわした。パリからは毎日督促状が舞いこみ、乏しい小遣銭は日ごとに心細くなっていった。この結婚希望者は初め一二〇フランの金を持っていたのに、いまポケットには銀貨数枚しかなかった。厄介者にならないでは、せいぜいあともう一、二週間しかサッシェに泊ってもいられなくなった。こんなふうだと、救い主の女性と目立たないめぐり会いをする最後の望みの綱も切れてしまうだろう。バルザックはもうどうしたらよいのか分らなかった。絶望のあまり自殺したくなった。

芸術家としての仕事の上でのあらゆる悩み、それと金づまりや係争事件から生れるあらゆる心労、こういう悩みや心労を残らず背負い込むということ、これは世の中におさらばをしたくなるほどのことだ。

にっちもさっちもいかなかったそのころのバルザックの手紙を読むと、こんな恐ろしい狂乱と絶望の状態ではこの芸術家も制作すること、いや少くとも代表的作品を生み出すことは不可能だったに違いないと思いたくなる。ところがバルザックに関する場合、一切の論理的断定は役にたたない。確率があると思われることが起らず、最も公算のない事柄がいつも持ち上るのである。彼が生きている現実と想像という二つの世界は、いわば相互に空気が通わぬように遮断されていたのだ。創作家バルザックは心の世界に専念し、ひたすらそこに籠城しているので、彼の外的存在のまわりに猛威をふるう暴風雨を少しも知らず、また感じもしなかった。幻想家バルザックは、ゆらめく蠟燭の光に照らされて飛ぶように手を動かしながら次々と原稿紙の上に運命や人物を展開していたから、手形支払い請求の訴訟を起され、家具を差押えられる今一人のオノレ・ド・バルザックとは少しも共通点がなかった。現実世界における公私人としてのバルザックの気分や絶望感に露ほども影響されなかった。いやそれどころか反対である。外的な状況が絶望となるまさにそのときこそ、彼のうちなる芸術家はかえって最強の威力を発揮する。外的な困窮にさいなまれると、神秘的な方法でこれを転換して激しい精神集中のきっかけにするのである。

僕の最上の霊感はこれまでいつも極度の苦悶のときに輝いた。

という彼の告白にもまして真実なものはない。

バルザックは、馬車馬のように追い立てられ、駆り立てられ、八方ふさがりになるときだけ、さながら追われた鹿が川に飛びこむように仕事に専念する。人生の途上でにっちもさっちもいかなくなると、初めて自己の正体を見出すのだ。彼の本性の最も内奥の神秘が、雷雨と天候悪変のこの夏にもまして顕著に現われたときは決してなかった。というのは高根の花の侯爵夫人にやっぱり恋文を書きおくったり、一週三度巡礼に出かけて金持の寡婦を待ちかまえたりする一方、また刻々と心細くなってゆく有金を毎日数えたり、母親の一にも二にも金送れの躍起の手紙をパラパラふる雨のように受けとったりする一方、また支払い期限のきた手形をあの手この手と手品を使って延ばしたり、不義理を重ねている出版業者をあれこれ言いくるめたりする一方、そして絶対に信じられない曲芸を使ってどうにも避けられない財政的破綻や世帯の崩壊や市民としての名誉の喪失を一週また一週と延ばす一方に、彼のうちなる今一人のバルザックがまさにその同じ月に、彼がこれまでに書いたあらゆる作品と、同時代の他のすべての作家を一気に凌駕しようとする最も意味深い、最も思想豊かな、最も野心的な作品「ルイ・ランベール」を書いているからである。この作品は彼のあらゆる過去への、――女性の世界の寵児であった浮薄な流行かぶれのロマンティックな作家への訣別の宣言たることを期している。彼に対する世間の風向きがよくなっている現在、そしてなにか手に汗を握らせるような恋愛小説か社会小説を書けば彼の甚だ熱烈に必要としている物質的成功も容易にえられるかもしれない折も折、かえって多数の読者に価値を認められ理解される見込みのまったくない仕事にとりかかったのは、彼の誠実さを証拠立てるものだ。本屋や出版者がウォルター・スコットかフェニモア・クーパー流の新作を熱烈に期待しているのに、彼は全力をあげて純粋に精神的な悲劇に没頭し、精神にのみ支配される人物という構想によって、バイロンの「マンフレッド」やゲーテの「ファウスト」の塁に迫ろうとした。

　ごくまれに少数のものにしかその値打を認められなかったバルザックのこの最も野心的な作品は、より高い意味では未完成の作品である。バルザックは自らの若き日や胸の奥深くの野心や理念を反映するルイ・ランベールの像をかりて、ある大規模な問題で自己の力量をためしてみようとした。徹底的な禁欲によってその集中力を極度に強化高揚した完全な天才人は、もはや地上的には生活力がないかもしれないということを示そうとした。また理念が詰め込まれすぎて過熱すると、脳髄の容れものの頭蓋骨はしまいには過度の圧力で破裂するに違いないということを示そうとした。偏執狂の悲劇はこれまで何度も装いを変えて彼の作品に書かれたが、「ルイ・ランベール」ではそれが知的情熱の分野に移されている。これこそ病理学的なものの限界に触れる問題である。天才と狂気の神秘的な結合というテーマは、バルザックがこの作品で彼の世代の人々よりはるかに先んじて解明した問題であった。

ルイ・ランベールの生長発展とともに彼自らの天才の開花を描いた冒頭の数章において、バルザックはこの小説人物の存在をいかにも本当らしく描くのに成功したが、彼はこの人物に彼の思想の精髄である「意志論」を代って述べさせている。「意志論」というのは、人間の心理的な面と生理的な面の神秘的な交錯関係を決定的に明らかにし、それで人間の本性のヴェールをはぎとろうと考えた例の論文のことである。ルイ・ランベールもまた同じように、「不可能なものを希求し」、認識へのやみがたい衝動の過剰で破滅するが、純粋に構想という点からいうなら「ファウスト」、――バルザックが意識するとしないに拘らず競争しようとした「ファウスト」とこれを対等に見なしても別に誇張にはならない。しかしゲーテが「ファウスト」の制作に六〇年の歳月を費したのに、バルザックは書きはじめて六週間後には出来上った原稿をゴスラン書店に渡さなければならなかった点が二作の宿命的な相違である。そのためこの作品にいわば締めくくりをつけようとして、ルイ・ランベールという人物の大理石の未完成像に、退屈な恋愛物語という粘土を塗りつけてしまった。彼は主人公の哲学説をおしまいに大急ぎで即興的に述べたので、ほかのどの作品よりも一層強く彼の可能性の程度を示すこの作品を、読者は感嘆と同時に遺憾の念をもって眺めざるを得ない。表面完結しているように見えるにも拘らず不完全な芸術品として、これはバルザックの手になる最も天才的なスケッチの域を出ないが、彼の仕事の内部では彼の精神的野心の極致である。

＊

バルザックは過労でヘトヘトになり、七月末出来上った「ルイ・ランベール」の原稿をやっとパリの出版社に送った。——実をいうとこの原稿は、後年あらゆる訂正を加えたにも拘らず永久に未完成で書き損じのままだった。サッシェの六週間は芸術的には十分に活用されたけれども、彼の覚束ない経済状態はどの道変りがなかった。金持の寡婦はやってこなかったし、これ以上友達のところに逗留するわけにも行かなかった。明らかにバルザックは、寛大に手厚くもてなしてくれたこの老貴族に今度は小遣いまでせびって窮境をさらけ出すことを恥かしく思ったのだ。仕合せなことに、彼にはいつもいま一つ逃避先の用意ができていた。親切な友達仲間であるカロー家が喜んで泊めてくれるだろうことを彼は知っていた。同じ貧乏人同士の彼らの前では何も隠す必要はない。有名なオノレ・ド・バルザックたる彼がもはや靴の底革を張り替えるだけの金さえないと、彼らには本当のことを告白してもいいのだ。一二〇フラン持ってパリを飛びだしたが、それが今ではもはやサッシェの城館《シャトー》から駅馬車を利用することさえできないくらい消えてなくなっていた。残りの数枚の銀貨を節約するために、軽二輪馬車と英国産の名馬の所有主だった彼が、燃えるような暑さのなかをサッシェの城館《シャトー》からトゥールまでテクテク歩いて行き、そこでやっとアングーレーム行きの駅馬車に乗り込む始末だった。到着するとすぐ三〇フランをカロー少佐から借りたが、それが彼の最初の仕事だったほど素寒貧になっていた。

カロー一家の人々は自らも幾多の有為転変の経験者だったので、バルザックのへんてこな境遇に心から共感を覚えて笑いこけ、あらん限りの友情を披瀝してできるだけのことをしてくれた。静かな仕事部屋を提供し、夜の四方山話の時間にはにぎやかな親しみ深い雰囲気をつくってくれた。この律儀で胸襟を開いた市民階級の友達と数時間一緒にいるかいないうちに、毎度のことながらバルザックは、どんな伯爵や伯爵夫人のところにいるよりもずっと楽しい気持になった。仕事も流れるようにはかどった。ほんの数日で「棄てられた女」と「滑稽譚」数章を書きあげ、「ルイ・ランベール」の校正を片づけた。もしもパリの母親から金、金、金を要求する手紙が毎朝のようにこなかったら、万事さぞかし素晴らしかったことであろう。債権者たちをもはやこれ以上待たせるわけにはいかなかった。これといった財産もない友人にわずか三〇フラン無心するのにもすでに辛い思いをしなければならなかったのに、いま緊急に必要とする数千フラン、数万フランをどうして工面することができよう。今やバルザックには暗い時が訪れた。家族の「後見」からうまく逃れていたのは、二、三年であった。彼はこの勝利の歳月のあいだ、母親から借りたものはいずれみんな返すと鼻高々と誇示していた。成功に酔いしれ、自らの才能の自覚に目覚め、百万長者はだしの生活ぶりであった。上流階級との縁故を頼りにし、万一の場合には金持の未亡人か裕福な孤児との結婚をあてにしていた。ところがまたしても聖書の放蕩息子のように、暮夜ひそかにわが家の豚小屋に逃げこんで平身低頭、親兄弟の助けを乞わなければならないのである。サン・ジェルマン区の寵児、有名な作家、侯爵夫人のお相手をつとめる騎士ともあろう彼が、あわれな子供、助けを求める絶望した子供のように、「愛する母上」に向って、彼女の保証のもとにぜひとも一万フラン工面の上、自分を公的破産から救ってくれと嘆願しなければならなかった。仕事と名誉にかかわることなのだ。

善後策は奇蹟的にうまくいった。バルザックの母親は旧友のドラノワ夫人を説きふせ、後悔している放蕩息子のために一万フラン立替えてもらうことに成功した。腹ペコの息子がこのパン切れを、したたかなそして辛辣なお小言と一緒に頂戴したことは言うまでもない。彼は家庭のきびしい軛の下に天才の頭を低くさげなければならなかった。贅沢な生活を即座に改めると約束しなければならなかった。恩赦に浴した罪人は、破滅をもたらすような突飛な真似は今後一切やめること、かつて両親の膝下で暮したようにつつましに市民的に緊縮的に生活を営むこと、借金はすべて几帳面に利子と複利をつけて分割払いで返すことをおごそかに誓った。

*

一つの奇蹟がバルザックを救ったが、しかし秩序が彼の生活のなかに座を占めようとするたびに、混沌と困窮を必要とする彼のより深い本能が、新たな不秩序をもってこれに答える。バルザックは燃えるような空気のなかでしか呼吸できないのだ。極端こそいつも彼に打ってつけの尺度である。多血質のお蔭で不愉快なことは不思議と忘れっぽく、焦眉の急を要しない債務は彼にとって存在しないも同然だった。バルザックにしても落ち着いてよく考えれば、財政上の不足額は今度の借入れ金によって少しも減ってはいないと自分に言い聞かせたはずである。事実、小口にしろ頭痛の種だった出入りの商人や空手形の振出し人や下男や仕立屋に対する二、三〇口の債務が、ドラノワ夫人に対する一万フランのただ一口の負債に変ったまでのことだった。それでもバルザックは絞首索が少しゆるんだような気がし、そして一息つけるようになるとさっそく、早くも胸を膨らませるのだった。「ルイ・ランベール」に忙殺され財政上の危機に締めつけられていたあいだはカストリー侯爵夫人のことを考えず、心ひそかにこの勝負は駄目だとあきらめていたのだ。ところが今、負債返却が急を要しないとなると、またもや思い切って最後の賭け金をかけてみたくなるのである。夏のあいだカストリー侯爵夫人は何度も手紙を寄せて、サヴォワのエークスに彼女を訪ねるよう、また伯父のフィッツ・ジェイムズ公爵と三人一緒に秋のイタリア旅行に出かけるよう彼を誘ったのであった。当時バルザックは懐工合が絶望だったので、かようなうまい話に心を向けることすら意のままにならなかった。ところが今ルイ金貨が二、三枚財布のなかで鳴り出すと、もうこの誘惑に抵抗することはできなくなった。つまるところ、ジャン＝ジャック・ルソーの風景のなかのアヌシー湖（事実はブールジェ湖）に人を誘うということには、単なる礼儀以上の意味がありはしないか。そしてこのようなやさしい合図を軽んじてもいいものだろうか。近づきがたいとはいえ、しかし「千匹の猫のように官能的」なことがよく分っている侯爵夫人は、多分パリではゴシップの種になったり人に知られたりするのをはばかって彼を拒んだだけの話だろう。このような神々しい自然の懐では、サン・ジェルマン区の貴夫人も自然の欲求にもっと素直に従うのではなかろうか。「マンフレッド」の作者バイロン卿が幸福な生を楽しんだのはスイス湖畔ではないか。なぜそれがほかならぬ「ルイ・ランベール」の作者には拒否されるのだろう。

　想像力に富む人の場合、希望は容易に幻想となる。しかし芸術家の極めて突飛な夢のなかでさえ、芸術家のうちにある観察家はいつも大きく眼をあけている。バルザックの心中では三つの虚栄が互いにたたかい合った。第一は俗物的虚栄心。第二は幾度となく甘言で彼をおびき寄せるが、いつかな彼のものとならない女を最後には征服してやろうという男としての虚栄心。第三は彼ほどの値打ある人物が社交界の蓮葉女などに愚弄されたくない、むしろこちらから絶交を申し渡してやりたいという虚栄心である。エークスに行ったものかどうかを、彼は腹蔵なく語ることのできるただ一人の女性ズュルマ・カローと、くる日もくる日も相談し合った。この誠実な女友達は、貴族という身分の競争者を本能的に嫌っていたばかりでなく、恐らくバルザックを愛したい気持を抑えつけていただけに、なおさらこの競争者を憎んでいたから、決断のつかない友達に対して見込みのない旅行を思い止まるよう忠告すべきはずであった。サン・ジェルマン区の侯爵夫人が彼の文学にあらゆる讃辞を惜しまないにせよ、恐らく「庶民との恋」でわが身を危うくするようなことはしないだろうと、彼女は信じて片時も疑わなかった。しかし二人でいろいろと話しているうちに、バルザックが彼の意向を支持してくれる鶴の一声をどんなに待ちこがれているかを見たとき、彼女の心で何かが固まった。つまらない嫉妬から絶好の機会を摑むのを思いとまらせたなどと疑われたくはなかった。自分で実地にやってみるがよい。彼の俗物根性がしまいには必然の罰を受けるがよい。彼女はついにバルザックの待望の一言を口に出した。

「エークスへいらっしゃい。」骰子《さい》は投げられた。バルザックは八月二十二日駅馬車の人となった。

*

バルザックは生涯あまりにも庶民であり、百姓の孫でありすぎたので、極めて素朴な型の迷信にとらわれていた。護符を信じ、東洋の神秘的な文字を刻んだ幸運の指輪をいつも指にはめていた。右か左かの重大な決心をするときには、有名な大作家ともあろう彼がパリのお針女とまったく同じで、アパートの六階に住む女カルタ占いとか女易者に見てもらうために回り階段をのぼって行くのである。彼は精神感応《テレパシー》や神秘的な前知らせや本能のもつ警告力を信じていた。この際そのような勧告を尊重していたら、エークス旅行は初めから取止めになったに相違ない。というのは旅行の初めに事故があったからである。彼は当時早くもかなり肥満していた。駅馬を継ぎ替える宿場で御者台からおりかけたとき、馬が馬車をもう一度引っぱったので、バルザックの重い五体はもんどりうって落っこち、鉄のステップにしたたかぶつかった足に骨に達する裂傷を負ったのだ。これがほかの人なら旅行を中止して、とにかく容易ならぬ傷の手当をしたことであろう。しかし邪魔が入るとバルザックの意志は倍加するだけである。応急の包帯をして、車内で長く寝そべったままリヨンに向い、そこからエークスについたが、杖にすがって重たい足を辛うじて引きずるところは、情熱的な恋人にしてはおよそ最悪の恰好だった。

侯爵夫人の、つい人をホロリとさせるような配慮で、彼のために「綺麗な小さな部屋」が用意されていた。部屋は湖と山に面し、眺望は素晴らしくよかった。おまけに宿泊料はバルザックの希望通りできるだけ安くなっていて一日二フランである。こんなに邪魔が入らず愉快に仕事ができたのは生れて初めてであった。しかしこまめな侯爵夫人のこの配慮は同時に用心に外ならないのである。バルザックの部屋は決して彼女自身が泊っているホテルにあるのではなく、そこから二つ三つ通りをへだてていた。したがって晩方の訪問も通りいっぺんの純然たる社交的な域を出ず、親密な交際など望むべくもなかった。

彼は夜でないと侯爵夫人に会おうとしなかったし、また夜でないと実際会うこともできなかった。バルザックは自らに誓ってこの主義を守った。昼間は、厳格な戒律に従って仕事に没頭することになっていた。彼のただ一つの譲歩は、いつもなら真夜中にはじまる一二時間労働を夫人のために朝六時から始めることだった。日の出と一緒に仕事机に向って、夕方の六時まで席をたたない。卵と牛乳が唯一の食事で、一日計一五スー、それを自分の部屋で食べる。この一二時間労働を仮借なく厳守すると、ようやく侯爵夫人に捧げる時間となる。ところが遺憾ながら侯爵夫人は相変らずなびこうとしなかった。あらん限りの友情をひれきするにはした。足の負傷が治らないあいだは馬車にのせてブールジェ湖やシャルトルーズへ案内し、彼の熱狂ぶりを微笑と寛容で受けとめてくれた。よもやまの話がはずむ夜長には彼の処方どおりにコーヒーを作った。娯楽場では上流貴族社会の優雅な友達に彼を紹介した。それどころか、公式の名前のアンリエットの代りに、もっと私的な、しかも一番親しい友達にしか許さない呼び名でマリーと彼女を呼ぶことを許した。しかしそれ以上大して許しはしなかった。バルザックは早くもアングーレームからルイ・ランベールの燃えるような恋文を、言々句々彼女自身あてのものと感じなければならないような形式で送っておいたのだが、なんの役にも立たなかった。パリから大急ぎで黄色の手袋半ダースとポマード一壺、ポルトガル髪油一罎を自分用に送らせたが、なんの役にも立たなかった。彼女は相手の幾分馴々しい振舞いを辛抱づよく許すばかりでなく、ときにはそれを挑発さえするので、彼にしてもその点いささか望みがありそうだという気がたびたびするのだった。

　彼女の活発な表情的な眼つきや、甘い声や、やさしい言葉などのなかには、あらゆる恋の歓びが萌芽の状態で存在していたのであった。彼女のなかに品のよい娼婦がいることは歴然としていた。　（「ランジェー公爵夫人」）

　湖畔のロマンティックな散歩の際に、奪ったのか許されたのか、接吻まで行ったこともあった。しかしバルザックが愛の最後の証拠を要求すると、すなわち「棄てられた女」と「三十女」の作者たるこの恋愛吟遊詩人《トルバドゥール》が「風流滑稽譚」の硬貨で支払ってもらおうとすると、渇望の的の女は最後の土壇場でいつもまた侯爵夫人にかえってしまうのだった。夏は早くも終り、ロマンティックなアヌシー湖畔の木立はいつか紅葉し、葉を落としはじめた。しかるに今様サン・プルーと彼のエロイーズとの関係は、半年前サン・ジェルマン区のカステラーヌの御殿の天井の高い冷たいサロンで語り合ったとき以上には依然として進まないのである。

＊

夏もすぎ、散歩道をぶらつく人影もまばらになり、上流社会の人たちも引揚げの準備をしていた。カストリー侯爵夫人もその例にもれなかったが、しかしパリに帰る気はなかった。伯父のフィッツ・ジェイムズ公爵とさしあたり数ヵ月のイタリア旅行に出かけて、ジェノヴァやローマやナポリを訪れたいと思っていた。バルザックも一緒に行かないかと誘われたが、決心がつかなかった。永遠に無駄な求婚をつづけて思い悩んでいるために、自分がどれほど沽券にかかわる状態に落ち込んでしまったかを見損なってはいなかった。それはズュルマ・カロー夫人にあてて、「僕のエークス行きをどうしてとめて下さらなかったのです。」と書いた絶望的な調子からも伺える。彼はまた「イタリア旅行は費用がかさみます。おまけに時間つぶしですし、この旅行は駅馬車のなかで何時間も幾日も仕事を無駄にするということですから二倍も高くつきます。」と言っている。しかし一方芸術家というものは「旅行で見解を拡げる」ものだし、「ローマやナポリを見物すること、しかも聡明で優雅な婦人、みなに愛される婦人と一緒に、しかも侯爵の馬車に乗って見物する」ということは、芸術家にとってなんという誘惑だろう。バルザックは今一度心中の予感とたたかったが、ついに誘惑に負けた。十月初め三人はイタリア旅行の途についた。

ジュネーヴは南方旅行の最初の宿場であるが、バルザックにとっては最後の宿場となった。詳しい事情は何も分からないが、侯爵夫人との対決が行われたのがそこなのである。彼のほうから一種の最後通牒を突きつけたらしく、彼女は彼女で今度は侮辱するような態度で肘鉄砲をくらわしたに違いない。侯爵夫人は疑いもなく彼の一番痛いところ、男としての、もしくは人間としての名誉心と虚栄心を突いて、甚だ残酷に彼を傷つけたに相違ない。というのは無気味なほど激昂し、激しい羞恥の念に燃え上った彼が、幾月ものあいだ彼を愚弄した女に復讐を誓って、急いで一気にジュネーヴを引き上げたからである。そのときからすでに彼は、事件を公然としかも率直に描写してこの屈辱の返報をしようと考えたらしい。のちに彼は、最初「斧に触れるな」と題したまったくの失敗作の長篇「ランジェー公爵夫人」を書き、あまり上品でないやり方で事件の全貌をパリ中に明らかにすることになる。二人は政略上、ある程度なお表面的な社交関係を続けた。バルザックは、彼女の肖像を描いた右の小説を現実のヒロインの面前で朗読したいと騎士的な意志表示をした。すると侯爵夫人はもっと気高い仕草でこれに答え、彼女という人間についての、お追従など薬にしたくもない性格描写をそのまま承認してやった。その後カストリー侯爵夫人はサント・ブーヴを彼女の文学的懺悔聴聞僧かつ話し相手に選んだ。そこでバルザックは断乎として宣言した。

僕は自分にこう言い聞かせた、僕のような生活はどんな女の子とも引っかかりをもってはならないと。僕は僕の運命を大幅に辿るべきで、女の帯より今少し高いところを見るべきだと。

＊

一切の警告を無視して騒ぎまわったあげくに石にぶつかり、血を流しながら恥かしそうに母親の胸に逃げかえる子供のように、バルザックはジュネーヴからパリにも立ち寄らずにヌムールのベルニー夫人のところへ直行した。ベルニー夫人の懐に戻るのは、今度のことを告白し、同時にそれに決着をつけるためだった。ただ虚栄心から手に入れたいと思っただけの女、それを胸算用でか関心がないためか、いずれにせよ彼に肘鉄砲をくらわした女から、彼にすべてを捧げ、愛や忠言や金銭などすべてを与えてくれた女、しかも彼をすべての上におき、夫や子供や世間的な名誉の上においてくれた女のもとに逃げかえったのだ。初恋の女のありがたみがどんなであったか、また現にあるかを、夫人がもはや慈母のような友人でしかない今ほどしみじみと感じたことはなかった。どれほど感謝しなければならないかを今ほど強く感じたことはなかった。その感謝の念をそれにふさわしく表明するために、彼は生涯を通じて最愛の作品だった「ルイ・ランベール」を、巻頭の「今こそ、また永遠に、わが選びし女人に捧ぐ」という献詞とともに彼女に捧げている。

第十章　バルザック自己の秘密を発見す

バルザック自身の言葉を信じるなら、カストリー夫人との事件は不治の痛手を彼の心に負わせた悲劇だったようである。

僕はカストリー夫人を憎む（と彼は悲痛な調子で書いている）。別にいま一つ生活を与えることなしに僕の生活を破壊してしまったのだから。

そして今一人の未知の女性通信者にはこんなふうにさえ書いている。

この人の意志によってまったく一点非の打ちどころない状態のままで終ったこの交際は、僕の生涯の最大の悲しみの一つです。

自分の生活を「小説化された生活」に常習的に改作する男が、書簡の形式でこのように超戯曲化したことを述べても、われわれはそんな誇張には慣れっこにならなければならない。カストリー夫人はきっぱりことわることによって、バルザックの男としての誇りと俗物的な虚栄を疑いもなく手きびしく傷つけた。しかしこの男の個性は非常に深く根を張っているし、また極度に自己中心的な人物だから、一女性の諾否が彼の「生活を破壊してしまった。」などとはとんでもない話である。カストリー夫人との事件は災難ではなく、人生のエピソードにすぎなかった。バルザックは未知の女性たちへの浪漫的な告白でそういっているほど実際には憤激したり絶望したりはしていない。彼は、「ランジェー公爵夫人」で彼の役目をつとめるモントリヴォー将軍のように、男たらしの貴婦人に灼熱した鉄器で烙印をおそうとは毛頭考えなかった。復讐を叫ぶかわりに悠々と文通による接触をつづけ、訪問を重ねた。小説「ランジェー公爵夫人」のなかで暴風や颶風、雷雨や悲劇のように装って描かれたものは、実際には徐々にしかも静かに「礼節ある淡い交わり」に変っていった。遠慮なくいうとバルザックは、自分自身を描写するときは決して本音を吐かなかった。小説家として彼はすべてを誇張し、職業柄すべてを買い煽る。だれか人にめぐり会うたびごとに、そこから最大限の可能なものを取り出そうとする。絶えず活躍している彼の作家としての想像力が、彼自身の存在にからまる現象を前にして突然無関心となり、無力となり、創造力が枯れてしまうとしたら、それこそ辻褄の合わない話ではなかろうか。

バルザックの伝記作者は、したがって彼自らの証言に反対のことをしるさなければならない。さる侯爵夫人がフランスで「些細なこと」と呼ばれているものを拒んだというそのちょっとした事実が実は命とりの心臓病の発端となったのだと彼は妹に断言しているが、伝記作者は作家のこの悲愴な言葉に幻惑されてはならない。実際バルザックがこの時代ほど健康で精力的で勤勉で創造的で生を肯定していたことはなかったのだ。彼の作品は言葉や手紙よりも一層この間の事情を証明している。三年間に創作したものだけでも、ゆうに一作家の一生の仕事に匹敵するといっても過言ではあるまい。またそれだけの作品でも彼を当代一流の芸術家に仕立てたことであろう。しかし彼の力量は極めて巨大、不撓不屈であり、心の持ち方たるや極めて大胆不敵だったから、これらすべての作品を「十九世紀の風俗史家」となるという、彼本来の課題のほんの振出し、予備的仕事としか見なさなかった。

＊

まず「ふくろう党」「結婚の生理」「あら皮」、それともっと感傷的なフォーブール・サン・ジェルマン物の小説で成功して以来、バルザックはおのれに力があり、しかも強大な力さえ恵まれていることを知った。彼は自分の力のほどを知った。彼の天与の才がもともとと文学にあることを知り、またナポレオンが剣でもってしたように、筆でもって世界征服ができると感じてわれながら驚いた。もし成功することだけが問題なら、――彼の手紙を読むとしばしばそうではないかと思われるのだが、――金儲け、すなわち数十万フランや数百万フランの儲けが唯一の中心問題なら、読者に受けることが必定の甘い読みものだけを続々と書く必要があったろう。方々の国々の婦人読者たちは彼にあくまでも忠実だった。だからその気になりさえすればサロンの花形にも、幻滅に悩む女性の偶像にも、孤独の女の寵児にもなれ、もっと寡欲な同輩のアレクサンドル・デュマやウジェーヌ・シューの競争者になって成功することもあながち不可能ではなかったろう。しかしおのれの力量を意識したとなると、もっと大きな功名心が胸のなかに湧きあがった。もっぱら筋の面白さに熱中するとか、感傷性におぼれるとか、そんなことしか求めない読者を失う危険を冒してまで、この時代かえって彼は読者からあえて遠ざかるのである。彼はわれながら自己の才能の弾力性に驚き、自己の限界や、自分としてできることを知ろうとした。彼自身は執筆中、彼の容量が広大無辺で一つの世界を完全に収容できることを感じていつもびっくりするのだった。

一八三二年から三六年に至るこの時期の作品は第一に多種多様ということで人目を引く。まず最初誰しも「ルイ・ランベール」と「セラフィタ」の作者が放縦で好色寸前の作品「滑稽譚」の作者だと推測するものはあるまい。しかもなお一層意外なのは、これらの作品がまったく同時に書かれたものであり、またバルザックが同じ日のうちに「ルイ・ランベール」の校正をする一方で「滑稽譚」の何章かを実際に書いたという事実であろう。このようなことは自らの真価をたしかめるための、また後年の創作のためにいわば空間をひろめるための、そしてどの程度の高低を把握できるかをまのあたり見きわめるための試みとしてしか説明し得ない。建築家が最初に間口奥行高さ大きさを調べ、張力はどれほどかを計算してから初めて将来の建物の設計図の仕上げをするのと同じように、バルザックも自らの力量を概算し、その神聖な『人間喜劇』の大工事に着手できる基礎をつくったのだ。

*

まず第一にバルザックは「滑稽譚」で腕だめしをした。ラブレーばりの文体で、しかもお手製の「古いフランス語」で書いたその茶番狂言は純粋の作り話や説話であり、しかも二番煎じの請売り説話である。彼の気分と豪放さはそこで縦横無尽の活躍をしているが、努力のかけらさえ見られない。少しも思惟したり観察したりはしていない。思いつきの単なる戯れが支配している。至極あっさり書き流してあるが、彼がその気軽さをどんなに楽しんだかが感じられる。彼のうちなるフランス人、庶民、男性が、明朗で気ままな官能ににじみ出ている。検閲をなぶりものにして面白がっている。彼はここでついに彼の気性を勝手に振舞わせたのだ。彼のあらゆる作品のうちでこの作品こそ、唇の肉感的な、太っちょで赤ら顔のこの男に一番打ってつけである。サロンではゲラゲラと下品に聞える彼の笑い声、カンだかいその高笑いがここでは蒸留されてシャンパンになっている。これは気軽な時間のバルザックである。そしてもし彼が人生の荒波に翻弄されなかったら、またもっとのんびりと呼吸させてもらえたなら、内容見本で読者に予告した通り「滑稽譚」を一〇〇篇つくって、三〇篇しか書かないというようなことはなかったであろう。

*

　これは彼の天才の下位の限界である。道楽の極致と自由と放縦の限界であり、彼の気質に献じた貢ぎ物である。しかし彼は同時におのれの力量の最高の上昇限度を「哲学的」と呼んだ例の作品のなかに探し求めた。感傷的な女人像を描いて女性読者に涙を流させた「ハンカチの成功」だけでは、功名心のとりことなったいま満足できないことを示そうとした。彼はおのれを知ってからというもの、もはや人から誤解されるのはまっぴらだった。一人前となり、自己の力を十二分に感じている今、それが社会的、哲学的、宗教的いずれの問題にせよ、人間性に関する最も決定的な問題を扱うことによって小説を高い芸術に高めようとする課題が、彼のような地位にある小説家のなすべき仕事であることを証明しようとした。彼は、社会のなかにとどまり、その法律に従い、その因襲に同化している人間を、平凡中位の理性の枠外に立つ偉大な人物と対比させようとした。また月並の仲間から離れて敢然と孤独に没入するか、もしくは創造的幻想の牢獄に閉じこもるあらゆる人たちの本当の指導性と悲劇を描こうとした。バルザックが自らの人生に敗北の苦杯をなめた時代は、同時にひどく大胆不敵な時代でもあったのだ。

これらの作品でバルザックは、自らに最高の、もともと解決できない問題を課した人間を描こうと考えた。彼は、過度の緊張のために破滅した人々や現実との接触を失った天才たちを描こうとして、あらん限りの努力を傾けた。「ルイ・ランベール」はこの領域の最初の試作である。主人公ルイ・ランベールは人生の究極の問題を解決しようと試み、あげくのはてに発狂する哲学者である。この主題は今後もずっとさまざまに形を変えて使われることになる。彼は「知られざる傑作」において、完全を求める衝動、いやむしろ完全化そうとする妄想のお蔭で、すでに完成したものをより高度に完全ならしめようとし、その精一杯の努力がいわば素材を滅茶苦茶にしてしまう画家を描くであろう。彼の描いた音楽家ガンバラは彼の芸術の限界を踏みこえる。そこで自作の音楽の和声を聞くことのできるのはもはや彼自身だけとなる。それはルイ・ランベールがただ一人おのれの思想を理解し、「知られざる傑作」のフレンホーフェルただ一人がおのれの幻想を理解するのと同じである。「絶対の探求」の化学者クラースは始源元素の探求の途上で破滅する。彼らはみな極限を探求した精神のイカロス型人物である。

バルザックはこれら芸術と科学の天才を描いたほかに、同時に「田舎医者」と「セラフィタ」において道徳と宗教の天才を描いた。「田舎医者」は間接にはカストリー侯爵夫人を訪ねたお蔭でできた作品である。ある日の遠足にともにダグー伯爵夫人を訪ねた際、ローム博士というその土地の医者の噂を聞いたことがあった。博士はその人間的で人道主義的な人格と活動によって、荒廃した土地に植民事業を起し、零落に瀕した全農民を再び思慮深く効果的に活動できるように教育した人である。壮大な景色と一体になったこの話はバルザックに強い感銘を与えた。そしてジャン＝ジャック・ルソー式の風景に霊感を受けて、いわばルソーの改革的野望が彼の心にひらめいた。彼はほかの作品では単に社会の批評家にすぎなかったが、この作品ではもっと建設的に動いて、社会問題を解決しうるやもしれないような計画を立てた。彼は、実世界においても創造の余地の存することを示そうとした。すなわち真の天才は不朽の典型的名作を音や色や思想を用いて創造するばかりでなく、人間というもろい材料を使っても創造し得るものだということを示そうとした。

セラフィッス・セラフィタの試みは恐らく一層大胆不敵なものであろう。「田舎医者」のベナシス医師は俗世間と社会から隠遁して、一途によりよい世界をつくろうとするが、バルザックはセラフィタという人物においてあらゆる現世的な拘束から完全に逃れたところの、そして性的属性のかけらさえない程度に「知的愛情」が昇華された人間を描こうとする。現実的な思想家バルザックはベナシス医師の人物に託して驚くべき博学ぶりを発揮して実際問題を解決しようとしたが、今度はこの作でスヴェーデンボルグ流の神秘的理念圏に眼を転じている。

最高の意味では「田舎医者」と「セラフィタ」の二作はどちらも成功していない。バルザックはそこで大いに得意の鼻をへシ折られたが、この失敗は根拠のないことではない。両作品ともあまりにも軽々しく書きすぎたのだ。現実家たる彼が宗教的になろうとすると、心にもない空念仏をとなえることになる。とりわけ永遠の問題の究極的解決をはかろうとするような作品は、稿料を前借した上で新聞の連載物として書いたりしてはならないのである。「ルイ・ランベール」と「セラフィタ」は彼の最高の作品ではなくて、最高の努力を捧げた作品であるにすぎない。まさに天才だけが他の天才を描写することを心得ているように、彼は天才を理解し、そしてそれを描いたのであった。彼が芸術家として芸術家を描くときだけ、その作品は成功した。「知られざる傑作」は最も純粋な傑作の一つとしていつまでも残るであろう。しかし哲学は性急と合わず、宗教的感情は焦躁と調和することはない。これらの哲学的作品が示すものはもっぱらその驚嘆すべき展開と、未曽有の知識と、多方面性とそれに究極の問題つまり宗教問題をも含めてあらゆる問題に対処できる彼の精神の弾力性である。バルザックはここで彼の最高の段階に達したのである。

＊

純然たる物語作者と思想家の中間に人生観察者としてのバルザックが介在する。——彼の真の地盤は現実世界である。さればバルザックは「彼の時代の歴史家」となるような小説の分野で、見事に釣合いのとれた本領を発揮する。最初に大成功を収めた作品は「シャベール大佐」であった。その頃の次の成功作は「ウジェニー・グランデ」だった。彼は、それ以後ずっと彼の作品を支配することになる法則を発見した。すなわち極めて少数の登場人物に限られるだけに一段と強められた活力で、現実を表現することである。それまで彼は、一方で歴史の衣を着せ、他方で幻想的なものや神秘的なものに助けを求めるというふうに、浪漫的なもののなかに小説的なものを探していた。「あら皮」「セラフィタ」「ルイ・ランベール」がこの種の作品である。しかし今や彼は、現代史を正しい角度から観察すれば、そこにはまったく同じように多くの強烈なものが含まれていることを発見した。問題はテーマや装飾や衣裳の襞づけなどにあるのではなく、一にかかって内的な活力にあるのだ。もし作者が人物を十分緊張させることに成功するならば、同じような効果がもっと真実なもっと自然な方法で得られる。強烈さは多彩な雰囲気の配合や小説の筋にあるのではなく、いつも人物のうちにだけ存するのだ。素材などというものが特別にあるのではなく、一切が素材なのである。「ウジェニー・グランデ」の葡萄づくりのグランデのみすぼらしい屋根の下にも、「三十女」の海賊船の船室のなかに負けない緊張状態の可能性が同じようにひそんでいる。いつもは平凡で少々単純な小娘ウジェニー・グランデが、締まりやの父親に睨みつけられながら愛する従兄のシャルルのコーヒー茶碗に一塊の砂糖を余分に入れてやるとき、彼女は軍旗を手に勇躍ロディの橋を強襲するナポレオンとまったく同じような勇気を発揮する。弟の債権者たちをたぶらかそうと懸命になる老守銭奴グランデは、ウィーン会議のタレーランとまったく同じように、夥しい奸策を弄し、如才なくねばり強く振舞う。いやそれどころか、タレーランはだしの天才ぶりすら発揮する。決定するのは環境ではなく活力である。一二人の若い学生が席を並べる「ゴリオ爺さん」の下宿ヴォケール館は、ラヴォワジェの実験室やキュヴィエの研究室とまったく同じほど強烈な活力の中心である。したがって創造するということは、正しく観察し集中し強化し、最大限を引き出し、すべて情熱のとりことなっているものの情熱をあばき、いかなる強者にも弱点を認め、眠っている力を明るみに出すことである。「ウジェニー・グランデ」はかかる方向への第一歩であった。生一本で信心ぶかいこの娘の献身ぶりは大いに高揚されて、殆ど宗教的にさえなっている。グランデ老人の貪欲は、醜い婆やの忠勤ぶりとまったく同じほどすさまじく魔神的である。「ゴリオ爺さん」においても子供たちに対する愛情は、まったく同じように創造的な力となり偏執狂にさえなっている。どんな人物もすべて正確に観察され、彼らの秘密はあばかれている。作家というものはこれら人物をお互いに活躍させ、いろいろ違った世界を入りまじらせ、見たままに善を善とし悪を悪とし、臆病や奸策や卑劣をなんら道徳的な強調を加えずに力として受け入れなければならない。強烈さが一切である。それをおのれのうちに持ち、かつそれを認識できる人が作家である。

*

この時代にバルザックは大きな秘密を発見した。あらゆるものが題材である。現実は、それを発掘する手段さえ心得ているならば無尽蔵の鉱山である。正しい角度から観察さえすればよいのだ。すると観察される人間はすべて『人間喜劇』の役者となる。貴賤の別はない。あらゆるものを選ぶことができ、そして——これこそバルザックにとって決定的なことだが、——あらゆるものを選ばなくてはならないのだ。いやしくも人間世界を描こうとするほどのものは、そのどんな光景をもないがしろにするわけにいかない。だから画家、弁護士と医師、葡萄栽培者、アパートの番人の女房、将軍と軽歩兵、公爵夫人、とるに足りない街娼、水汲み人夫、公証人と銀行家など、社会のあらゆる階層が代表されなければならない。それというのもこれらの階層はすべて相互に作用し合い、お互いに接触しているからである。同様にあらゆる性格、すなわち野心家と単なる守銭奴、陰謀家と正直者、浪費家とガリガリ亡者、要するに人間という種属のあらゆる変種と、その演じる芝居のあらゆる種類が描かれなくてはならない。必ずしも絶えず新しい人物を考え出す必要はない。適当にグループ別にすれば、同じ人物を何度も用いることができるのだ。この途方もなく広い世界を個々の作品の狭い枠のなかに無理に収めるためには、全医師階級のかわりに一、二人の医師を、全銀行業者に代って一人の銀行家を登場させて差支えない。この豊富な題材を使いこなすためにはやはり一つの計画、つまり一生の計画、仕事の計画を、是が非でも立てなければならないという感じがバルザックの心のなかでますますはっきりしてきた。また真の小説家である以上、多くの作品をただ並べておくべきでなく、それらを打って一丸としなければならないことを痛感した。したがって「ウォルター・スコット、プラス建築家」にならなければならないと考えた。「個人生活の描写」だけでは十分でなく、肝心なのはそれら描写間の相互関係であった。

　バルザックは『人間喜劇』の構想をその完全な広さにおいてはまだはっきり自分のものにしていなかった。これから一〇年してようやく計画の全貌が彼の心に明らかになる。しかし次のことはすでに彼にとって確実だった。すなわち彼の作品においては一作また一作と平面的に並べることは許されず、順に階段的に組立てなければならないということだった。彼の作品が実際にもつことになる規模についてはまだ知らないままに、一八三四年十月二十六日こう書いている。

一八三八年にはこの巨大な作品の三部門も、完成とまではいかなくても少くとも幾重にも積み重なって、その全体が想像できるようになるだろうと思います。「風俗研究」には生活のどんな状況も、男なり女なりのどんな風采や性格も、どんな暮し方、職業、社会層も、フランスのどんな地方も、さては少年期、老年期、壮年期、政治、司法、戦争のどんな事柄も忘れられることなく、あらゆる社会的結果が描き出されるでしょう。

そうときまれば、丁寧に描かれた人間の心の歴史、あらゆる部分までもれなく書かれた社会史、これが土台となります。その歴史は架空の事柄ではなく、いたるところに起る事柄でしょう。

さてそこで第二段は「哲学的研究」です。結果のあとには原因がくるでしょうから。僕は「風俗研究」では感情とその働き、生活とその歩みを描いておくでしょう。「哲学的研究」では感情は何がゆえに、生活は何にもとづいてということ、またそこを越えたら社会も人間も存在しないような部分や条件とは何かを語るでしょう。そしてそれ（社会）を描写するためにへめぐってから、今度はそれを批判するためにへめぐるでしょう。だから「風俗研究」には典型化された個性があり、「哲学的研究」には個性化された典型があります。こんなふうに典型は個性化することにより個人は典型化することによって、僕は典型から個人まで、いたるところに生命を与えてしまうでしょう。（……）次に結果と原因のあとには、「結婚の生理」が属する「分析的研究」がくるでしょう。なぜなら結果と原因のあとでは原理が探求されなくてはなりませんから。風俗は見世物であり、原因は舞台裏、からくり仕掛けです。原理とは作者のことです。しかし作品は、思想の高い場所に渦巻の形で届くにつれて引き締まり、凝縮します。「風俗研究」に二四巻必要なら、「哲学的研究」には一五巻しかいらないでしょう。「分析的研究」には九巻しかいりません。こうして人間、社会、人間性は、西洋の「千夜一夜」のようなものになる一作品のなかに重複なく描写され分析されるでしょう。
すべてが終ったら（……）、これが最後に櫛の目を入れたら、僕のしたことが正しいか間違いか、いずれともきまるでしょう。しかし詩的なものを書き、一体系を明らかにしたあとで、僕は「人力についての試論」で学問めいたことをやるでしょう。そしてその宮殿の土台に、子供でよく笑う僕は「滑稽百譚」の素晴らしい唐草模様を描いておくでしょう。

そして彼は前途に横たわる仕事に熱狂する一方、恐れをも抱いて叫んだ。

これがおれの仕事、眼の前に口をあけている奈落だ、噴火口だ。これが題材だ。これをもとに小説をつくるのだ。

一生の仕事を眼の前に控えているという意識が、それ以後バルザックの生活を規定する。一、二年前はまだ文壇に打って出たばかりという気がしていた彼も、自分には特有の力があり、かつ自分の使命は偉大だという感じから、青銅のように固く、もはや何物をもってしても揺り動かすことのできない自意識を抱くに至った。一八三三年九月にこう書いている。

> 僕はヨーロッパの知的世界を支配したいと思います。向う二年間なお辛抱し、仕事をつづければ、僕の両手をしばりあげ、僕が高く飛ぶのを遅れようとする連中の頭を踏みつけて歩くことになるでしょう。迫害や不正は僕に青銅のように固い勇気を与えます。

眼の前にはなすべき仕事があり、背後には読者がいることを知った。そこで何人とも協定を結ぶことをやめ、二度ともう出版業者や新聞の希望に迎合すまいと決心した。ちょっとした不快や忌わしい目にあっても、もはや微動だにしなかった。彼は出版屋にいろいろ条件を出して書きとらせる。しかし業者が彼の希望や要求を完全に容れないときは躊躇なくそれからそれと相手を変えた。パリの評論雑誌が彼に対して無礼な振舞いに出ると、たとえそれが最も有力な雑誌であろうと、またその際彼の財政的困難がどんなにひどかろうと、寄稿関係の解約を通告し、世論を支配していると自惚れているジャーナリストたちの軽侮の念とともに背中をむけた。よしんば彼らが個々の作品をどんなに悪くいおうとも、ますます広く思い切った規模で彼の行く手に見えてくる彼固有の包括的な作品の邪魔をするにしてはまことに無力なのだ。たとい彼らが機知縦横の小記事でさんざん彼を攻撃し愚弄し嘲笑しようと、また悪意の逸話をでっちあげて物笑いの種に供しようと、または彼の戯画を雑誌に載せて引きずりまわそうと、それに対する彼の復讐は創造者らしい復讐となるだろう。すなわち彼の小説中にこれら一味徒党の力と同時にその無力とを描くことになる。「幻滅」のなかで、こうした連中による世論の組織的腐敗と、名声と精神的価値を対象とする彼らの仲買人的取引を、不滅の文字で世紀の壁に描くことになる。債権者が彼との折衝に手形と告訴を持ち出しても、また家具を差押えても、――彼が打ち立てようとする世界から石一つ、土くれ一つ運び去ることはできなかった。一つの作品についての計画と能力がここにととのった今、もはや何者も彼を揺り動かすわけにはいかないだろう。たったひとりの男が大胆にもその作品の下図を引いたが、たったひとりの男がその作品を支配することができるのだということを彼は知っていた。そのひとりの男とは、――彼。

第三篇　小説を地で行く

第十一章　未知の女

バルザックがついに今、はっきり行く手に見た課題は途方もなく大きなものだった。そしてバルザックは、

ヨーロッパ文壇の首座につき、バイロン、ウォルター・スコット、ゲーテ、ホフマンにとってかわるために

しなければならない仕事の量、というよりむしろその際限なさについて思い違いはしなかった。

勘定してみると少くとも六十歳までは生きなければならない。これからほぼ三〇年のあいだ、一年といわず一月といわず一週間といわず、厳密に考えれば一日といえども無為にすごすことは許されない。幾晩も幾晩も書き物机にかじりついて、一六頁分一台を次々と

書きまくり、一冊また一冊と書きつづけなければならないのだ。娯楽とか慰みの時間は残らないだろう。借金がすっかり消え、待望の数十万フランがなだれこんでくる日が訪れたとしても、そんなものを享楽する余裕はないだろう。バルザックは、このような課題が要求する享楽の放棄がどんなに高いものにつくか知っていた。頭脳と睡眠と体力と全生涯をこの仕事に賭けなければならないであろうことを知っていた。しかし彼はたじろがない。それもそのはず、仕事こそ同時に楽しみなのだから。そしてエネルギーをこのようにのべつ緊張させているうちに、初めて自分の活力を自覚し享受するようになった。しかしこの戦いに勝ちぬくためには、いま一つ必要なことがある。すなわち足もとを少し確かにしておくことだ。全生涯を賭けなくてはならない仕事にとりかかったまさに今こそ、人生の原始的、根源的事実への欲求がますます激しくなり、いよいよもって我慢できないものになった。妻をめとり、家庭をもち、そしてもはや血の要求に圧迫されず、もはや債務に追い立てられず、もはや出版業者と戦う必要がなく、乞食然と前払いをしてもらわず、まだ書きもしない原稿を早くも大安売をするには及ばないそんな生活を送りたかった。永遠に狂奔し、永遠に駆り立てられる状態では、もはや暮したくないのだ。執達吏の手からまんまと逃れるための詭計や対策を弄することに精神力の三分の一を浪費するようなことはせずに、全力を建物の美しさによるよりはむしろその材料の夥しい量によって一層永続的な記念碑的大建築に捧げることだ。

あらゆる緊張を仕事の面に集中するために、外的生活ではくつろぎたかった。自らの創造になる世界で安らかに生きるために、現実の世界では面倒な生活をしたくなかった。課題を克服するためには結局「妻と財産」という、昔からの望みが満たされなければならなかった。

しかし彼の官能を静め、借金を片づけ、仕事の保護者となるほど、これらすべてを彼の生活に持ち込むばかりでなく、その上に貴族の血統とまばゆいばかりの礼儀作法で彼のうちなる不治の俗物根性を満足させてくれるような女性をどうやって見つけたものだろう。一日一六時間も働く彼にはそんな女を探すひまがないから、どうやって見つけたものだろう。おまけにバルザックは目が鋭かったから、自分がサロンで本職の伊達男と並ぶと風采は庶民まるだしだし、行儀は悪いし、彼らとは大いに不幸な対照をなしていることを知っていた。トルュミイー嬢には肘鉄砲をくった苦い経験があった。カストリー侯爵夫人とのアヴァンチュールでは、あらん限りの情熱を傾けても結局自分は魅惑的な人間にはなれないという教訓を学んだのであった。誇りが強すぎ、同時にまた内気でありすぎたので、まだるっこい求婚によってあたら時間を、――かけがえのない時間を浪費したくなかった。しからばほかに誰が彼のために女を探してくれるだろう。よき女友達のベルニー夫人は五十四という歳にも拘らず、自分の後釜を選ぶ気持などにはなっていない。一方いま一人の友達の優秀なズュルマ・カローはというと、みすぼらしい田舎のプチ・ブル仲間のなかから貴族で大金持の女などどうして探し出すことができよう。それには奇蹟でも起らないかぎり到底見込みがない。彼は探すひまも勇気も機会も持ち合せていないから、彼の夢みる女のほうが進んでバルザックその人を探さなければならないだろう。

論理の法則によればそんなことは期待できないことだ。ところがバルザックの生涯では、ありそうもないことがかえっていつも事実となるのである。彼を個人的に知らずに、――というか恐らく彼の人となりをまったく知らないからこそ、そしてただごひいきの作家についてロマンティックな突飛な観念だけをもっていればこそ、婦人読者はバルザックに呼びかけるのである。女性からの手紙が絶えなかった。一日に二、三通くることさえ稀ではなかった（そのうち現存するものが沢山ある）。バルザックに手紙を寄せるのは女の愛読者だけで、それも物好きな、往々何かことあれかしと思っている女にきまっていた。相手と知合いになったそもそものきっかけが郵便集配人のもたらした一通の手紙だったというような例は、何もカストリー侯爵夫人ただ一人の場合だけではないのである。情の深い数人の女友達は、――大抵はルイーズとかクレールとかマリーとかいう呼び名しか知られていないが、――初め匿名の手紙を寄せてから、しまいには親しく彼の家を訪れている。そしてその一人は彼とのあいだに私生児さえ儲けている。しかしかような単なる情事の代りに、真の愛情もこのような手紙から芽ばえることはないだろうか。

そんなわけでバルザックは特別念入りに婦人読者の手紙を読んだ。それらの手紙は彼の、女には大いに人気があるかもしれないという感じを強めた。そしてそういう手紙の調子や文句で心理的好奇心をそそられるたびに、彼は長々と返事をしたためた。同時代の最も著名な人たちにさえぞんざいきわまる手紙しか書かなかった彼が、である。幾日も書き物机にわれとわが身をしばりつけ、終日カーテンをおろして町や世間を垣間見ることさえしない男にとって、このような手紙が舞いこんでくるときは、ちょうど風が心地よい誘いの香を部屋に吹き入れたような気がするのである。バルザックは彼についての評論や公式の評価によるよりも、むしろ女性読者の手紙によって一層具体的に次のことに合点がいった。つまり彼自身を中心として震動が伝わって行くということ、そして女性というこの世で最もデリケートなものがその震動に一番敏感だということ、これである。

仕事に追われているとき、バルザックは往々それらの手紙をわきにおいて読まなかった。ロシアからきたその手紙も初めはそんなふうにしてほっておかれた。この手紙は「知られざる神々より」というラテン語のついた紋章で封印され、いわくありげな「異国の女」という言葉で署名してあり、バルザックが初めてカストリー侯爵夫人からサン・ジェルマン区の邸宅を訪問するよう誘われた宿命の日の一八三二年二月二十八日に届いたのである。しかしこの手紙はその後バルザックの全生涯を決定することになるであろう。

＊

バルザックその人といえども浪漫的な恋愛小説の発端として、この手紙の誕生にからまる事情以上に喜劇的で異国的な筋は考えつけなかったろう。この女性の外部の状況は次のようなものだった。――ヴォルヒニアにある城館《シャトー》、だだっぴろい場所にポツンと立っているだけにいよいよもって堂々とした印象を与える、あの両翼を横に広く張り出した貴族の館《やかた》の一つである。近くに都会など一つもなく、正しい意味での村もなく、低い藁葺屋根の農奴の小屋があるばかり、周囲は見渡すかぎりの耕地、豊饒なウクライナの広々とした肥沃な耕地と果てしなくつづく森林である。そのすべてが裕福なロシア領ポーランドのヴェンゼスラフ・ハンスキ男爵の持ち物だった。

この奴隷的な貧しさのなかにそびえる領主の城館《シャトー》にはヨーロッパのあらゆる贅沢品がそなえつけてあった。貴重な絵画、充実した図書室、東洋の絨毯、イギリスの銀の食器、フランスの家具、中国の磁器などである。厩には車と橇と馬が、いつでも外出や遠乗りのために用意されている。しかし農奴と召使と下男と馬丁とコックと女家庭教師の全軍をあげても、ハンスキ氏とエヴェリーナ夫人を最も恐ろしい敵から、つまり人里はなれた土地の退屈から守ることはできなかった。ハンスキ氏はかれこれ五十歳、甚だ健康に恵まれないので、近辺の大地主と違って荒々しい猟人でも気違いじみた博奕打ちでも粗暴な酒呑みでもなかった。それに親から受けついだ巨万の富で何をはじめたらよいか分らないので、彼の所有にかかる数千人の「魂」（農奴）もまた、彼自身の味気ない魂に真の快活さをもたらさなかった。彼のそばで、かつてジェヴスキ伯爵家の令嬢として美貌を謳われた彼の妻が、一切の刺戟から完全に遠ざかり、精神的交際を阻止されて、彼よりも一層悩んでいた。ポーランドの貴族のなかでも指折りの両親の家の空気から、彼女には文化的な会話が必要欠くべからざるものになっていた。彼女はフランス語、英語、ドイツ語を話し、文学趣味があり、関心の的は西欧の、残念ながら実に遠くにある世界だった。

しかしヴィエジュホヴニャには、精神的刺戟を受けたり親しく交際したりするような相手は一人も見当らなかった。となり近辺の地主たちは知的なものに無関心な、教養のない連中である。ハンスカ夫人は、零落した親戚ヴィレチンスキ家の娘セヴェリーナとディオニーザの二人を話し相手として邸に引き取ったが、彼女たちは取り立ててこれという目新しい話題など持ち合せていない。大きすぎてただ淋しいばかりの城館《シャトー》は、一年の半分は白い雪に埋もれて、訪う客もない。春ともなれば一度キエフの舞踏会に出かける。そして三、四年に恐らく一度モスクワかサンクト・ペテルブルクへ旅行する。それを別にすれば、いずれも似たような日々がむなしくわびしく流れてゆく。時はますます意味もなく過ぎ去り、昔を今に返す由もない。エヴァ・ハンスカは二十五歳ほど年上の夫に一一、一二年のあいだに七人、――別の記録によると五人の子供を与えた。そのうち娘がただ一人残っただけで、ほかはみんな死んでしまった。彼女は、歳よりも早く老けた夫にもはや新たに子供を贈ることはできないだろうし、彼女自身すでに三十の歳を迎えた。早くも小ぶとりに太ってきたが、体つきの堂々とした、みずみずしい女性である。しかしやがて彼女も年老い、人生をほんとうに知らずに一生を終えることだろう。

外界は冬の一望千里の雪景色、夏は耕地が果しなく拡がっているが、これとまったく同じように城館《シャトー》にも倦怠の気がみなぎっている。一週一度の大事件は郵便である。鉄道はまだなかった。遠いおとぎの国の「西欧」から送られてくる貴重な荷物が、橇や馬車で一週に一度ベルディチェフから届くのだ。その日はなんと素晴らしい日だろう。裕福なハンスキ家の人々はロシアの検閲の許す範囲内で外国の新聞、とりわけパリの保守系の「コティディエンヌ」紙と、フランスで出ている文学評論雑誌ならなんでも予約注文していた。その上、本屋はきまって重要な新刊書をもれなく送ってよこすのだった。ところで世間で持ち上る事件の内容は、いつも距離のお蔭で箔がつくものである。パリでは上の空でざっと読まれるだけのその同じ新聞が、文化世界のいやはてのこの地では隅から隅まで一字一句注意深く読まれた。単行本にしても同じ読み方である。パリの新聞雑誌でも、ここの狭い家庭仲間ほど詳しい新刊本の批評はしない。ハンスカ夫人は晩方、二人の姪と、娘の家庭教師のスイス人アンリエット・ボレル嬢と一座になって、最近読んだものについて意見を交わした。往々、――しょっちゅうではないがハンスキ氏や、また折よく遊びにきているときには夫人の弟のアダム・ジェヴスキも話の仲間に入った。そしてみんなで賛否の論をたたかわした。遠方の、伝説的な都パリのどんな小さな三面記事も、情熱を湧かす論題に昇格した。パリの俳優や作家や政治家たちは、生きとし生けるものが到達することのできない神々しいものであるかのように一同の話題になり夢想の対象になった。この僻遠の城館《シャトー》では名声は神聖なものの単なるいぶきではなく、その反映なのである。ここでは作家の名前はいまだに熱烈な畏敬の念とともに呼ばれていた。

一八三一年冬の夜長つづきの一夜、討論はひときわ活発に行われた。オノレ・ド・バルザックとかいうパリの新進作家について議論がわき立った。一年このかた世間の小説好きをヤキモキさせていた作家である。とりわけ婦人たちは感激もしたが一方憤慨もしていた。彼の「私生活場景」はなんと素敵な作品だろう。かつてどんな作家でもこんなに深く女心に通じていたことはない。捨てられた女、心を傷つけられた女、放逐された女になんという同情をみせていることだろう。またあらゆる女の過失と弱味になんと感動的な思いやりをみせていることだろう。ところがこんなにやさしい心根の、こんなに女に同情のある男が、同時に「結婚の生理」という冷酷で皮肉で厚かましくていやらしい本を書いてのけるなんて、そんなことが理解できるだろうか。天才ともあろうものがどうして自分からそんなに品位をけがすのだろう。また女性を理解し弁護することを心得ている男が、どうして女性を嘲弄したり卑しめたりすることができるのだろう。ところで新刊小説の「あら皮」だ。しっかりした素晴らしい作品だ。しかしこの小説の主人公、つまりポーリーヌのような気高い娘から愛されている若くて人好きのする作家が、どうして薄情で社交上手なコケットのために愛人をすてるのか。どうしてフェドラ伯爵夫人のような軽蔑すべき女性のものとなるのか。いやいや、バルザック氏のような作家、氏のような天才はもっとすぐれた女性観をもつべきではなかろうか。高貴な魂だけを描くべきで、このような伯爵夫人やこんないかがわしい酒宴の描写に、あたら才能を濫用すべきではあるまい。彼がそのよりよき自己に忠誠を守れないのは残念至極だ。ああ、誰か一度徹底的に言ってやるといいのだ、実はこういう意見だと。

「それなら私たちじゃなぜいけないのかしら。バルザックに手紙を書きましょうよ。」とそのサークルの誰かが提案した。婦人たちはびっくりしたり笑ったりした。「いいえ、それはできない相談よ。ジェヴスキ家の生れでエヴェリーナ・ハンスカともあろう人が赤の他人に手紙を書いたりしたら、ハンスキ氏はなんとおっしゃるでしょう。つまらないことにかかわり合って名前をけがすようなことをしてはいけません。あのオノレ・ド・バルザック氏は実際はまだかなり若い男だそうですよ。『結婚の生理』を書くような軽薄な人を信用するのは間違いだわ。ああいうパリジャンがそういった手紙を受けとったら、どんなことをしでかすか分りませんもの。」あらゆる推測や懸念で、その冒険は一層面白いものになった。そして結局オノレ・ド・バルザック氏あての手紙をみんなで合作して送ることにきまった。女性を神のように崇拝するかと思うとまた変に茶化したりする正体の知れない男を、一度自分たちの手で煙にまいて悪い法があろうか。――そこで彼らはとてもロマンティックで多情多感で感動的で、そしてふんだんに感嘆の言葉をちりばめた手紙を書くことになる。それこそまったく謎の判じもので、彼はそれを解くのにさんざ頭をひねることだろう。ハンスカ夫人はもちろん署名などしない。それどころか自筆で書こうとすらしない。彼女の弟か家庭教師のボレル嬢か、どちらかに原文を筆写させている。そしてその神秘をバルザック氏の眼に一層神秘的に一層魅力的に見せるため、その手紙には「知られざる神々より」という封印が捺された。バルザックに敬意を表し、あわせて本然の自己に立ち返るよう促すものは「知られざる神々」であって、決して甚だ現世的な結婚をした現世的なハンスカ夫人ではないというわけだ。

　この手紙は残念ながら残っていない。しかしその内容のおよその見当は、のちの一通から推測することができる。のちの手紙とは、ハンスカ夫人がまだ冗談半分彼女の円卓の騎士たちと「異国の女の手紙」を共同で製作し、家庭教師のボレル嬢に清書させていた時代のもので、これはハンスカ夫人の手紙が全部焼きすてられたとき、わずかにその厄を免れた二通のうちの一つである。後日、文通がまじめなものになると、ハンスカ夫人はもはや次のような文章は書かなかった。

> お作を拝見いたしました節、わたくしはまったくあなたとあなたの天才とに一身同体となりました。あなたの魂は光りかがやくように思われ、わたくしは一歩一歩おあとを追いました。
>
> あなたの天才はわたくしには崇高なものに思われます。しかしそれは神のようなものにならなくてはなりません。
>
> あなたはほんのわずかな言葉でわたくしの全存在を把握されます。わたくしはあなたの才能に感嘆し、あなたの魂に敬意を表します。できますことならあなたの妹になりたいと思います。

円卓の騎士たちが、上手に書けたケバケバしい文句に心から拍手喝采を送ったことはどの言葉からも察せられるが、われわれの知らない最初の手紙もこんな調子で書かれたに相違ない。そしてこの神秘的な調子は、バルザックをはるけき異境の熱烈な崇拝者に恐らく一層惹きつける効果さえあげたことであろう。なぜなら誠実な讃仰と、人を煙に巻いて面白がる気持と、それから気まぐれの混ぜあわせともいうべき最初の手紙が、さんざ回り道をして出版者のゴスラン気付で一八三二年二月二十八日バルザックの手もとについたとき、彼を苛立たせ、その心を占領し魅惑するという意図は完全に果されたからである。婦人の手になる狂熱的な手紙は、不断なら彼にとって特筆すべき事件でもなんでもない。それにしてもそれまではパリか、せいぜいフランスの片田舎といったさほど遠くないところから寄せられたものばかりであった。ウクライナからの手紙となると、それ自体すでに当時の著作者にとっては今日ポリネシアから手紙を送られるよりもはるかに注目すべき事件だった。そして新進作家としての彼の名声が、その頃としては無限の遠距離まで鳴りひびいていることにバルザックは誇りを感じた。いつも狭い仕事部屋にこもっているので、外国でもすでに話題になりかけているということを今までぼんやりとしか知らなかったのだ。伝説めいた老翁のゲーテ自身ヴァイマールでエッケルマンと「あら皮」を論じたことなど、夢にも知らなかった。この感激にあふれた手紙は、彼の好敵手ナポレオンが戦い利あらずして退却しなければならなかったロシア帝国へ彼がその作品をひっさげて進出したということ、そしてナポレオンを追い越し、偶像ナポレオンの世界支配よりはるかに永続的な世界支配がはじまりかけたということを、一挙に彼に知らせた。おまけにカストリー侯爵夫人の場合と同じく、彼を酔わせる貴族という美酒の匂いを今度も彼は嗅ぎつけた。これはケチな家庭教師や平凡な庶民の娘ではない。ロシアでこれほど見事なフランス語が書けるのはごく上流の貴族にかぎる。しかも郵税の高かったそのころ、新刊書が出るたびにきまってパリから取り寄せるといった贅沢ができるのは大富豪の家庭しかない。いつでも飛躍の用意ができているバルザックの空想は、たちまち途方もない活躍をはじめた。これは若い女で、たしかに美人で、貴族、いやそれもごく上流貴族に相違ない。一時間もすると彼の確信は動かすべからざるものになった、——「未知の女」は単なる伯爵夫人などではなく、公爵夫人に違いない。そして彼は最初の喜びに酔いしれながら、さっそく友人たちに「ロシアかポーランドの公爵夫人の神々しい手紙」が舞いこんだことを知らせ、ズュルマ・カローには実物を見せたが、恐らく他の友人にも披露したことであろう。

バルザックは公爵夫人や侯爵夫人にはかかさず返事を書いた。だから最初の興奮に燃えるままに、できれば返事をしたかったに違いない。ところがこの「未知の女」の手紙には姓名も頭文字も住所もあげてなかった。ずっとあとになっても、

> あなたにとってわたくしは「異国の女」（縁なき女）であり、私の命のつづくかぎりそうでしょう。あなたは決してわたくしをご存じになることはないでしょう。

と念を押しているくらいである。したがってどうしたら礼状が出せるだろう。どうしたら

連絡がとれ、どうしたらこの遠方の崇拝者と接触できるだろう。バルザックは、小説家に欠くべからざる巧妙なやり方で、たちまち一つの便法を思いついた。ちょうど「私生活場景」の増補新版の印刷が進行中だったが、「贖罪」という新たに追加された小説がまだ誰にも献呈されていなかった。そこで印刷所に命じて献辞のページに例の手紙の「知られざる神々より」という封印を複写させ、その下に「未知の女」の手紙を受けとった日にあたる一八三二年二月二十八日の日付を印刷させた。――かの崇拝者は取りつけの本屋から間違いなく今度の新刊を受けとるだろうが、それをあけたとき、作家というものがどんなに慎しみ深く思いやりのあるやり方で未知の上流婦人に感謝の意を表するものか、また王侯の敬意には王侯らしく答えるものかを認めるであろう。

　運の悪いことに彼の無名時代の忠実な道づれの老ベルニー夫人が、今でもやはり親切に校正刷に眼を通してくれていた。五十六歳になる彼女は、彼女の被後見人の生活に割り込んできた新しい「知られざる神々」、というよりむしろ女神たちをあまり喜ばなかったらしい。彼女の要求によって、「私の人知れぬ感謝の思いの無言の表示」は、決定稿の印刷まぎわに削除されなければならなかった。そこで「未知の女」とその円卓の騎士たちは、彼らの神秘的なファン・レターでバルザックの途方もない空想を予期以上に刺戟したことについてなんら知る由もなかった。

＊

しかしヴィエジュホヴニャの発信人たちはそのいたずらに大はしゃぎで、返事のほうは別に待ちうけてもいなかった。彼らは打上げ花火のように手紙を大空に打上げたのである。大空はそんな花火に返事をするだろうか。ボレル嬢の美しい筆跡で書かれラテン語の封印を押された「未知の女」の熱狂的な手紙はバルザック氏に果してどんな影響を及ぼしたろうと、彼らは一週間、二週間、恐らく三週間にもわたって退屈しのぎに繰り返し想像した。相手の好奇心や文士らしい虚栄心を一層刺戟するにはこの上何を案出し何をつけ加えたらいいかと考えて、あれこれ計画をめぐらした。結局円卓の騎士たちは「未知の女」の第二の手紙をこしらえ、恐らくまた第三の手紙も作った。こんなことで数日、ほがらかな宵を送った。今やハンスカ夫人の邸ではウィストやオンブルやパシアンスなどのカルタ遊びのかわりに陽気なゲームがはじまった。つまり情愛のこまやかな、ロマンティックな、悲愴な、熱狂的に神秘的な手紙をバルザック氏に書いたのである。

それは陽気な遊びであった。しかしどんな遊びもしばらくすると退屈になるか、それとももっと賭け金を増すよう人を誘うか、いずれかである。仰山な手管や術策を弄して大浮かれで合作したこれらの手紙をバルザック氏がとにかく受けとったかどうか、好奇心が少しずつ遊び仲間をくすぐりだした。バルザックが怒っているか、お世辞でいい気持になっているか、または結局とんでもなくだまされて「未知の女」の気持を実際に信じているか、少し細工をすれば探りだすことは恐らく不可能ではあるまい。それにまたハンスカ夫人は、春には夫と一緒に「西欧」に旅行することを計画していた。恐らくスイスに行けば通信はもっと簡単につづけられ、そして多分しまいにはあの有名な作家の手から返事を、——手紙にせよ、ただの一行にもせよ、——もらえるかもしれない。

さて好奇心はいつも発見の母である。で、ハンスカ夫人は親しい者たちと一緒に十一月七日もう一通「未知の女」の手紙を書くことにきめた(現存する最初の手紙である)。燃えるような真情の吐露に引き続き夫人は、バルザックが「未知の女」の手紙を今後も受けとりたいかどうか、「永遠の真理とも思われるあの電気の火花を捉えることのできる男」であるかどうかをたずねた。ハンスカ夫人はありとあらゆる哀切極まりない修辞を弄したあげく、たしかに手紙を受けとった旨をせめて一筆なりと書いてくれと申し出た。しかし名前や住所を打ち明ける気は少しもないので、当時まだまったくの異例に属する新聞広告によるる方法を申し出た。

「コティディエンヌ」紙に一言広告をお出し下さいますならば、この手紙お受けとり下さいましたことや、なんの心配もなしに手紙を差し上げられますことがはっきり致すことでございましょう。A l'E-h. B. と御署名下さいまし。

＊

一八三三年一月八日、ハンスカ夫人は十二月九日付のパリの「コティディエンヌ」紙を受けとってよろず案内欄に次の数行を見つけたとき、思わずギョッとしたに相違ない。

——B氏は送られたものを受けとった。目下のところ本紙を通じる以外に道なく、返事の宛て先不明を遺憾としている。A l'E-h. de B.

驚いて血が湧き立つような思いのなかにも、彼女は幸福感を味わったことであろう。バルザック、偉大な有名なバルザックが彼女に手紙を書こう、返事をしようというのだ。しかし第二の感情は、彼女と円卓の騎士たちのわざとらしく誇張した感情をバルザックが真に受けたという羞恥の念だったに違いない。これからも実際に手紙を書くべきだろうか。書いても構わないだろうか。情勢は突然、冗談の域を脱して微妙なものになり出した。それというのも名誉とか立場とかにきびしく意を用いる謹厳な田舎紳士の彼女の夫は、妻や二人の姪や家庭教師の勝手な冗談ごと、——「未知の女」が匿名の共同製作品であるかぎり無邪気なものであるこの冗談を、夢にも知らないからである。今やバルザックと本気で文通しようと試みるならば、もっぱら夫に隠れ、これまでの仲間にも内証にしなければならないだろう。夫の面前で芝居をしなければならず、正真正銘の喜劇と同じで秘密の協力者、隠匿者を必要とするだろう。

ハンスカ夫人が大いにためらったことは疑う余地がない。相手と直接結びつけば、自分の属する階級の要求や、個人としての誠実が要求するものと一致しない冒険にはまり込みそうな予感におそわれた。――しかし他面、かかる禁制にはなんという刺戟的な魅力があることだろう。有名な作家からの直筆の手紙を待ち設けるのはなんという誘惑であろう。自分が小説の一人物になるかもしれないとはなんという誘いだろう。

ハンスカ夫人は最初十分決心がつかないように見えた。そこで本当に女らしいやり方で心の決定を延ばした。なるほどすぐバルザックに返事するにはしたけれども、これまでの手紙とは調子が違っている。もはや熱に浮かされたような、摑みどころのない感激も、漠然とした文句も見当らない。間もなく旅に出て、フランスの国境にずっと近いところに滞在するつもりだということを知らせただけである。文通を望んでいることは言うまでもないが、それとてわが身を危うくせず、秘密の漏れる気遣いのないかぎりでというのだ。

御返事を頂きたいとは存じますが、用心の上にも用心を重ね、あちこち回り道をしなくてはなりませんので、いまだに何事もきめかねます。でも、手紙をお受けとり頂けたかどうか分らずにいたくはございませんので、近く自由に文通の叶います確かな手段をお知らせ致しますよう心がけます。それも何者がお手紙を頂戴するのかお探り遊ばさないというお約束をあてに致してでございます。手紙のやりとりが人に知れましたら身の破滅でございます。

調子はすっかり変ってしまった。手紙を書くのはハンスカ夫人その人である。そして彼女の本当の性格の幾分かが初めてそれと知られる。すなわち彼女は、冒険に乗り出すときでさえ冷静かつはっきりと考えめぐらす女だということだ。過ちを犯すときでも、頭を誇りやかにもたげ、理性を失わずにしかするであろう。

*

それと一緒に彼女の自尊心にとって、新たな闘争が持ち上った。バルザックが「コティディエンヌ」紙上で返事をしたとなると、彼女は好奇心や虚栄心や賭博の魅惑にかられて個人的に文通をはじめたくなった。しかしパリからくる手紙はヴィエジュホヴニャでは大事件であって、人目に立たずに受けとることなどできなかった。郵便集配人がくるときはそれこそ邸中が興奮の体で、誰も彼も他人の受けとる郵便物を羨むからである。したがって夫や親戚の眼を盗んで手紙をうまく隠してしまうことなど、とてもできない相談である。思い切って内証で文通する気なら、やはり第三者をその秘密に引き入れなければならない。ハンスカ夫人の身辺には一人、どんな場合にも献身的で言いなり次第になる、温順でしかも絶対信頼のおける人物がいた。それは娘の家庭教師である。アンリエット・ボレルはヌーシャテルの敬虔な市民階級の家庭の出身で、リレットという愛称で呼ばれていた。何年も前からウクライナのこの城館《シャトー》に吹き流されてきて、そこに住みついていた。愛する男に一度もめぐり会わず、家庭や友人たちから遠く離れて異境に暮し、娘のままで次第にふけてゆく彼女が、心のすべてをハンスキ一家に捧げているのはまったく当然のことだった。手紙の芝居がはじまったときは例の親しい連中のグループの一人であり、まだ「冗談」の調子で作られた最初のいくつかの手紙が彼女の手で書かれたことは確実といってよい。今やハンスカ夫人は遊戯に加わった人たちに内証で個人的に手紙を書こうと企てたが、バルザックから某気付として返事をもらうのに、目立たない点で彼女が打ってつけのように思われた。パリからのアンリエット・ボレルあての手紙がオノレ・ド・バルザックからきたなどと誰が気づくであろうか。市民階級出身のこの敬虔で少々単純な娘が同意したことは疑いないが、彼女はもちろんこの無邪気な好意があげくのはてに取持ち役としてどんなに深入りすることになるか、それには気づかなかった。むろん彼女はハンスカ夫人には忠実で、あくまでも秘密を守ったが、そのためにハンスキ氏には不実の罪を犯すのである。そしてこの義務と義務との戦いを当時はまだ意識しなかったが、のちにハンスカ夫人とバルザックとの関係が「罪深い」形式をとりはじめたとき、この素朴で誠実な人物は良心の板ばさみにあい、すっかりとり乱してしまったようである。不幸なアンリエット・ボレルは、ペテン仕事の協力者となったこと、姦通の取持ち役をつとめたこと、そしていつも厚い信任の気持を示してくれたハンスキ氏を裏切った罪科を、のちになって生涯の罪と見なすようになる。ハンスカ夫人に対してはすでにかなり早くから、ある種の反感がこの内心の闘争から芽ばえていたように思われる。バルザックのほうでは「従妹ベット」のベットに彼女の面影を写して不滅に伝えたものの、彼女としてはなんとしてもバルザックに対するひそかな嫌悪の情を抑えることができなかった。彼女の罪の意識は、ハンスキ氏の死を機会に爆発する。葬儀の直後、もうこれ以上この邸に留まりたくないと宣言し、夫人が永劫の罰を受くべき大罪を犯すのに協力した罪の贖いをするために、修道院に隠れるのである。

いずれにせよ彼女が協力をいとわなかったお蔭で、規則正しい文通が可能になった。「未知の女」は今やバルザックに仲継ぎの宛名を知らせることができるようになった。そしてこの遊び事の刺戟的な魅力のとりことなって、有名な作家が果して実際に返事をするかどうか、ジリジリしながら待った。

＊

さてその偉大な作家から届いた手紙が一通どころか二通だったときのハンスカ夫人の驚きを想像していただきたい。その一通はヴィエジュホヴニャの城館《シャトー》の女あるじをうっとりさせると同時に赤面させたらしい（これはわれわれも知っているもので、これによって現存する「未知の女」への書簡が始まるのである）。バルザックは、

頂戴致しましたお手紙と似たような手紙には気を許すなと、しょっちゅう言ってくれる友人もありますが、にも拘らず、

このひそかに仕組まれた熱狂的な手紙をまじめにとったのであった。

彼は「信頼の念に引きずられる」ままになっていた。まったくの愚弄で自分のほうに引きよせたという不快感にさいなまれているに違いない夫人に、彼はいつもの大げさな文句を使って彼女の手紙を読んで盛りあがった感激を述べている。

僕にとってあなたは世にも心地よい夢想の対象です。

またほかのところでは「未知の女」のわざとらしい調子をそのまま使い、しかもそれを一層誇張しながら、

もしも僕の視線を御覧になったとしたら、愛人の感謝、心の宗教、息子を母に結びつける純粋な愛情、……女性に対する青年のあらゆる尊敬、永続的で熱烈な友情の楽しい期待というようなものを、いちどきにお認めになったことでしょう。

このような文句はわれわれにすれば最悪の面のバルザックで、しかも青年時代の三文小説のいかがわしい臭気がプンプンしているが、世にも暗いウクライナの一人の理解されない女性にとっては、もちろん酔い心地に誘うものだったに相違ない。——未知の女に、この自分に、短篇小説一篇を返礼として捧げたいといっているが、なんという親切な、真心のこもった、詩人らしい感情にあふれた、雅量のある行いだろう。ハンスカ夫人が最初に感じた衝動は、一人の男性、しかも自分をかくも率直に信じてくれる非常に有名な男性に、こちらも同じような率直さで答えなければならないということだったろう。ところが残念ながらその喜びを曇らせるような厄介な事態が持ち上った。第一信と殆ど同時に、——それより早かったか遅かったか、その手紙が現存していないので分らないが、オノレ・ド・

バルザックの第二の返事が届いた。これも同じように彼女の手紙に対する返信であった。そして書簡Aは書簡Bとまったく異った筆跡で書かれていた。するとどれがバルザックの手になるもので、他の一通はだれが書いたのだろう。それともどちらも結局バルザックの手ではないのだろうか。彼女をたぶらかそうとしただけのことなのか。彼女がしたようにただもう面白半分、第二、第三の人物に手紙を書かせたのか知らん。こちらからだましてやろうと思った相手に、逆にしてやられたのか。冗談なのか、それとも本気なのか。彼女は何度も二つの手紙を比べてみた。ついに心をきめてバルザックに返事を書いた。そしてどちらも彼の名前になっている二通の手紙の筆跡と言葉遣いの矛盾について説明を求めた。

*

当惑したのは今度はバルザックのほうだったろう。はたからせき立てられて、いつもあくせく仕事をしている彼は、ハンスカ夫人に手紙を出したとき、それよりちょっと前に彼女あての手紙を別に一通、人に頼んで書いてもらったことを忘れていたのだ。女性からの礼讃の手紙がかなり多くなって以来、貴重な時を無駄にしないためと、他面また女性愛読者の御機嫌をそこねないために、彼は信頼のおける女友達のズュルマ・カローに彼の名義で返事を書いてもらう便法を案出していたのである。ズュルマ・カローは焼もちやきではなかったし、また退屈な田舎の片隅でふんだんにひまがあったから、未知の女性たちの情熱的な心情の吐露を整理し、友人バルザックの文体で返信をしたためて面白がっていた。「ロシアかポーランドの公爵夫人の神々しい手紙」も多分彼女の処理すべき用件となっていたらしかった。そこで彼女はいつもの伝で義務的に片づけてしまったのだ。

バルザックはただちにへまをしたことに気がついた。これがほかの人間だったら途方にくれるか、それとも正直に真相を打ち明けるところだろう。バルザックは決して狼狽しない。そして今後も「未知の女」に本当のことは決して、――でなくても、ほんのたまにしか言わないだろう。二人の文通は死に至るまで、その初めと同じように一貫して誠実を欠くことになる。バルザックのような小説家にとって、本当らしくない事柄は何も決して重大な障害とはならない。そこで彼は素晴らしく図々しい論理の宙返りで、不安げな文通相手の疑いを解いてやった。

> あなたは僕のふたとおりの筆跡について不審げに説明を求められました。しかし僕の筆跡は一年の日の数ほどにもいろいろと変るのです。……そうした変りやすさはちょうど何を映してもけがされない鏡のように、あらゆるものを宿しながらも純なままでいる想像力からくるのです。

否、自分を信用してくれるように。そして「冗談にすぎないこと」を恐れないように。そういって折りからみだらな「滑稽譚」を執筆中のこの男は、「現在も将来も女性に対する羞恥や臆病や信念の犠牲者であるあわれな子供」と自称するのである。この臆病な子供は、——バルザックが臆病だなどとは聞いたこともないが、——今や「未知の女」に向って「あどけなく」告白にとりかかる。彼は「世界でただ一人の女にしか知られていなかった彼の心」を描いてみせるのである。

この摑みどころのない告白は一〇ページ、一二ページ、一六ページと、とめどなくつづく。彼の文体のことや、「僕のこの世における唯一の宗教ともいうべき女性を断念するよう」彼を強いる仕事のことや、彼の孤独の生活などにふれているが、早くも淡い恋愛調をただよわせたその慎重な巧みなやり口には舌を巻かないわけにいかない。

僕が幻のように愛撫し、僕のあらゆる夢想のなかに希望のように入りこんでいるあなた。……詩人の孤独を一つのやさしい顔かたちでみたすことがどんなことか、あなたはご存じない。その顔かたちは、不確定さから生れる漠とした感じでいかにも魅力があります。

そして彼の入手した手紙は全部でまだ四通とはなく、まだ名前も知らないし、肖像画も見たことがないのに、早くも三度目の手紙ではこんな告白をしている。

　未知の人よ、僕はあなたを愛します。こういう変なことは、いつも空虚で不幸である生活の、自然の結果にほかなりません。……こうした事件がもし誰かに起るはずだったとしたら、それは僕だったのです。

　バルザックはこんなふうにあまりにも早く心のうちを述べているが、読んでまっさきに感じられるのは不快の念である。このニセ物の感情には、わざと高められた不誠実な調子がある。感傷的なロマン派の嫌な後味を残す。バルザックはまともな話ではまだなかなか感じられそうもない熱狂状態に、無理やり入りこもうとしたのではあるまいかという疑いを抱かざるを得ない。バルザックの死後、ハンスカ夫人は彼あてに書いた手紙を賢明にも焼き棄ててしまったが、彼女の書簡でただ二通われわれに分っているものから判断すると、それらの手紙は信心ぶった態度と感傷的な気どったメランコリー以外何もなかったようである。弟にあてた手紙にも、彼女がすぐれた人物だということを暗示するような言葉は一言半句も見当らない。しかしバルザックはある手紙のなかで、ほかには説明のつかないことを彼自身無意識に説明している。

僕は自分のために情熱をつくり出さなければなりません。

彼は自分のために一篇の恋愛小説をつくろうと思ったのだが、その最初の計画がカストリー侯爵夫人によって駄目にされると、今度は行きあたりばったりこの新しい「未知の女」にあたってみたのだ。そんなわけで彼は本能的に時代の流儀にしたがって行動した。なぜならロマン派時代ではパリとヨーロッパの読者は、作家に面白い小説を書くことばかりでなく、上流社交界で演じられる恋愛小説の中心に彼自身も加わることを期待したのだから。読者の心を惹きつけるためには、作家は世間の噂の種となるような大事件にできるだけ公然と関係しなければならない。バイロンは冒険とグイッチョーリ伯爵夫人との関係で、リストはダグー夫人と駆落ちしたかどで、ミュッセとショパンはジョルジュ・サンドとの関係で、またアルフィエーリはアルバニ伯爵夫人と同棲したため、少くとも彼らの作品と同じほど一般公衆の関心をそそった。文士として成功するよりも社交界で成功したい気持のほうが一段と強いバルザックは、それらの人たちにひけをとりたくないどころか、むしろ彼らをしのいでやりたかった。上流社会の婦人と関係したい思いに一生眩惑された。で、見ず知らずの「ロシアかポーランドの公爵夫人」に丁重に礼を述べるかわりに、いきなり燃えるような告白とわざとぼかした愛慕の情を浴びせかけたのだが、それは彼の言うように「素朴に」なされたものでは毛頭なく、自分のために人生小説を組立て、情熱を

「つくり出」そうという断乎たる意志の結晶だった。そしてバルザックの感情はこれまでいつもその意志に素直にしたがっていた。意志はいつも第一のものであり、ほかの一切の力を支配し制御する始源の力であった。

「未知の女」にあてた初期の手紙は、一篇の小説の書出しと見なすときだけ理解できる。いまのところ彼が望むように霊感によってでなく、事件によって発展する小説というわけだ。その主役の一人が「未知の女」で、その形と輪郭はずっとあとの章になって初めて明らかにされるだろうが、さしあたり遠隔の地と上流階級といった神秘の衣をまとうことによってのみ興味をそそるのである。バルザック作の同名の小説の主人公ベアトリックスのように、彼女は誰からも理解されずに首都から遠くはなれた城館《シャトー》に、ちょうど救済者テセウスを待ちこがれるアリアドネさながらの生活をしている。彼は将来の小説ではこの女性に愛人の大役をふりあてようと思っているが、その恋人としては自分を置きかえたものを対立させる。すなわちありのままのバルザックではなく、「純」愛に憧れる男、残酷な運命に翻弄され、その暗い人生の小径には苦難の茨ばかりがまき散らされているといったロマンティックな青年を対立させるのである。

バルザックが「未知の女」のために工合よく描いた自画像を一筆ごとに追求してみよう。彼はひとりで大都会で暮している。内心の思いを打ち明けてもいい相手は広い世間に一人もない。あらゆる情熱は裏切られ、夢は一つも事実とならなかった。誰もが彼の心の善良さを見損なっている。

僕はあらゆる悪口の的になっています。僕のことについて言われている莫迦らしい話、中傷、とんでもない嫌疑の数々はまったく御想像のほかです。

パリのだれも、世間のだれも、一人として彼を正しく見ていない。

ほんとのことはたった一つしかありません。僕の孤独の生活、いや増すばかりの仕事、そしてさまざまな心労がそれです。

だから彼は絶望の極、ちょうど「エンペドクレスが噴火口に飛びこんだ」ように仕事に身を投じたのである。

この「あわれな芸術家」は金銭をあなどり、名声を軽蔑する。三十五歳のこのパルツィファルがあこがれるのはただ一つしかない。すなわち愛である。

いつも裏切られてばかりいる僕の唯一の情熱は、……僕をして女性を観察せしめました。女性を研究させ、知らしめ、愛させました。それには、偉大で高貴な心の持主たちによって遠くから理解される以外のなんの報酬もありませんでした。僕は僕の望みや夢をいろいろ書きました。

だれも「僕の心のなかにある愛、僕が望むところの、そして絶えず無視されてきたところの愛」を望んではくれない。そしてかかる誤解はどうしたわけか。「きっと僕が愛しすぎるからなのです。」

僕はどんな大きな犠牲でも払う気でした。僕にとっては妖精みたいなものかもしれない若い女性のために、年にたった一日の完全な幸福を夢想するところまで行きました。それでも僕は満足したでしょうし、彼女に対し忠実だったことでしょう。ところで今の僕は、三十四という歳で生活に深入りし、ますますきびしくなる仕事でしなびたるみ、早くも青春時代をなくしてしまい、現実を何一つ摑んでいません。

バルザックは素晴らしく伸縮自在の感情の持主なので、小説の展開を早めるため、このすぐ熱狂しそうな、そしていささか敬虔なところもあるらしい公爵夫人の思考の世界と、うまく調子を合せることにした。というのも彼女は放縦な芸術家やカザノヴァには殆どなんの理解もないらしく、芸術家に対して疑いもなく「清純」と「信心深さ」を要求する女らしいからである。したがって愛情への熱望はメランコリーの色を帯びなければならなかった。その熱狂に本式のロマンティックな調子を与えようとすると、人生絶望という少々バイロン卿的メーキ・アップをしなければならなかった。しかしバルザックは例の熟慮に熟慮を重ねた序曲で彼の誠実と清純と信頼に価する性質と孤独と寂寥を印象深く具体的に明らかにしたあとで、急速調《クレシェンド》の漸強音で攻撃に移った。彼は技巧家なので、小説を面白くするには第一章で早くも飛躍しなければならないことを知っていた。最初の手紙では「未知の女」は単に「甘美な夢の対象」にすぎなかった。ところが二週間後の第二信では早くも彼女を「夢にみる姿のように」愛撫している。第三信ではまだ三週間そこそこなのにもう「未知の人よ、僕はあなたを愛します。」という言葉がある。第四信では「お会い致したことはございませんが、早くも一層誠心をこめて」彼女を愛している。そしていつも夢みていた生涯の夢が彼女によって、——まさしく彼女によって叶えられることを疑わないのである。

あれほど長いあいだこがれていたところのものへ僕がどれほど熱心に飛びついて行くか、それさえご存じだったら。僕が十分やってのけられると思っている献身的行為がどれほどのものか、それさえご存じだったら。

そして更に二通の手紙のあとではもうすでに「未知の女」は、「そこに初めて慰めを見出す」心となってしまった。――ベルニー夫人とズュルマ・カロー夫人に対してなんという忘恩の裏切りだろう。彼は早くも彼女に向って私の「貞節にして清純な愛人」とか「いとしい人」とか「愛する天使」などと呼びかける。彼女の肖像画を見たこともなく、年のほどはおろか、名前さえ知らないのに、彼女は早くも唯一無二の愛人となり、彼の運命のあるじ、命令者だった。

お望みとあれば、あすにもペンを折りましょう。あすにも僕の声を聞く女はいなくなるでしょう。僕の母であるディレクタだけは大目に見ていただきたいものです。彼女は間もなく五十八歳で、若いあなたが嫉妬を抱くわけがありません。おお、僕のあらゆる感情を受けて下さい。それらを宝物のように大切にしまっておいて下さい。僕の夢をどうとも勝手になすって結構ですが、せめて夢の実現だけは許して下さい。

彼に愛の奇蹟を知らせたのは彼女である、彼女だけである。彼女は

愛に絶望していた心を暖めに空間を貫いてやってきた最初の女

である。

彼女の洗礼名が分っただけで、――彼女について知っているのはただそれだけだが、彼は文字どおり未来永劫、身も心も彼女に捧げてしまうのである。

ただあなただけが僕を傷つけることができます。エヴァよ、僕はあなたの前にひれふします。僕の命と心をあなたに委ねます。あなたの手で一息に殺されるのはいといませんが、僕をいつまでも苦しませないで下さい。僕は魂のあらん限りの力であなたを愛します。かくも多くの美しい希望を打ち砕かないで下さい。

われわれにとって本当と思われないばかりでなく、分別をわきまえた正常な女にとって軽蔑の的でしかないこのあまりにものぼせあがった有頂天ぶりはなぜかと人は問うであろう。それに対する答えは一つしかない。すなわちバルザックはロマンティックな小説の準備をしているのであり、現実主義者でないときはいつも、――たとえば「谷間の百合」や「ベアトリックス」や「セラフィタ」におけるがように、感情のわざとらしい恍惚状態に落ち込むのである。可能なことを極度に高めようという彼の芸術家的意志が、現実世界に転用されたのだ。そして彼は「未知の女」を身分としては公爵夫人というふうに、性格としては崇高な悩める女性というふうに想像したが、それと同じようにおのれ自身をも世間から斥けられた純潔孤独の芸術家という理想像に作り変えた。二つの旋律をより一層調和させ、性質が正反対らしい二人の合体を一段ともっともらしく見せるためである。彼の手紙を仔細に検討すると、神秘のヴェールに包まれた公爵夫人と現実にめぐり会えそうな日が近づけば近づくほど、ますます手紙の背景は恋のやさしい願望で多彩となり、いよいよ情熱的となった点を見逃すわけにはいかない。事実バルザックという練達の心理学者、女心の職業的かつ評判の専門家は計算を間違えてはいなかった。包み隠すことなく告白し、心情を吐露することによって彼は、かくも情熱的な手紙を書く人物に対する「未知の女」の好奇心をかき立たせることに成功した。初めの頃の彼女の手紙には、自分は永遠に「未知の女」であり、近づきがたい遠方の無名の星座のままであろうというおごそかな通告があったものだ。ところが間もなく好奇心の風の戯れが、匿名のヴェールを吹きとばした。そこでハンスキ氏が彼の妻から突然、ウクライナの城館《シャトー》を出て数ヵ月または後年にわたる夫婦づれの旅行に出かけようとせがまれたとき、他方口の固いバルザックとしては珍しいことだが、妹あての手紙でこんな皮肉をとばすことができた。

　でっぷり太って動かざること山のごとき男らしいが、その御亭主さんをウクライナから無理やり引っぱり出し、恋人に会うために二三五〇キロの旅をするなんて、なかなかしゃれてるじゃないか。その恋人のほうは、わずか五九〇キロの旅しかしていないんだよ、この人でなしめが！

一八三三年の初め、申分ないキャラヴァンの一隊がロシアの領主の習わしにしたがってヴィエジュホヴニャから出発した。家族一同と召使をつれ、夥しい荷物を満載し、自家用馬車で旅行するのである。例のどうしても手離せないリレットは付添いとして連れていかれた。表向きはハンスカ夫人の娘アンナの世話役であるが、本当は今後もずっと秘密の手紙のやりとりの仲立ち役をつとめさせるためである。

最初の休息地はウィーンであった。明らかにハンスキ氏の希望によるもので、彼は若い頃の数年をそこで過したことがあり、ウィーンの貴族社会には友人が沢山いた。しかし避暑地としてヌーシャテルを選んだのは、これは疑いもなくハンスカ夫人の決定だった。この町はフランスの国境のすぐ近くにあるので、バルザックがほんとに「未知の女」と知合いになる気なら、大した旅行をしなくてもすむのである。なんにも知らないハンスキ氏はきっと次のような口実でヌーシャテルをすすめられたに違いない。すなわち律儀なリレットの両親がそこに住んでいるし、またリレットは誠実な娘として遠い異国で何年もすごしたあとだから、大変両親に逢いたがっていると。鷹揚で何事にも無頓着な貴族は同意した。そこでキャラヴァンは七月にヌーシャテルに着いて、アンドリエ荘を数ヵ月間借り受けた。

バルザックはヌーシャテルから何通か手紙を受けとったことだろうが、それはもはや残っていない。それには少しも目立たず夫にも気づかれずに密会をとげる方法が書いてあったに違いない。彼は、アンドリエ荘のすぐそばのオテル・デュ・フォーブールというのに宿をとって、そこで詳しい指示をみてほしいと知らされた。バルザックは喜びで夢中だった。ロマンティックな序曲に引き続き、彼が夢みた小説の決定的な章、――すなわち互いに運命をともにするよう定められている魂と魂の最初の具体的なめぐり会いという章を、今や人生そのものが書いてくれるのが殆ど待ちきれないほどだった。さっそく彼は遠くにいる文通相手にこう誓うのである。

　おお、僕の未知の愛よ、僕を疑わないで下さい。僕について悪く考えないで下さい。あなたのお考えになっている以上に僕は軽はずみな子供ですが、しかし子供のように純で、子供のようにやさしいのです。

彼はあらゆる嫌疑から免れるために、ダントレーグ氏またはダントレーグ侯爵と変名して旅行するつもりだと宣言した。さしあたりほんの数日の予定と称してヌーシャテルにやってくること、それから十月になったら一月ばかり彼の「愛する天使」、――といってもまだ見たこともないのだが、その天使と一緒にすごすことという協定ができた。もちろんその前にいま一つ放れ業をやってのけなければならない。つまりこの旅行の本当の目的について友人たちに嘘をいわなくてはならないのである。ズュルマ・カローにしろ、相変らず嫉妬深いベルニー夫人にしろ、このスイスへの突然の出発の秘密を知られてはならなかった。しかしバルザックは生れながらの、しかも年季を入れた練達の小説家なので、旅行の動機を説明するのにまだまだ当惑なぞしないのである。次の作品の印刷用紙として特製の紙を手に入れるためにブザンソンまで行かなくてはならないと、いかにもほんとらしくいって友人たちをだました。それから駅馬車にとび乗って、例の万事を片づける際の気違いじみた滅茶苦茶な速さで何度も馬を取り換えながら、ヌーシャテルに向けて出発した。四晩揺られどおしに揺られて九月二十五日についた。うっかりして最初はほかのホテルに部屋をとってしまったが、それくらい疲れきっていた。かねて申合せのオテル・デュ・フォーブールには待望の手紙が待っていた。「愛する天使」と会うため、あくる日の九月二十六日一時と四時のあいだに遊歩道にお出で下さいという誘いの手紙であった。彼は急いで紙きれに到着の知らせを書き、

　後生ですからあなたのお名前を正確にお教え下さい。

とひたすら願うだけでもう精一杯だった。

というのはこのときになってもなおバルザックは、永遠の愛を誓った相手の顔も苗字も知らないからである。

*

バルザックがその奔放な想像力から生み出したこの恋愛小説を読む人は、ここで期待のあまり心を激しくおののかせるに違いない。偉大な場面が訪れたのだ、――清純な魂と魂のめぐり会いが。今や偉大な「未知の女」、夢の王女がついに地上の姿で現われるのだ。二人の視線はお互いにさぐり合い、風光の美で世界に名だたる遊歩道でぶつかり合おうとしているのだ。何が起るであろうか。理想の人物たる上流の貴婦人に会えることかと思ったら、平凡なみすぼらしい女を見つけて、とどのつまり作家は幻滅の悲哀を味うだろうか。彼女は彼女で、物思わしげな憂鬱と燃えるような情熱をたたえた眼ざしの、背のすらりとした蒼白い清純な作家が現われるかと思いのほか、理解せられざる女性の味方たる作家バルザック氏というよりむしろトゥーレーヌの葡萄酒商人か栄養太りのした小年金生活者といったほうがいい、赤ら顔の太っちょの男が突然進み出たので、がっかりしなかったろうか。二人はお互いに逃げ出したろうか。それとも理解しあったろうか。どうやってお互い認め合ったのだろう。二人の最初の言葉はそれぞれなんであったか。

残念ながらバルザックの人生小説における肝心要のこの場面は後世に伝えられていない。若干の伝説があるにはある。その一説によると、すでにこれより先彼は、アンドリエ荘の窓辺によるハンスカ夫人を垣間見て、相手が彼の予言者的な幻想に酷似しているのに喜びで胸がいっぱいになったといわれる。第二の説によると、彼女は相手をいろんな肖像画から知っていたので、すぐそれと見分けて近づいていったという。第三の説によると、彼女はこの吟遊詩人の俗っぽい風采を前に、最初の幻滅感を隠しおおせなかった由である。しかしそれらはみんな、あとから勝手につけ足した挿話にすぎない。ただ一つ確かなことは、ハンスカ夫人がこの初めての秘密のめぐり会いにあたって、何も知らない夫に社交上の知合いとしてバルザックをごく自然に紹介するため、何か器用な方法を案出したに違いないことである。いずれにせよバルザックは早くもその同じ日の晩、ハンスキ一家に最も正式の方法で紹介されている。そして「愛する天使」へのかねての理論的な愛の告白を実際の告白に変えるかわりに、ハンスキ氏や同行の姪との歓談で甘んじなければならなかった。

ハンスキ氏は無口で少し変り者だが、文学上の仕事や社会的な業績に対しては大いに敬意を表する文化人であった。非常に有名な作家と近づきになったことを喜び、バルザックの口をついて出る才気にあふれた独創的な会話に魅せられた。そこで次の数日を一緒にすごそうとバルザック氏を誘った。つまらない疑いなどもちろん思い浮ばなかった。それにまたジェヴスキ伯爵家の出ともあろうわが妻が、これまで一度も会ったこともないような、こんな型の、こんな太っちょの平民に、燃えるような恋文をひそかに綴らせていることなど、どうして推測できよう。反対に彼はバルザックを真心こめて迎え、アンドリエ荘に招待し、一緒に散歩した。バルザックは心からの歓待を受けて大いに閉口した。というのも四日四晩駅馬車に揺られて旅行をしたのは、何もハンスキ家の人々に文壇の逸話を語るためではなく、「未知の女」「北極星」を大空から引きおろして自分の腕に抱くためだった。ハンスカ夫人が人目に立たずにほんのしばらく、監視の眼を逃れることに成功したのはすっかりで二、三回だけである。

忌々しい亭主のやつめ、五日間というもの、一秒たりとも僕たちのそばを離れなかった。女房と僕にへばりついている始末なのだ。

とバルザックは腹立ちまぎれに妹に書いている。そして敬虔な処女アンリエット・ボレルが二人のあいだに仕切壁を立てていたことに疑問の余地はない。遊歩道の蔭か湖畔の人目につかないところで、ほんの束の間の密談をかわしただけである。しかしバルザックは、

僕がお気に召さないのじゃないかと心配していた。

矢先、われながら驚いたことに、奔流のような雄弁のお蔭で最初の前哨戦に早くもちょっとした勝利を収めた。ハンスカ夫人は荒涼たるウクライナで、いまだかつてこんな熱情漢に会ったことがなかった。それに作家の感じやすい心を残酷な仕打ちで傷つけてはならないと、われとわが心にロマンティックな弁解をして、バルザックの恋の告白を咎め立てするどころか、オークの大木の蔭で口づけを奪われてもそのまま許したのである。これこそ当座の贈物で、逢う瀬の短かったことを勘定に入れれば、こんなにも早く征服される女は別の機会にはもっと多くのものを与え、結局すべてを与えるであろうという希望を、バルザックほど楽天的でない男にもおのずと起させるような性質のものだった。

*

バルザックは有頂天になってパリに帰った。彼と同じようにデブのスイス人のあいだに挟まって、駅馬車の屋上座席で四日四晩寝もやらず過さなければならなかったけれども、感激は彼の頭と血のなかで湧き立ち波打っていた。しかし例の予覚能力と作家的嗅覚とエネルギーのお蔭でものにした勝利に比べると、旅行中のそんな些細な不快なぞものの数ではない。あらゆる彼の予想を上回る事態が起ったのだ。「未知の女」はこれ以上うまく工夫しようにも工夫できないくらい、彼の計画した人生小説のヒロインにぴったりだった。

第一に彼女は、以前の彼の恋愛関係の相手のように年増女の部にはまだ入っていなかった。そして彼特有の大げさな言いまわしに復讐しようとして巧みに見せかけたように二十七歳ではなかったが、それでも三十二は越していなかった。押出しが立派で優雅で官能的で、さしずめイタリア人なら un bel pezzo di carne（豊満な美人）とでも言いそうな女だった。バルザックは「美の傑作」ともてはやしているが、根が職業的誇張家だから格別異とするに当らない。ウィーン屈指の微細画家ダッフィンガーの描いた彼女の肖像画は、次のような彼のほめたたえる美点を裏書きしている。

　この世で一番見事な黒髪と、そういう黒髪女《ブリュネット》のなんともいえず肌理《きめ》のこまかい、感じのいい肌、小さな、かわいい手、……素晴らしく色っぽい眼になる物憂い、だるそうな眼。

　しかし明らかに実物よりもいささかよく描かれているダッフィンガーの肖像画は、同時に肢体の豊満への少々気になる傾向をはっきり見せている。つまり顎は二重になっているし、腕はたくましすぎるし、全体の釣合いからいって胴体が少しずんぐりしすぎるように思われるのである。小さな黒ずんだ眼は強度の近視眼の人に見られる少々ぼやけた眼つきになっている。明るい晴ればれとした顔ではなく、性格そのもののように内証ごとと秘密にみちている。しかしバルザックをそんなにも興奮させたのは肉体的な外貌だけではなかった。彼はいつも上流社交界の婦人と恋のアヴァンチュールを夢みていたのだが、今や本当に「貴婦人」を見つけたのである。弟にあてた手紙が証明するように、彼女は教養のある、博覧多識の、語学に堪能なインテリ女性で、しかも平民のバルザックに強く畏敬の念をおこさせた素晴らしい作法の心得があった。おまけに、――バルザックは改めて恍惚となったが、――彼女はポーランド貴族のなかでも最も名門の出身で、彼女の遠い大伯母の一人はフランス王妃マリー・レシュチンスカだったのだ。したがって百姓の孫息子の彼にひそかな口づけを許したその同じ唇は、そうした姻戚関係のお蔭で、今日なおフランス国王を「わが従兄よ」と呼びかける権利をもっている、――少くともバルザックはそんなふうに夢想するのだった。なんという向上だろう。最初のベルニー夫人はささやかな法官貴族にすぎなかった。お次のダブランテス夫人はやっと公爵夫人になったかならないかの、少しまだ月たらずの軍人貴族だった。その次のカストリー侯爵夫人となると、これはサン・ジェルマン区の殆ど正真正銘の侯爵夫人といってよかった。そして今度はフランス王妃のまことの兄弟の孫娘だ。しかし奇蹟はそれだけに終りはしなかった。ハンスキ氏はバルザックが早計にも夢想したように伯爵や公爵ではなかったが、他の長所、それもバルザックにいわせれば最大の長所を持っていた。つまり底なしの大金持だったのだ。バルザックがその小説のなかで空想に任せて情熱的に生み出した巨億の富を、彼は堅実なロシアの国債、耕地、森林、地所、農奴という形で実際に持っていた。そしてそれはいつの日か彼の妻、――いや彼の未亡人のものとなるだろう。バルザックはハンスカ夫人の長所を次々と発見したが、同様に今やこの貴族にも数々の意味深長な、好感のもてる特質を見出した。まず第一に妻よりも二十歳か二十五歳ぐらい年上である。第二に妻からろくに愛されていない。第三にその健康状態が大いに問題であって、恐らく彼の妻、――渇望の的であり、半ばすでに手に帰したその妻は間もなく巨億の富もろとも、一族郎党もろとも、バルザックのものになるかもしれないのである。バルザックのようにレディギエール街の貧乏時代以来、「ただ一撃で」人生をきちんと整理する夢、すなわち窮乏と狂奔、奉仕と屈辱を、富裕、贅沢、浪費、生の享楽、自由な芸術的創作に切り換える夢しか夢みていないものが、こうした可能性のすべてが一女性との空想的な冒険のお蔭で近く実現しかねないのを見たらもちろん陶酔するに違いない。しかもその女には肉体的に惹きつけるものがあり、彼もまた相手に幻滅を与えないとあってはなおさらである。このときを境に彼は彼の一切のエネルギー、独特の比類ないバルザック的意志の力、同じように無双のバルザック的粘りと辛抱づよをこの女性征服に傾けつくすのである。今やかつて「今も、また永遠に」選ばれた「ディレクタ」ベルニー夫人の引退のときがきた。

この世界が僕のために持っている親愛な唯一の女性。

すなわち「北極星」だけがひとり彼の人生の上に輝くことになる。

（下巻へつづく）

編集付記

一、本書は『バルザック』（早川書房、一九五九年刊）の改装版（一九八〇年四月刊）を底本とし、二分冊にして文庫化したものである。

一、文庫化にあたり、明らかな誤植と考えられる箇所は訂正し、人名、地名などの固有名詞は現在の一般的な表記に、一部の漢字を常用漢字に改めた。

一、本文中、今日の人権意識に照らして不適切な語句や表現が見られるが、訳者が故人であること、刊行当時の時代背景と作品の文化的価値を考慮して、底本のままとした。

本書籍は、令和五年十月十九日に著作権法第六七条の二第一項の規定に基づく申請を行い、同項の適用を受けて作成されたものです。

本書はシュテファン・ツヴァイク／水野亮訳『バルザック』の
第一章から第十一章を収録したものです。

中公文庫

バルザック（上《じょう》）

2023年11月25日　初版発行

著　者　シュテファン・ツヴァイク
訳　者　水《みず》野《の》亮《あきら》
発行者　安部順一
発行所　中央公論新社
〒100-8152　東京都千代田区大手町1-7-1
電話　販売 03-5299-1730　編集 03-5299-1890
URL https://www.chuko.co.jp/

ＤＴＰ　ハンズ・ミケ
印　刷　三晃印刷
製　本　小泉製本

Published by CHUOKORON-SHINSHA, INC.
Printed in Japan　ISBN978-4-12-207445-3 C1197

中公文庫既刊より

各書目の下段の数字はISBNコードです。978－4－12が省略してあります。

た-30-28
文章読本 谷崎潤一郎
正しく文学作品を鑑賞し、美しい文章を書こうと願うすべての人の必読書。文章入門としてだけでなく文豪の豊かな経験談でもある。〈解説〉吉行淳之介
202535-6

ま-17-9
文章読本 丸谷才一
当代の最適任者が多彩な名文を実例に引きながら文章の本質を明かし、作文のコツを具体的に説く。最も正統的で実際的な文章読本。〈解説〉大野　晋
202466-3

よ-17-15
文章読本 吉行淳之介選　日本ペンクラブ編
名文とは何か――。谷崎潤一郎から安岡章太郎、金井美恵子まで、二十名の錚々たる作家が綴る、文章術の極意と心得。〈巻末対談〉吉行淳之介・丸谷才一
206994-7

み-9-15
文章読本　新装版 三島由紀夫
あらゆる様式の文章・技巧の面白さ美しさを、該博な知識と豊富な実例と実作の経験から詳細に解明した万人必読の書。人名・作品名索引付。〈解説〉野口武彦
206860-5

み-9-11
小説読本 三島由紀夫
作家を志す人々のために「小説とは何か」を解き明かし、自ら実践する小説作法を披瀝する、三島由紀夫による小説指南の書。〈解説〉平野啓一郎
206302-0

み-9-12
古典文学読本 三島由紀夫
「日本文学小史」をはじめ、独自の美意識によって古今集や能、葉隠まで古典の魅力を綴った秀抜なエッセイを初集成。文庫オリジナル。〈解説〉富岡幸一郎
206323-5

こ-62-1
小説作法 小島　信夫
書き続けるために本当に大切な事とは……これからの創作者に伝える窮極のエッセンス。単著未収録のトークを中心にした文庫オリジナル。〈解説〉保坂和志
207356-2

ほ-12-10
書きあぐねている人のための小説入門 保坂和志
小説を書くために本当に必要なことは？ 実作者が教える、必ず書けるようになる小説作法。執筆の裏側を見せる「創作ノート」を追加した増補決定版。
204991-8

あ-20-4
新編 散文の基本 阿部昭
『短編小説礼讃』の著者による小説作法の書。「私の文章作法」「短篇小説論」に日本語論、自作解説等を増補した新編集版。巻末に荒川洋治との対談を収録。
207253-4

ケ-1-4
ファウスト 悲劇第一部 ゲーテ 手塚富雄訳
あらゆる知的探究も内心の欲求を満たさないと絶望したファウストは、悪魔メフィストフェレスと魂をかけた契約を結ぶ。〈巻末エッセイ〉河盛好蔵・福田宏年
206741-7

ケ-1-5
ファウスト 悲劇第二部 ゲーテ 手塚富雄訳
巨匠ゲーテが言葉の深長な象徴力を駆使しつつ自然と人生の深奥に迫った大作を、翻訳史上画期的な名訳で贈る。読売文学賞受賞作。〈巻末エッセイ〉中村光夫
206742-4

ニ-2-3
ツァラトゥストラ ニーチェ 手塚富雄訳
近代の思想と文学に強烈な衝撃を与え、今日なお予言と謎に満ちたニーチェの主著を格調高い訳文と懇切な訳注で贈る。〈巻末対談〉三島由紀夫・手塚富雄
206593-2

ウ-10-1
精神の政治学 ポール・ヴァレリー 吉田健一訳
表題作ほか「知性に就て」「地中海の感興」「レオナルドと哲学者達」の全四篇を収める。巻末に吉田健一の単行本未収録エッセイを併録。〈解説〉四方田犬彦
206505-5

ホ-3-4
赤い死の舞踏会 付・覚書（マルジナリア） E・A・ポー 吉田健一訳
疫病に戦慄する人々を描いた表題作のほか処女作「メッツェンガアシュタイン」など短篇小説十篇と、蔵書の行間に書き込んだ思考の断片「覚書」を収録。
207061-5

チ-3-3
狩場の悲劇 チェーホフ 原卓也訳
殺人事件をめぐる小説原稿に隠された秘密と、読み終えてなお解け残る謎。近代ロシア文学を代表する作家が残した恐るべき大トリック。〈解説〉佐々木敦
207224-4

各書目の下段の数字はISBNコードです。978-4-12が省略してあります。

マ-15-1
五つの証言
トーマス・マン
渡辺一夫

第二次大戦前夜、戦闘的ユマニスムの必要を説いたマンへの共感から生まれた渡辺による渾身の訳業。寛容論ほか渡辺の代表エッセイを併録。〈解説〉山城むつみ

206445-4

エ-6-1
荒地／文化の定義のための覚書
T・S・エリオット
深瀬基寛 訳

第一次大戦後のヨーロッパの精神的混迷を背景とした長篇詩「荒地」と鋭利な文化論を合わせた決定版。巻末に深瀬基寛による概説を併録。〈解説〉阿部公彦

206578-9

セ-1-3
夜の果てへの旅（上） 新装版
セリーヌ
生田耕作 訳

仏人医学生バルダミュは第一次大戦で絶望し、暗黒遍路の旅へ出る。「呪われた作家」の鮮烈なデビュー作。〈座談会〉中上健次他「根源での爆発、そして毒」

207160-5

セ-1-4
夜の果てへの旅（下） 新装版
セリーヌ
生田耕作 訳

アフリカ、米国と遍歴を重ねたバルダミュは、パリ郊外で医院を開業するが――。世界に衝撃を与えた二〇世紀文学の重要作品。〈巻末エッセイ〉四方田犬彦

207161-2

フ-17-1
エミリーに薔薇を
フォークナー
高橋正雄 訳

ミステリの古典にも数えられる表題作ほか「あの夕陽」「ウォッシュ」など代表的な短篇全八篇。巻末に中上健次の講演「フォークナー衝撃」他一篇を収録。

207205-3

ラ-3-1
作家の仕事部屋
ランビュール 編
岩崎　力 訳

筆記具、部屋の間取り、時間帯……バルト、サガン、レヴィ＝ストロースなど二十五人の巨匠達がインタビューで明かす、自分だけの執筆スタイル。〈解説〉読書猿

207397-5

あ-96-2
文庫の読書
荒川洋治

文庫愛好歴六〇年の現代詩作家が、読んで書いた文庫をめぐるエッセイを自ら厳選。文庫オリジナル編集で贈る、文庫愛読者のための文庫案内全一〇〇冊。

207348-7

ぬ-3-1
文庫で読む100年の文学
沼野充義／松永美穂／阿部公彦／読売新聞文化部 編

二一世紀に読み継いでいきたい文学作品とは。第一次世界大戦前後から一〇〇年の海外文学六〇冊、日本文学四〇冊を厳選。ポケットに入る世界文学全集の提案。

207366-1